Sempre Vou te Escolher

Também de Carrie Elks

SÉRIE AS IRMÃS SHAKESPEARE

Um verão na Itália
Um amor de inverno
Uma surpresa na primavera
Uma luz no outono

SÉRIE OS IRMÃOS HARTSON

Me leva para casa

CARRIE ELKS

Sempre Vou te Escolher

Tradução
Cláudia Mello Belhassof

1ª edição
Rio de Janeiro-RJ / São Paulo-SP, 2025

VERUS
EDITORA

Título original
Still the One

ISBN: 978-65-5924-376-1

Verus Editora Ltda.
Rua Argentina, 171, São Cristóvão, Rio de Janeiro/RJ, 20921-380
www.veruseditora.com.br

CIP-BRASIL. CATALOGAÇÃO NA FONTE
SINDICATO NACIONAL DOS EDITORES DE LIVROS, RJ

E42s
Elks, Carrie
Sempre vou te escolher / Carrie Elks ; tradução Cláudia Mello Belhassof. - 1. ed.- Rio de Janeiro : Verus, 2025.

Tradução de: Still the one
ISBN 978-65-5924-376-1

1. Romance inglês. I. Belhassof, Cláudia Mello. II. Título.

CDD 823
25-95996 CDU 82-31(410.1)

Meri Gleice Rodrigues de Souza - Bibliotecária - CRB-7/6439

Revisado conforme o novo acordo ortográfico.

Seja um leitor preferencial Record.
Cadastre-se e receba informações sobre nossos lançamentos e nossas promoções.

Atendimento e venda direta ao leitor:
sac@record.com.br

Prólogo

Van, seis anos

Era uma caminhada de dez minutos, e ela conhecia o trajeto de cor, mesmo sendo seu primeiro dia de aula. Ela precisava sair pela porta da frente, virar no sentido do pé bom de chutar e andar em direção à árvore cujas folhas estavam vermelhas como o batom preferido da mãe. Passar pela casa dos DeBoone, com o alpendre sempre brilhando graças a Marnie DeBoone, que sempre o esfregava, depois seguir pela calçada até a esquina.

Essa era a parte em que Van sempre corria. Todas as crianças diziam que a casa do velho sr. Shawson era assombrada pela esposa dele, falecida havia muito tempo, que queria ter filhos e pegaria qualquer um que pisasse no jardim da casa. No ano anterior, Richie tinha empurrado Van para o gramado e ela acabou fazendo xixi nas calças. Só um pouquinho, mas ela odiou do mesmo jeito.

Só bebês faziam xixi nas calças, ela já tinha seis anos e era velha demais para ser um bebê. Mas corria assim mesmo, porque não queria que o fantasma da sra. Shawson a impedisse de chegar à escola no horário.

Os portões da escola fundamental estavam abertos, o pátio já estava cheio de crianças pequenas agarradas à mão dos pais, com mochilas abarrotadas nas costas como se fossem cascos de tartaruga. Van entrou, abrindo caminho por entre pernas, mochilas e crianças fungando, até alcançar a entrada onde a sra. Mason conversava com os pais dos alunos enquanto segurava, relaxada, um grande sino de bronze.

— Olá — cumprimentou a sra. Mason, franzindo a testa enquanto olhava para baixo. — Savannah, não é?

Van fez que sim com a cabeça.

— Onde está sua mamãe? Ela pode entrar no pátio da escola no primeiro dia de aula. Por que você não vai chamá-la?

— Minha mãe tá doente. — Van deu de ombros, como se isso não importasse nem um pouco.

A sra. Mason piscou.

— Ah, tudo bem. — Ela levou um instante para abrir um sorriso. — Vamos entrar daqui a pouquinho. Enquanto isso, pode esperar aqui. — A sra. Mason se virou de novo para a mãe com quem estava conversando. — O Tanner se parece muito com o Grayson. Ele é tão encrenqueiro quanto o irmão mais velho?

A bela mãe riu.

— Ainda não. Mas Cam e Logan o encorajam o tempo todo. Sei que você teve muito trabalho com eles no ano passado.

— Bom, pelo menos vou ter um intervalo até a Rebecca começar a estudar.

A mulher sorriu.

— Com certeza isso vai ser bom pra você.

— Falando em intervalos, preciso tocar o sino e levar as crianças para dentro.

A sra. Mason verificou o relógio de pulso e levantou o sino de bronze, tocando-o três vezes. Um grupo de meninos que estava gritando e brincando no canto do pátio se aproximou correndo, e um deles colidiu com Van.

Ela cambaleou, agarrando-se à mochila que tinha encontrado no fundo do armário da mãe alguns dias antes. Duas mãozinhas quentes se estenderam para impedi-la de cair. Olhos castanhos arregalados a estavam encarando, tão perto que ela conseguia ver o próprio reflexo neles.

Por hábito, ela cerrou os punhos.

— Desculpa — sussurrou o menino.

— Tanner Hartson, você não pode derrubar meninas no primeiro dia de aula. — A mãe bagunçou o cabelo do filho com afeto. — Você está bem, Savannah? — perguntou ela. Seu sorriso fez Van se sentir melhor no mesmo instante.

Van assentiu, relaxando os dedos aos poucos.

— Estou bem — respondeu, enquanto as outras crianças passavam empurrando para entrar em suas salas de aula.

E ela estava. Naquele momento. Mas aquela seria apenas a primeira vez que Tanner Hartson a derrubaria.

1

A primeira coisa que Van Butler notou foi o silêncio. Tinha se esquecido de como era, e seus ouvidos levaram um instante para se acostumar enquanto ela saltava do carro e olhava para a casa de um andar negligenciada à sua frente. *Lar.* Era isso que aquele lugar tinha sido nos primeiros vinte anos de sua vida, embora nos últimos oito tivesse sido a casa da mãe e de Craig e, de algum jeito, tudo se tornara mais fácil. Não era mais tarefa de Van manter o gramado cortado e varrer os degraus da entrada, nem as outras obrigações que Craig tinha assumido. Pela primeira vez na vida, sua única responsabilidade era ser ela mesma, e tinha sido glorioso.

Ela alisou os amassados na saia bege, a umidade a fazia se sentir um pouco menos arrumada. O cabelo loiro-claro estava preso com capricho num rabo de cavalo baixo, e a blusa branca de alcinha estava intacta, apesar do calor precoce do verão. Ela cuidava da própria aparência; afinal, era a primeira coisa que as pessoas viam. Desde bem novinha, havia aprendido que as pessoas julgavam pela aparência.

— Savannah Butler? É você?

Van olhou para a direita. Não tinha notado a vizinha da mãe ali. A sra. DeBoone estava ajoelhada sobre um tapete de jardinagem, com um lenço cobrindo o cabelo e luvas de lona nas mãos enquanto plantava flores coloridas em canteiros de terra.

— Olá, sra. DeBoone. — Van abriu um sorriso apropriado.

— Veio ver sua mãe?

Van confirmou com a cabeça.

— Vim.

— Você soube que o Craig foi embora? Fugiu com a garota que trabalha no posto de gasolina. — Ela baixou a voz. — Sua mãe e ele estavam brigando feito cão e gato umas semanas atrás.

É, Van sabia. Também sabia que Craig estava morando com a tal mulher a uns trinta quilômetros dali. Sua irmã mais nova, Zoe, tinha contado, aos prantos, durante uma ligação na semana anterior. Era por isso que ela estava ali, porque precisavam dela.

Por sorte, ela havia economizado o suficiente com o trabalho freelancer para tirar uma folga por um tempo.

— Desculpe se eles a incomodaram — disse Van, lançando um sorriso rápido para a idosa.

Savannah seguiu pela entrada, com os saltos entrando nas rachaduras do calçamento. Craig tinha ido embora havia apenas duas semanas, mas a casa parecia já sentir falta dele. O gramado que ladeava o caminho estava na altura de suas panturrilhas.

A sra. DeBoone pegou os vasos de planta vazios, enfiando um no outro, então se levantou devagar.

— Preciso entrar, antes que meus joelhos desistam. — Ela abriu um sorriso para Van. — Mande lembranças a sua mãe. — Deu uma olhada para a casa e depois voltou a olhar para Van. — Estou feliz que tenha voltado. Pelo bem da Zoe.

Ela arrastou os pés pelo caminho. Van tinha certeza de que a vizinha estava planejando ligar para as amigas e avisar que Savannah Butler tinha voltado à cidade. Era isso que acontecia em lugares como Hartson's Creek. As pessoas preenchiam o silêncio com fofocas, porque era melhor do que ficarem sentadas sozinhas.

Talvez por isso ela tivesse se mudado para Richmond aos vinte anos, assim que a mãe e Craig se casaram. Zoe tinha dois anos na época, era linda como uma pintura e tinha o rostinho gorducho e o cabelo dourado como o de Van.

Craig a salvara de várias maneiras. Ele cuidou da mãe dela e amou Zoe como se fosse sua filha, para que Van não precisasse se preocupar com as duas. Pela primeira vez em anos ela havia conseguido respirar. Não tinha mais que prever as alterações de humor vertiginosas da mãe nem se perguntar se a garrafa de uísque vazia na pia era a segunda ou a terceira da semana.

Desde então, a vida tinha sido generosa com ela. Sim, vivera momentos tristes. Especialmente quando pensava nas coisas que tinha perdido. Mas também houve momentos bons. Ela era boa no que fazia — trabalhava como organizadora de eventos freelancer na capital do estado — e ganhava o suficiente não só para morar num apartamento bonito, mas para ter uma vida confortável e economizar.

Ela sempre fora obcecada por economizar. Talvez, lá no fundo, ela soubesse que a mãe era uma bomba-relógio. Era só uma questão de quando, e não de *se* ela ia explodir.

Van bateu duas vezes à porta, mas ninguém atendeu. Sem pensar em bater pela terceira vez, se ajoelhou no último degrau empoeirado e enfiou a mão no vaso cujas as plantas já estavam mortas havia muito tempo. Folhas marrons enrugadas cobriam a terra árida enquanto ela cavava, com um sorriso curvando os lábios quando os dedos encontraram a chave que estava procurando. Ela a enfiou na fechadura e a porta se abriu com um rangido.

— Mãe? — chamou. — Você está em casa? — Seu pé esbarrou numa pilha de correspondências. Ela se abaixou para pegá-las e notou que muitas eram contas *atrasadas*. — Mãe? — chamou de novo, colocando os envelopes na mesa do hall e indo em direção à cozinha.

As bancadas estavam repletas de pratos sujos e embalagens. Xícaras de café pela metade tinham mofo branco e verde flutuando no líquido empoeirado. O cômodo fedia a comida estragada e álcool, que emanava das garrafas vazias jogadas na pia.

Ela sentiu o estômago revirar com o cheiro. Engolindo em seco para impedir a náusea iminente, Van seguiu para o corredor. Com delicadeza, bateu à porta do quarto da mãe.

— Você está aí?

Um gemido ecoou lá de dentro, e o estômago de Van revirou de novo. Talvez fosse fome. Ela tinha dirigido de Richmond até ali direto, sem parar para comer. Suspirando, Savannah girou a maçaneta e abriu a porta, estremecendo com a bagunça de roupas que cobria o carpete marrom.

Então ela viu a mãe encolhida na cama, com o cabelo loiro liso grudado no rosto. Os olhos estavam fechados e a boca, aberta.

As portas do armário estavam escancaradas. Um dos lados guardava as roupas da mãe, uma confusão de cores fortes emboladas. O outro estava vazio.

Isso significava que Craig tinha ido embora. Van olhou ao redor para ver se ele tinha deixado algo para trás. Um aparelho de barbear, uma gravata, talvez uma ou duas fotografias. Mas não havia nada além da bagunça que a mãe deixara acumular. Típico de Kim, que sempre odiou o trabalho doméstico.

— Fecha a porta — ordenou Kim com a voz rouca, se virando de lado e cobrindo os olhos. — Não deixa a luz entrar.

Van puxou a porta até fechá-la com um clique. A mãe gemeu de novo enquanto Van começava a recolher as roupas espalhadas.

— Onde está a Zoe? — perguntou.

— Na escola.

— São seis da tarde. A escola acabou faz tempo.

Kim suspirou.

— Então ela deve estar com uma amiga. Ou na biblioteca. Ela vai lá quase tanto quanto você ia. — A mãe estendeu a mão para pegar o copo ao lado da cama, suspirando novamente quando viu que estava vazio. Por fim, abriu os olhos e os moveu na direção de Van. — O que você está fazendo aqui?

— A Zoe me falou que você não estava bem.

Kim rolou de lado e enfiou o rosto no travesseiro.

— Ela te falou que o Craig foi embora? — perguntou, com a voz abafada.

— Falou. Fiquei triste quando soube. — Van enfiou a última peça de roupa no cesto de roupa suja. Estava abarrotado. Ela ia lavar uma parte à noite, depois o resto de manhã. Se ia ficar ali, teria que arrumar tudo.

Ela odiava bagunça. Seu apartamento impecável em Richmond era testemunha disso.

— Todo mundo está falando. — Kim se sentou na cama e tentou arrumar o cabelo. — Ele foi embora com uma garota que tem metade da idade dele. Aposto que está todo mundo rindo de mim. — Ela fechou a cara. — Eu odeio o Craig — concluiu.

Van suspirou e se sentou na cama ao lado da mãe.

— Não odeia nada. Você só está triste.

Kim olhou para ela, implorando com os olhos como se Van fosse uma salvadora.

— Por que você não toma um banho? — sugeriu Van. — Vai se sentir melhor depois.

A mãe se jogou de novo na cama.

— Eu não quero me levantar. Não tem porquê. Não posso ir a lugar algum. Não com todo mundo falando de mim.

A porta da frente bateu.

— Cheguei! — gritou Zoe, a voz ecoando no hall.

Van saltou da cama e abriu a porta do quarto, sorrindo ao ver a irmã. A mochila cor-de-rosa cintilante engolia o corpo da menina de dez anos.

Lentamente, Zoe levantou o olhar, a boca se abrindo em surpresa ao ver Savannah parada no corredor.

— Você está aqui! — gritou ela, em meio a um sorriso. — Caramba, você está aqui. — Ela tirou a mochila dos ombros e se jogou em cima de Van, abraçando a cintura da irmã. — Eu não achei que você ia vir.

Van beijou a testa de Zoe.

— Claro que eu vim. Eu falei que viria.

Zoe levantou o olhar, com o rosto radiante.

— Quanto tempo você pode ficar? A mamãe já te viu? — Ela apertou o abraço, encostando o rosto no ombro de Van. — Estou tão feliz que você está aqui.

Era impossível não se sentir acolhida pela recepção empolgada de Zoe.

— Vou ficar pelo tempo que vocês precisarem — murmurou ela no cabelo loiro de Zoe.

— Sério? — A expressão de esperança no rosto da menina quase a matou.

Uma fungada alta veio do quarto da mãe. Van virou a cabeça e viu Kim deitada de lado, com lágrimas escorrendo pelo rosto.

— Claro que ela vai ficar — disse a mãe, abrindo um sorriso molhado para Van. — Ela é uma boa garota. Ela vai cuidar da gente, Zoe.

Van respirou fundo e acariciou o cabelo de Zoe com a palma da mão. Ela ia ficar enquanto as duas precisassem. Mesmo que parte dela quisesse fugir o mais rápido possível e para bem longe dali.

A mãe sempre tinha se apoiado na bondade de desconhecidos e amigos. Mas, acima de tudo, ela se amparava na filha. Durante alguns anos, Craig assumiu esse papel e Van tinha se sentido livre. O suficiente para se mudar e começar uma carreira.

Mas agora ele tinha ido embora e o fardo era dela de novo.

Curiosamente, ele parecia mais pesado do que nunca.

2

— Mais uma cerveja? — gritou Tanner Hartson para os irmãos, carregando quatro garrafas nas mãos grandes enquanto atravessava o quintal do irmão mais velho.

Não que fosse possível chamar aquilo de quintal. Era mais uma propriedade rural. A enorme mansão de Gray ficava num terreno de oito hectares, com um estúdio de gravação de ponta e um anexo para a mãe da namorada, além de uma piscina, um ofurô e uma edícula. Era como se ele tivesse pegado um pedacinho de Los Angeles e levado para a tranquila cidade natal de Hartson's Creek.

Tanner entregou as garrafas para os irmãos, depois se sentou na cadeira e levou a cerveja à boca, fechando os olhos por um segundo enquanto o líquido o resfriava por dentro. Ele apoiou a cabeça no encosto da cadeira e passou os dedos no cabelo escuro e volumoso. Estava afundado na cadeira, as pernas esticadas dentro de uma calça jeans, com o tecido repuxado sobre os músculos da coxa. A camisa branca, desabotoada no peito e mostrando um pouco de pelo escuro, estava amarrotada graças ao calor da tarde. Assim como os irmãos, ele era alto, forte e tinha um maxilar que a maioria dos modelos morreria para ter. Quando eram adolescentes, todos na cidade os chamavam de "Irmãos Heartbreak". Era algo que os quatro passaram a odiar.

— Ouvi dizer que preciso te dar os parabéns — disse Gray, erguendo a garrafa para Tanner. — O Logan disse que você vendeu sua empresa. Boa, cara.

— Obrigado. — Tanner brindou de leve na garrafa de Gray, depois tomou outra golada.

Só tinham se passado cinco dias desde que ele e os dois sócios haviam assinado a papelada para vender a empresa por um lucro inimaginável. Ele, Austin e Jared criaram a própria empresa de software quando se formaram na Duke, os três trabalharam juntos no código para melhorar a segurança dos sistemas e aplicativos bancários de todo o país.

Dois meses antes, eles tinham recebido uma oferta irrecusável, e Jared e Austin queriam aceitar imediatamente. Jared agora tinha família, e a empresa o mantinha afastado da esposa e do bebê durante toda a semana. O pai de Austin estava com câncer e morando na Califórnia. Só Tanner não tinha responsabilidades, e de maneira alguma ele ia atrapalhar as duas pessoas que precisavam da assinatura dele nos documentos.

Então ali estava ele, mais rico do que jamais imaginara, mas sem nenhuma ideia do que fazer em seguida. Ele massageou a nuca com a palma da mão. Sabia que devia estar feliz. Mas a ideia de todo aquele tempo livre o deixava desconfortável demais.

— O que falta agora? — perguntou Gray.

— Entregar toda a propriedade intelectual e garantir que a transferência vai ser tranquila. — Tanner deu de ombros. — E aí sou um homem livre.

— Você vai abrir outra empresa? Continuar escrevendo códigos?

Tanner levou a garrafa aos lábios.

— Não. Parte do acordo é que a gente não pode escrever nenhum código que venha a concorrer com a empresa por um ano. — Ele tomou um gole. — Então, a menos que eu queira servir panquecas na lanchonete, sou um homem de férias.

— Que difícil — comentou Gray, assentindo.

— Ei, não se preocupe com o Tanner — disse Logan, sorrindo. — Ele já te contou quanto vai receber por isso? O cara nunca mais vai precisar trabalhar, se não quiser.

— Quanto? — perguntou Gray, inclinando a cabeça para o lado.

Tanner contou, e as sobrancelhas de Gray se ergueram.

— Uau.

Não que Gray devesse ficar *tão* impressionado. Como cantor de sucesso, ele havia ganhado dinheiro mais do que suficiente nos últimos anos para nunca mais se preocupar com isso. Tinha passado anos viajando pelo mundo sem visitar a casa da família graças à animosidade entre ele e o pai. No ano anterior, Gray tinha voltado e se apaixonado por Maddie Clark, e os dois haviam construído juntos a casa em que estavam.

— Talvez você não seja o irmão mais rico agora — comentou Logan, sorrindo para Gray. — Vamos implorar ao Tanner por um empréstimo.

— Tenho quase certeza de que o Cam é o mais rico — observou Tanner. — Ele acabou de assinar o contrato pra mais uma temporada.

— Então posso confirmar que sou o mais pobre — disse Logan, dando de ombros como se não se importasse nem um pouco. — Em termos de dinheiro, pelo menos. Acabei de comprar mais um restaurante.

— Estão falando de novo de quanto dinheiro vocês têm? — perguntou a irmã mais nova, Becca, enquanto empurrava Tanner na cadeira, conseguindo, de algum jeito, se espremer no espaço apertado ao lado dele. — Vocês todos são ridículos de ricos. E precisam parar de me envergonhar. Estou cansada de ir a encontros e ser obrigada a contar quem são meus irmãos. Tudo que eles querem saber é se consigo ingressos para os jogos do Cam ou os shows do Gray. — Ela balançou a cabeça. — Eu queria ter uma família normal. — Sua voz estava melancólica.

— Na verdade, nem era pra você ir a encontros — brincou Tanner com um sorriso, fingindo dar uma cotovelada nela. — Você é só uma criança.

Ela revirou os olhos.

— Eu tenho vinte e quatro anos.

Gray olhou para ela.

— O Tanner está certo. Nada de encontros.

Ela ergueu uma sobrancelha.

— Vocês querem que eu fique velha e solitária igual ao Tanner? Não, obrigada.

Tanner pousou a garrafa na grama ao lado da cadeira.

— Eu não sou velho e solitário.

— Tá bom. Mais ou menos jovem e solitário. O que é a mesma coisa. — Becca sorriu, franzindo o nariz empinado. — Falando nisso, você vai dar um oi pra Savannah Butler se encontrar com ela na cidade?

— Quem disse que vou me encontrar com ela? — O estômago dele deu um nó só de pensar na possibilidade.

Fazia apenas algumas horas que ele ficara sabendo que Savannah Butler estava de volta a Hartson's Creek. Ele não fazia ideia do motivo para ela estar lá. A época em que eles contavam tudo um para o outro tinha acabado havia muito tempo.

Anos.

Becca deu de ombros.

— É uma cidade pequena.

— É mesmo. — A namorada de Gray, Maddie, se aproximou, carregando duas taças e uma garrafa de champanhe pela metade. Ela serviu uma taça para Becca e outra para si mesma. Gray abriu os braços, e Maddie se aninhou na cadeira com ele, sussurrando algo no ouvido do namorado.

Becca tomou um gole e se virou para Tanner.

— Eu queria que você e a Van ainda fossem amigos. Sinto saudade dela. A Van foi como uma irmã pra mim enquanto eu crescia.

Houve uma época em que Van Butler passava mais tempo na casa deles que na dela. Gina, a tia de Tanner, que cuidava dos cinco irmãos Hartson depois que a mãe deles morrera, tinha se acostumado a cozinhar uma porção extra para a garota que morava a poucas ruas de distância.

E toda noite, quando tia Gina dizia a ela que estava na hora de ir para casa, Tanner a levava até a casa minúscula e decrépita e observava em silêncio enquanto ela entrava, sorrindo quando Savannah se virava para trás e mostrava a língua para ele antes de fechar a porta.

— Agora você tem a Maddie — observou Tanner, apontando com a cabeça para Maddie e Gray. Eles estavam rindo de algo que Maddie havia acabado de falar. — Ela também é como uma irmã pra você.

— É, eu sei. Mas ainda somos minoria. — Becca tomou outro gole.

— Talvez o Cam ou o Logan tragam alguém pra apresentar — disse Tanner, numa tentativa de acalmá-la. Becca era a irmãzinha dele, afinal de contas. Era seu ponto fraco, assim como o de todos os irmãos. Quem eles faziam questão de ver feliz. Qualquer outra pessoa provavelmente ficaria mimada com isso, mas não Becca. Ela era boa demais para isso.

Ela engasgou com a champanhe e segurou uma risada. Logan deu um meio-sorriso para ela.

— Só vou acreditar vendo. — Ela pôs a taça de lado e se virou para Tanner. — Afinal, o que houve entre você e a Van? Vocês eram melhores amigos, de repente era como se vocês nem se conhecessem. Eu perguntei pra todo mundo, mas ninguém me disse o motivo.

Tanner afastou a irmã, depois se levantou e se espreguiçou.

— Essa cerveja não está funcionando — comentou ele, ignorando a pergunta. — Alguém quer uísque?

— Eu não. — Gray balançou a cabeça. — Mas podem pegar. A Becca trouxe um bourbon da destilaria.

A irmã assentiu, esquecendo as perguntas sobre Savannah Butler.

— Ainda não liberamos para o público. — Ela se virou para Logan com os olhos brilhando. — Acho que consigo alguns para os seus restaurantes, se você gostar.

Becca trabalhava na destilaria G. Scott Carter desde que tinha saído da faculdade, três anos antes, primeiro como trainee e então como destiladora.

— Gostei da ideia. — Logan assentiu e olhou para Tanner. — Eu aceito um copo, por favor.

— Eu também — pediu Cam com um movimento de cabeça. — E depois eu preciso me mandar. Volto a treinar na próxima semana. — Ele se espreguiçou.

— Quando é que vocês vão voltar pra Boston? — perguntou Becca aos gêmeos. Cam e Logan tinham se mudado para lá depois da faculdade, quando Cam foi um dos jogadores mais disputados entre os times da liga de futebol americano e Logan começara sua carreira na área de restaurantes.

— Segunda — respondeu Logan. — Preciso voltar ao trabalho. — Ele abriu um sorriso para ela. — É a parte divertida de trabalhar com hospitalidade.

— Mas você vai ficar mais um pouco, né? — perguntou Becca a Tanner.

Algo na maneira como ela olhava para ele mexia com as emoções de Tanner. Havia apenas três anos de diferença entre ele e Gray, com Cam e Logan bem no meio dos dois, e Becca era quatro anos mais nova. Quando era menor, ela sempre os perseguia com as perninhas minúsculas, ofegando quando não conseguia acompanhá-los.

Depois, enquanto saíam de casa um por um, ela ficou desamparada sem os irmãos. Se pegassem o braço dele e o torcesse nas costas, talvez ele também admitisse que tinha saudade da irmã.

Mas Tanner nunca diria isso a ela.

— Talvez eu fique um tempinho — respondeu ele. — Não é como se eu tivesse algo melhor pra fazer. — Contar os dólares na conta-corrente já o tinha deixado entediado até a morte. Ele precisava arrumar um hobby com urgência.

Como era que tia Gina sempre falava? *Mente vazia, oficina do diabo.* Naquele momento, ele sentia o corpo todo vazio. Como saber o que o diabo tinha planejado para ele?

3

Tanner, seis anos

Tanner olhou para a menina pelo canto do olho, desejando que ela parasse de se balançar na cadeira. A sra. Mason ia perceber a qualquer minuto, e ele sabia que a professora ia brigar com ela.

Ele odiava quando brigavam com ele. O estômago dele ficava embrulhado e enjoado.

A menina se inclinou de novo para trás e ele automaticamente estendeu a mão para as costas da cadeira, interrompendo o balanço.

— Ei, o que você está fazendo? — perguntou ela, chocada com a interrupção abrupta da diversão.

— Você vai se encrencar — disse ele, com os olhos arregalados.

Ela deu de ombros.

— E daí?

— Tanner Hartson, é você quem está falando? — perguntou a sra. Mason, dando as costas para a lousa e se virando para a frente da sala. — Eu juro que vocês, Hartson, vão acabar comigo.

Ele estreitou os olhos e encarou a menina, furioso. Ela mostrou a língua para ele e deu uma piscadinha.

Ela conseguia piscar só um olho? Isso era legal.

O sol entrava pela janela à esquerda dela, deixando seu cabelo dourado como os campos de trigo na época da colheita. Sem nem pensar, ele estendeu a mão para tocar nos fios, surpreso com a maciez que sentiu. O cabelo dele — e o dos irmãos — era volumoso e grosso como lã. O cabelo da bebê Becca era macio e felpudo, mas não era sedoso daquele jeito. Ele gostou da sensação.

A menina deu uma olhada estranha para ele.

— Seu cabelo é bonito — sussurrou ele.

— Obrigada. — Ela abriu o sorriso mais amplo e largo que ele já tinha visto. Era como ser ofuscado pelo sol.

— Muito bem, qual de vocês sabe escrever o próprio nome? — perguntou a sra. Mason, os olhos esquadrinhando as crianças de seis anos sentadas diante dela.

Tanner levantou a mão. A mãe o tinha ensinado meticulosamente um ano antes. Ele percebeu o restante da turma levantar a mão.

Todos, menos a menina sentada ao lado dele. O sorriso no rosto dela se dissolveu quando ela olhou ao redor e notou que era a única da turma com a mão abaixada. Ela levantou a mão devagar, movendo o maxilar como se estivesse rangendo os dentes.

— Muito bem, crianças. Quero que vocês me mostrem. Usem o papel e os lápis de cor que estão na mesa, por favor. — Ela sorriu para eles. — Me deixem orgulhosa.

Tanner pegou uma folha de papel e um lápis verde no pote de plástico no meio da mesa de madeira. Ele segurou bem o lápis e o moveu lentamente pela extensão branca, desenhando o "T" mais reto possível antes de formar lentamente as outras letras.

Quando parou, franziu o nariz com o próprio esforço. As letras estavam inclinadas demais. Gray tinha dito para ele escrever numa linha reta. Ele suspirou e estava pegando outra folha quando percebeu que a menina não tinha começado a escrever.

— Você tem que escrever o seu nome — sussurrou ele. — Antes que a sra. Mason venha conferir.

O olhar da menina foi até a professora e depois voltou para Tanner.

— Eu não sei escrever.

— Sua mãe não te ensinou?

Ela balançou a cabeça.

— Qual é o seu nome?

— Savannah. — Ele deve ter feito uma careta com o nome comprido, porque ela acrescentou rapidamente: — Mas todo mundo me chama de Van.

— Van. Não é muito difícil. É só um *vê*, depois um *á* e um *ene*. É parecido com o meu nome. Tanner. — Ele apontou para o papel diante de si. — Está vendo?

— Não.

— Com que cor você quer escrever o seu nome?

— Vermelho. — afirmou ela decidida.

Ele pegou o lápis vermelho no pote e uma folha de papel em branco, e escreveu meticulosamente as três letras, dessa vez fazendo-as o mais reto possível.

— Pronto — disse ele. — Van.

Ela pegou o papel e o levantou, admirando-o como se fosse uma obra de arte.

— Van — disse ela. — É o meu nome. — E sorriu de novo, e ele sentiu a ternura. — Obrigada — sussurrou ela.

— De nada. — Ele balançou a cabeça, com uma expressão séria.

A sra. Mason andava pela sala observando as tentativas dos alunos de escreverem o próprio nome. Quando chegou à mesa de Tanner, ela olhou para o papel dele e sorriu.

— Que bonito, Tanner. E você, Savannah? Quero ver o seu nome.

Van mostrou o papel, ainda radiante.

— Esse não é o seu nome completo — disse a sra. Mason. — Que tal você escrever Savannah para mim?

Van balançou a cabeça.

— Todo mundo me chama de Van — disse ela, assentindo para enfatizar as palavras.

— Mas Savannah é um nome muito bonito — disse a sra. Mason. — E você é uma menina muito bonita.

— É Van — repetiu ela, revirando os olhos. — Não preciso de um nome bonito. — Tanner teve que fechar as mãos para conter uma risada alta. Ver as duas era como uma batalha de determinação. Ele não sabia quem ia vencer.

— Bom, eu vou te chamar de Savannah — disse a sra. Mason, como se tentasse ter a última palavra, do mesmo jeito que o pai de Tanner sempre fazia. — Muito bem, crianças. Agora vamos tentar os números. — Ela bateu palmas e se afastou, balançando a cabeça, como a mãe dele fazia quando estava irritada.

Quando a professora se virou de costas de novo, Van deu uma cotovelada em Tanner para chamar sua atenção.

— Ei, Tanner — sussurrou alto.

— Que foi?

— Obrigada.

Ele sorriu.

— Tudo bem.

— Quer brincar comigo no recreio? — perguntou a menina. — Eu conheço todas as brincadeiras legais. — Ela fez um movimento lento com a cabeça, como se estivesse avaliando alguma coisa. — Posso até ser sua melhor amiga, se você quiser — disse ela. Tanner sentiu um calor por dentro, como se Savannah tivesse acabado de lhe dar um presente de aniversário.

O sol iluminou o cabelo dela de novo, fazendo a menina se parecer com os anjos da Bíblia ilustrada da mãe dele, e Tanner se viu concordando com a sugestão dela.

— Tá bem — concordou ele solenemente. — Eu vou gostar muito.

4

Ela precisou de três dias, mas a casa finalmente estava limpa. Van deu um passo para trás, admirando como as superfícies da cozinha brilhavam. O cabelo dela estava preso para não cair no rosto e a pele reluzia com o esforço, mas ela não conseguiu evitar um sorriso enquanto contemplava o resultado.

— Ei, Zoe — gritou ela, virando-se quando a irmã entrou na cozinha. — Dá uma olhada. Você já viu um fogão tão limpo assim?

Zoe pressionou os lábios, encarando a irmã como se a achasse maluca.

— Hum, não.

Okay, talvez ela *fosse* maluca. Mas, como a mãe tinha passado os últimos dias deitada na cama ou largada no sofá da sala, isso deu algo para Van fazer.

— Eu também limpei as janelas — disse Van à irmã.

— Legal. — Zoe olhou ao redor, erguendo as sobrancelhas. — Mas não vai ficar tudo sujo de novo?

— Como assim?

Zoe olhou para o relógio cromado pendurado na porta dos fundos. Van tinha colocado pilha nele mais cedo, quando o tirou para polir.

— Está quase na hora do jantar — observou Zoe. — E a gente vai ter que usar o fogão pra cozinhar. Aí ele vai ficar sujo.

Só por cima do cadáver de Van.

— A gente vai sair pra comer — disse Van rapidamente. Pelo menos isso lhe daria mais algumas horas de casa limpa. — Aonde você quer ir?

— Na lanchonete? — sugeriu Zoe. — Eles têm milk-shakes gostosos.

Van sorriu.

— Eu não vou à lanchonete do Murphy há séculos. Os ovos ainda são horríveis?

— Os piores.

— Está bem, então. Vamos à lanchonete. — Van guardou os últimos produtos de limpeza e lavou as mãos. Pelo menos não precisava se arrumar muito para ir. Era só tomar um banho rápido e trocar de roupa. — Mãe — chamou —, você quer sair pra jantar?

Levou um instante para Kim responder:

— Não. Me traga um hambúrguer ou qualquer coisa assim. Estou com sono demais pra sair.

Van suspirou. Em comparação com resolver a vida da mãe, limpar a casa era moleza.

— Vinte minutos — disse Van a Zoe. — Aí a gente sai.

— Tá bom. — Zoe sorriu. — Vou estar pronta.

— Tem certeza de que quer comer aqui? — perguntou Tanner à irmã, segurando a porta aberta para ela. O aroma de café e fritura o atingiu no mesmo instante.

— Claro. A lanchonete do Murphy é patrimônio de Hartson's Creek. Se você vai ficar aqui por um tempo, precisa se acostumar de novo. — Becca sorriu para ele, passando por baixo do braço do irmão e indo direto para sua mesa favorita. — E eu ganhei nas cartas ontem, sem roubar. O vencedor escolhe a comida e o perdedor paga. É a regra, lembra?

Tanner se sentou no banco surrado em frente a Becca, as pernas mal cabendo sob a mesa descascada. Ele usava um suéter cinza fino e estava com o cabelo recém-lavado depois da corrida noturna, mas não tinha se preocupado em fazer a barba.

Aquela era a mesa favorita dele quando criança. Dele e de Savannah. A lanchonete do Murphy era um dos lugares preferidos dos dois para se esconder, acompanhados de um milk-shake com batatas fritas, enquanto morriam de rir das piadas um do outro.

A lanchonete do Murphy era uma referência local desde quando ele se lembrava. Com a decoração cromada reluzente e os bancos vermelhos de couro falso, era o centro da vida de Hartson's Creek. Ficava de frente para a praça da cidade, que tinha um coreto pintado de branco e um canteiro de flores coloridas, com o gramado verdejante salpicado de bancos, nos quais os moradores adoravam se sentar para conversar.

Ao lado da padaria, da loja de vestidos da Laura e da Imobiliária Fairfax, a lanchonete encarava o grande prédio branco do outro lado da praça: a Primeira Igreja Batista de Hartson's Creek, outro ponto importante da cidadezinha.

Ele e Van tinham apresentado a lanchonete e a mesa favorita para Becca quando ela chegou a uma idade suficiente para gostar desse tipo de passeio. Ela devia ter nove ou dez anos. Ele se arrependeu depois, quando a irmã passou a implorar todos os dias para ir com ele encontrar Van. Mas ainda era o lugar preferido dela. Por alguma razão, isso o encheu de ternura.

Ele olhou para o banco detonado. O estofamento saindo pela costura do canto, parecendo nuvens brancas fofinhas em contraste com o assento vermelho.

— Acho que não reformam esse lugar desde quando eu ainda morava aqui. — Para ser justo, não era uma grande surpresa. Ele teria ficado mais chocado se o *tivessem* reformado.

Becca arregalou os olhos cor de mel, fingindo estar ofendida.

— Pare de resmungar, Tanner Hartson. Espero que todo o seu dinheiro e morar em Nova York não tenham mudado você. Houve uma época em que esse era o seu lugar preferido.

Ele arqueou uma sobrancelha.

— Eu não estava sendo escroto. Foi só uma observação.

Ela se inclinou para a frente, sorrindo.

— Você acha que é bom demais pra esse lugar agora que está rico? — perguntou ela. — Talvez eu deva dizer ao Murphy que você não gosta da decoração.

— Vai fundo.

— Ah! Olha só você fingindo que não tem medo do Murphy. — Becca balançou a cabeça. — Todo mundo tem medo do Murphy. Até o próprio Murphy.

— Eu não tenho medo do Murphy — disse uma voz meiga.

Tanner se virou e viu Cora Jean Masters parada ali, com um bloquinho na mão. Assim como a decoração, ela fazia parte da lanchonete desde que ele se entendia por gente.

— Oi, Cora — cumprimentou ele, levantando-se para dar um beijo no rosto da mulher. — Juro que você está a cada dia mais bonita.

— Para com isso. — Ela deu um tapa no braço dele e disfarçou o sorriso. — O que vocês vão querer?

Becca levantou os olhos do cardápio.

— Vou começar com um milk-shake de chocolate, por favor. Com chantili extra.

— E eu vou querer um café — disse Tanner, depois acrescentou sussurrando: — porque eu não tenho cinco anos.

Becca chutou a canela dele.

— Eu ouvi.

— Quer dizer que outro Hartson voltou pra cidade? — perguntou Cora Jean. — Vai ficar aqui por um tempo?

— Não sei por quanto tempo vou ficar — respondeu Tanner. — Depende de quanto a Becca vai me irritar.

Dessa vez, o chute doeu. Ele se encolheu enquanto a dor disparava pela perna.

— Bem feito — disse Becca, mostrando a língua. — Agora fica quietinho.

Cora Jean balançou a cabeça para a brincadeira dos dois.

— Não me surpreende a tia de vocês usar o cabelo curto, pra ela não conseguir arrancar tudo.

Tanner riu.

— Ela é doida por nós.

— Você não faz ideia do quanto isso é verdade — disse Becca. — Você a deixa doidinha.

— Vocês querem pedir a comida agora ou volto daqui a pouco? — perguntou Cora Jean.

— Eu já sei o que quero. — Becca olhou para Tanner. — E você?

— Pode pedir. — Ele gesticulou para ela.

Becca sorriu para Cora Jean.

— Quero o hambúrguer de duzentos gramas com tudo que tenho direito. E cebolas extras. Batata frita grande e anéis de cebola também, por favor.

— Você já pensou em comer vegetais? — provocou Tanner.

Becca deu de ombros.

— Estou com fome. Trabalhei o dia todo, ao contrário de certas pessoas.

— Quero um hambúrguer com alface, tomate e bacon e uma salada verde — disse Tanner, entregando o cardápio para Cora Jean.

— Quer batata frita pra acompanhar?

— Ele quer, sim — respondeu Becca por ele. Quando ele lançou um olhar questionador, ela balançou a cabeça. — Você não pode comer aqui sem pedir batatas fritas. O Murphy iria te matar.

O sino sobre a porta tocou, mas, de onde estavam, nem Becca nem Tanner conseguiam ver quem estava entrando.

— Querem mais alguma coisa? — perguntou Cora.

— Não. Está bom assim. Obrigada, Cora. — Becca entregou o cardápio.

Quando a mulher se afastou, Tanner se abaixou para massagear a canela, encolhendo-se com o machucado que o bico do sapato de Becca tinha provocado.

— Você é um bebê chorão — disse ela.

— Quer que eu te chute também? — perguntou ele, erguendo uma sobrancelha.

Era impossível não sorrir para a irmã. Toda vez que voltava para Nova York, ele sentia saudade disso. Implicar com Becca o animava, do mesmo jeito que perturbar Gray e os irmãos o fazia sorrir. Era quando ele se sentia vivo, parte de algo.

Parte de uma família.

Talvez a lanchonete não fosse tão ruim assim, no fim das contas.

— A lanchonete sempre foi o lugar preferido do Craig — disse Zoe para Van enquanto empurrava a porta de vidro e as duas entravam no ambiente com piso de cerâmica branca. O cheiro de fritura flutuava ao redor das duas, fazendo o estômago de Van roncar. — Às vezes ele me trazia aqui, mas já faz um tempo.

— Como você está se sentindo depois que ele foi embora? — perguntou Van.

— Não sei. — O rosto de Zoe estava apático. — Onde você quer se sentar?

Van disfarçou um sorriso relacionado à indisposição de Zoe para falar sobre as próprias emoções. Nesse sentido, ela era a versão mais nova de Van.

— Que tal a gente ir para a mesa do cantinho? Era a minha favorita quando eu era mais nova. Ninguém consegue ver a gente ali nem julgar o que a gente está comendo. — Ela deu uma piscada. — Nem quanto.

— Você vinha aqui? — perguntou Zoe, olhando interessada para Van. — Que legal.

— Era minha segunda casa na adolescência — disse Van. — Junto com... — Ela engoliu em seco. Zoe nem devia saber quem era Tanner. Ela nem tinha nascido quando a amizade de Savannah e Tanner acabou de repente. — Enfim, era um lugar legal pra passar o tempo quando eu não queria ir pra casa.

Zoe a encarou, como se soubesse exatamente o que a irmã queria dizer.

— Eu tenho passado muito tempo na biblioteca desde que o Craig foi embora.

— A biblioteca também é legal. — Meu Deus, Craig tinha muitas respostas para dar. — A mesa é aq...

Suas palavras foram interrompidas de repente quando ela parou diante do assento preferido, com a língua grudada no céu da boca. Por um instante, tudo o que ela conseguiu fazer foi encarar as duas pessoas que já estavam sentadas nos tão conhecidos bancos vermelhos, com o coração disparado.

Tanner Hartson. Quando tinha sido a última vez que ela o vira tão de perto? Uma década antes? Nas raras ocasiões em que ela o viu desde então, naqueles dias azarados em que os dois estavam visitando a cidade natal, ela havia conseguido atravessar a rua e manter a distância.

O que ela devia fazer? Falar oi? Van engoliu em seco, analisando o cabelo escuro e volumoso dele, penteado para trás como sempre, afunilando até a nuca. Os ombros dele estavam largos, o peito esticando o tecido fino do suéter. E havia a barba por fazer no maxilar forte, que o fazia parecer mais velho. Mais sexy. Não era mais o garoto de quem ela se lembrava, mas um homem. Um homem que poderia tirar seu fôlego, se ela deixasse.

Becca foi a primeira a se recuperar. Ela olhou para Van com um sorriso.

— Ei, ouvi falar que você tinha voltado pra cidade. Como você está? Essa não pode ser a Zoe. Ela está tão crescida.

De algum jeito, Van conseguiu abrir um sorriso. Ela sempre tivera tempo para Becca. Tinha sido como uma irmã para ela.

— Estou bem — disse ela, mantendo o olhar longe de Tanner. — E, sim, essa é a minha irmã, a Zoe.

— Oi, Zoe. Você nem deve se lembrar de mim. Eu sou a Becca Hartson.

— Você é irmã do Gray Hartson? — perguntou Zoe.

Becca assentiu.

— Isso mesmo.

Os olhos de Zoe se iluminaram.

— Que legal. Eu e as minhas amigas *amamos* as músicas dele.

— E esse é o Tanner, meu outro irmão. — Becca apontou para ele com a cabeça. — Eu juro pra você que às vezes ele fala.

Tanner engoliu em seco, com o pomo de adão proeminente ondulando no pescoço.

— Oi, Zoe. — A voz macia e profunda fez os pelos da nuca de Van se arrepiarem. A sensação a varreu como o mar varre a orla.

Zoe o cumprimentou com um movimento da cabeça.

Em seguida, ele olhou para Van com aqueles olhos penetrantes, e ela sentiu uma corrente de eletricidade correr pela coluna.

— Oi, Van. Tudo bem? — perguntou ele baixinho.

Ela fez que sim com a cabeça rapidamente.

— Estou ótima. Como você está?

— Estou bem. — Ele deu um meio-sorriso, e a imagem disparou uma lembrança em sua mente. Do dia em que tudo mudou. Ela engoliu o sabor amargo em seco.

— Vocês querem se juntar a nós? — perguntou Becca a elas, apontando para a mesa. — Tem espaço pra todo mundo.

Os olhos escuros e avaliadores de Tanner encontraram os de Van. Ela sentiu um fluxo de alerta pelo corpo.

— Obrigada, mas hoje, não. — Como se fosse existir outra vez. — Eu cheguei há pouco tempo na cidade. A Zoe e eu temos muita coisa pra conversar.

— Que pena. — Becca ainda estava sorrindo, como se não tivesse noção da atmosfera ao redor da mesa. — Talvez eu te veja em breve. Você vai ao Evento das Cadeiras na sexta?

— Evento das Cadeiras? — Van queria rir. — Isso ainda existe?

Esse era o nome que o povo de Hartson's Creek dava às reuniões semanais perto do riacho. Toda sexta à noite eles se reuniam nos próprios jardins e no campo gramado ao longo do rio, levando comidas e bebidas para compartilhar. Os mais velhos se sentavam nas cadeiras e fofocavam, enquanto os mais jovens jogavam futebol americano ou mergulhavam os pés quentes no riacho fresco.

— Toda sexta-feira entre abril e outubro. — Becca sorriu. — Vocês duas deviam ir. Vai ser bom ver vocês.

— A minha mãe não gosta do Evento das Cadeiras — disse Zoe baixinho. — Ela diz que tem fofoca demais.

Becca deu uma risada alta.

— A sua mãe está certa.

Van pôs a mão no ombro de Zoe, pronta para conduzi-la até outra mesa. Uma que fosse bem longe daquela.

— É melhor a gente ir e fazer o pedido — disse Van a eles, dando um sorriso brevíssimo. — Vejo vocês dois por aí.

— Espero que sim. — Becca estava radiante. Tanner, percebeu Savannah, não disse nada.

Isso não a impediu de sentir os olhos dele queimando suas costas enquanto Zoe e ela iam para o outro lado da lanchonete e se sentavam à mesa vazia.

— Eles são legais — observou Zoe, sorrindo pela primeira vez desde que Van tinha voltado para casa. — Talvez a gente devesse *mesmo* ir ao Evento das Cadeiras na sexta.

Van ainda sentia a pele formigando com a lembrança de Tanner.

— Talvez — disse ela, apertando o ombro de Zoe. — Vamos ver.

— Você vai comer essas batatas fritas ou vai ficar brincando com elas? — perguntou Becca.

Tanner levantou o olhar do prato, piscando quando a voz de Becca o tirou dos próprios pensamentos. Desde que vira Van Butler, ele tinha ficado preso neles. Talvez tenha sido a maneira como ela parecia tão familiar e, ao mesmo tempo, tão distante. Como um grão de poeira no ar que ele não conseguiu segurar. Ou talvez fosse a maneira como ela estava ainda mais bonita do que ele se lembrava, com os olhos azuis arregalados, os lábios carnudos e aquele cabelo dourado que parecia iluminar o ambiente.

— Tanner?

Ele balançou a cabeça.

— Não estou com fome. — Ele olhou para o local onde Van e a irmã estavam sentadas, perto da janela.

A luz do fim de tarde entrava através do vidro e fazia a pele dela parecer quente e macia. Zoe estava dizendo alguma coisa para a irmã, gesticulando muito, e a colher dela saiu voando e caiu no piso de cerâmica. Van deu uma risadinha, e isso provocou algo em Tanner. O que havia de errado com ele? Savannah havia ficado no passado. Ele tinha garantido isso. Mas seu corpo reagia toda vez que ele olhava para ela.

— Acho melhor você tirar uma foto — disse Becca. — Assim ia dar pra disfarçar.

— Cala a boca. — Ele empurrou o prato para ela. — Aqui, come as minhas batatas.

Becca sorriu e deu uma garfada nelas.

— Achei que você não fosse pedir.

Cora Jean foi até a mesa de Van carregando uma embalagem branca. Van sorriu para ela, depois disse algo que parecia indicar que estava pedindo a conta.

Ela iria embora em poucos minutos. Talvez fosse melhor assim. Porque, naquele momento, seu maldito coração estava disparado.

Um minuto depois, Cora Jean levou uma bandeja prateada com um recibo impresso. Van pôs algumas notas em cima e apontou com a cabeça para Zoe, que estava pegando o casaco para ir embora.

Antes de conseguir pensar no que estava fazendo, Tanner estava de pé indo em direção à mesa perto da janela. Van ergueu o olhar para ele, unindo as sobrancelhas como se estivesse surpresa.

— Posso falar com você rapidinho? — perguntou ele.

Ela passou a língua no lábio inferior, desviando o olhar para Zoe.

— Hum, claro. — Ela sorriu para a irmã. — Zoe, você pode me esperar no carro? — Ela jogou a chave e Zoe a pegou com facilidade, olhando para Tanner com interesse antes de sair da lanchonete.

Então eram só os dois, e ele já estava arrependido de ter ido até ali, porque não tinha a menor ideia do que falar para Savannah.

Por favor, me desculpe por partir seu coração não era suficiente.

— Como posso ajudar? — perguntou ela, sorrindo daquele jeito familiar. De perto, ele conseguia ver as marquinhas de expressão que se formavam perto dos olhos dela. Que só a deixavam mais atraente.

— Eu estava pensando se você planeja ficar na cidade por um tempo — disse ele, com a voz baixa.

— Hum, sim. Por um tempinho. Por quê?

Ela ainda estava sorrindo. Meu Deus, como ele queria sorrir. Queria pegar a mão dela e tirá-la dali. Correr com ela pela cidade como eles faziam.

— Porque não quero que as coisas fiquem esquisitas entre a gente se nos encontrarmos na rua.

O sorriso nos lábios dela se desfez lentamente.

— Por que seria esquisito?

Porque eu destruí você. Destruí nós dois. Ele enfiou as mãos nos bolsos, olhando para ela.

— Por nada. Eu só queria saber se está tudo bem entre a gente.

O olhar dela encontrou o dele.

— Está tudo bem.

O próprio sorriso pegou Tanner de surpresa.

— Que bom — disse ele com a voz rouca. — Fico feliz.

Ela se levantou, pegando a bolsa numa das mãos e a embalagem branca na outra.

— A gente se vê por aí.

— Com certeza. — Ele encontrou o olhar dela de novo. — Você está bonita, Butler.

Ela piscou. Por apenas um segundo, seu autocontrole parecia ter desaparecido. Ela era aquela Van de novo, a menina que corria pela cidade com Tanner, deixando todo mundo doido.

— Obrigada — disse ela, curvando os lábios para cima. — Você também não está nada mal.

Com isso, Savannah se virou e saiu porta afora, balançando os quadris. Se ele gostou de como a bunda de Van ficava naquela calça jeans? Bom, pelo menos isso provava que tia Gina estava certa.

Mente vazia, oficina do diabo.

5

A noite tinha sido longa, com Van se virando de um lado para o outro na cama. A cabeça estava cheia demais para que ela conseguisse dormir. Van suspirou e se sentou, olhou o celular e viu que eram apenas seis e meia da manhã. Não fazia mais sentido tentar dormir. Ela estava mais inquieta que nunca.

Savannah tinha feito o possível para manter o equilíbrio na frente de Tanner, na noite anterior. Uma coisa que ela havia aprendido desde muito nova: vista uma máscara, não deixe as pessoas saberem que estão te afetando. Assim elas não podem te machucar.

Por muito tempo, ele tinha sido a única pessoa do mundo que a tinha visto sem a armadura que ela usava. E agora era um desconhecido.

Um desconhecido muito gostoso, forte e bonito que fazia o coração dela disparar, que maldição. Com um sorriso lento e os braços musculosos, Tanner sabia exatamente como afetava as pessoas. E funcionava. Ela sentia. *Argh*.

Van esfregou os olhos, foi descalça até a cozinha e ligou a cafeteira. A máquina fez barulho e despejou o café enquanto ela pegava papel e caneta, determinada a se concentrar no momento presente e em todas as coisas que ela precisava fazer.

Dar uma olhada nas contas da mãe, conferir se tinha dinheiro suficiente e, de algum jeito, convencê-la a sair da cama. Quem sabe Kim até saísse de casa. Van tinha economizado o suficiente para os meses seguintes, mas esse dinheiro acabaria em breve e ela teria que voltar a Richmond para trabalhar ou encontrar alguma coisa por ali. Ajudaria muito se a mãe também tivesse uma renda.

Quando Zoe se levantou, Van estava usando um short de corrida justo e um top esportivo resistente, e tinha o cabelo preso num rabo de cavalo apertado, esperando a irmã ir para a escola antes de sair para correr.

— Oi. — Zoe sorriu para ela e pegou uma tigela no armário, enchendo-a de cereais. Ela pegou a caixa de leite e a sacudiu. — Está quase acabando.

— Eu sei. — Van tirou o olhar da lista. — Preciso ir ao mercado. Quer ir também? Posso esperar você voltar da escola.

— Posso comprar uns lanchinhos? — perguntou Zoe, enfiando os cereais na boca. Ela comia bem rápido.

Por um instante, Van a observou enfiando uma colherada atrás da outra, impressionada com a velocidade.

— Claro — respondeu. — Você tem tudo que precisa pra escola?

Zoe enfiou a última colherada na boca e engoliu.

— Aham. Te vejo mais tarde.

Ela deu um beijo na bochecha de Van e pôs a tigela na lava-louças, depois pegou a mochila cor-de-rosa cintilante no armário do hall de entrada da nova casa impecável.

— Tenha um bom dia — gritou Van enquanto a irmã fechava a porta ao sair.

Um instante depois, a mãe se arrastou para fora do quarto.

— Que horas são? — perguntou ela, com o robe de seda cor-de-rosa amarrado na cintura esguia.

— Sete e meia. A Zoe acabou de sair. — Van se levantou e alongou os braços. Era muito cedo, mas ela sentia que já tinha feito o planejado para um dia inteiro.

— Foi isso que me acordou. — A mãe pegou uma caneca no armário e se serviu de café. — Ela sempre bate a porta. — Então se virou e olhou para Van. — Que roupa é essa? — perguntou, olhando para ela de cima a baixo.

— Vou sair pra correr. — Van olhou para baixo, para o short justo e o top esportivo que tinha vestido de manhã cedo. — Quando eu voltar, podemos trabalhar numa lista que estou fazendo. Vamos começar vendo todas as contas.

— Estou doente. — A mãe levou a mão até a testa, se encolhendo como se estivesse com dor. — As contas não podem esperar até amanhã?

— Se você bebesse um pouco menos, talvez não ficasse doente — observou Van.

— Eu não bebo muito.

Van ergueu uma sobrancelha.

— Claro que não. — A garrafa vazia de vodca na lata de lixo dizia o contrário.

Kim se jogou na cadeira à mesa e levou a caneca aos lábios.

— Não acredito que você gosta de correr. Parece tortura.

Van deu de ombros.

— Eu gosto. É uma boa maneira de começar o dia. — Ela pegou os fones de ouvido e clicou no smartwatch para sincronizar os dois. — Volto daqui a uma hora, mais ou menos. Talvez você possa tomar um banho enquanto eu estiver fora.

— Talvez.

Van respirou fundo e foi em direção à porta, iniciando a playlist no relógio enquanto descia correndo os degraus até a calçada.

Tinha começado a correr anos antes. No início, parecia estranho, porque ela não gostava de esportes na escola, não como Tanner e os irmãos dele. Eles a provocavam por sua falta de destreza atlética. Não com maldade — eles nunca eram malvados. Bom, pelo menos até o dia em que Tanner a magoou como nenhuma outra pessoa no mundo. Não, eles perguntavam onde ela enfiava toda a comida que comia, porque ela sempre inventava desculpas para escapar da aula de educação física.

Savannah não se lembrava de quem havia sugerido que ela tentasse correr para lidar com a raiva. Talvez tenha sido Craig. Ele sempre adorara esportes. Não importava quem tenha sido, ela tentou porque precisava de algo para fazê-la seguir em frente, e ninguém ficou mais surpreso do que ela mesma quando funcionou.

Ela começou devagar, trotando pela calçada em direção à praça da cidade, dando uma volta completa antes de ir para oeste pela estrada principal, que saía da cidade. Conforme o espaço entre as casas aumentava e o verde dos campos de milho apareciam ao longe, ela sentiu o fôlego começar a diminuir enquanto os pulmões faziam hora extra.

Era preciso de três a cinco quilômetros para que Van chegasse ao seu melhor. Só quando alcançava um ritmo inconsciente é que a mente conseguia afastar todas as preocupações e ansiedades e deixar um nada puro e tranquilo pelo caminho. Ela já ofegava quando a calçada acabou e as estradas rurais de terra começaram, com a pele se aquecendo no sol matinal.

Era ali que a estrada virava para a esquerda. Num dos lados, os campos de milho continuavam — agora verdes, mas, dali a um ou dois meses, começariam a ficar dourados. No outro lado havia um campo com a grama quase na altura dos joelhos e um enorme painel de madeira para a reprodução de filmes, cuja tinta branca tinha descascado havia muito tempo. A bilheteria ainda estava ali: uma cabine de madeira onde ela ficava sentada quando era adolescente e vendia ingressos para carros enquanto eles se enfileiravam para ver o filme que o drive-in estivesse passando naquela semana. Aquele emprego era a passagem para ela sair da cidade.

Pelo menos tinha sido o que Savannah pensara na época.

O Cinema Drive-In Chaplin tinha fechado oito anos antes, logo depois que a mãe dela e Craig se casaram. Parecia o fim de uma era, embora Van não estivesse mais trabalhando lá. Seu coração se apertou ao ver o local tão abandonado.

Durante anos, o cinema tinha sido uma parte importante da vida de Hartson's Creek. Nunca exibia os filmes mais recentes nem os melhores — na verdade, o proprietário, sr. Chaplin, preferia exibir filmes de pelo menos dez anos antes. Dessa maneira, os custos ficavam baixos e ninguém se preocupava muito. Naquela época, antes de a Netflix e os outros serviços dominarem tudo e todo mundo poder assistir a qualquer coisa nos streamings, era um lugar em que as pessoas iam para ver um bom filme antigo.

Uma das suas melhores lembranças eram as reuniões para decidir quais filmes seriam exibidos nas semanas seguintes. O sr. Chaplin deixava os jovens que trabalhavam lá darem sugestões. Quanto mais diferente, melhor.

Eram bons tempos. Foram muitos, quando ela era mais nova. Muitos deles nesse campo.

Apoiada na antiga placa que anunciava os horários de exibição, ela inspirou, ignorando a queimação nos músculos da panturrilha. À direita, ela sentiu um movimento. Outro corredor? Isso era estranho o suficiente para fazê-la virar a cabeça para olhar.

Só levou um instante para reconhecer aquele jeito de correr. Era um jeito que Savannah tinha visto bastante quando era mais nova. Primeiro, quando eles brincavam em vários lugares da cidade. Depois, quando ele fazia parte do time de futebol americano na escola, dando tudo de si para ganhar partidas do mesmo jeito que se dedicava em tudo na vida.

Ela congelou por um instante. Se ela o reconheceu, havia uma boa chance de ele também tê-la reconhecido. Não havia como ir embora e correr mais do que ele. Tanner Hartson sempre a alcançava. Isso sempre fora muito irritante quando eles eram mais jovens.

Não havia outro jeito senão acabar logo com aquilo. Tanner estava certo. Era uma cidade pequena e havia a probabilidade de ela vê-lo mais vezes quanto mais tempo passasse em Hartson's Creek.

— Oi. — Ele diminuiu o ritmo, com a respiração pesada. — Eu não sabia que você corria.

Ela deu de ombros.

— Comecei há uns anos, quando o chocolate começou a aparecer nos meus quadris.

O olhar dele automaticamente desceu para as pernas de Van. Ela sentiu o rosto esquentar com a avaliação dele.

— Não acredito nisso nem por um segundo — disse ele, enquanto voltava o olhar para os olhos dela. — Você comia muito mais que eu quando a gente era criança e nunca ganhou nem um grama.

O canto do lábio dela se curvou.

— Acho que as coisas mudaram desde então.

— Acho que sim. — Ele inclinou a cabeça na direção da cidade. — Você vai voltar?

— Assim que conseguir recuperar o fôlego.

Ele passou a língua no lábio inferior.

— Eu te espero.

A ansiedade disparou dentro dela.

— Não precisa.

— Eu quero — afirmou ele, com os olhos ainda grudados nos dela.

Okay. Então era assim que as coisas iam acontecer. Talvez fosse o momento de assumir o controle da situação.

Ela se afastou da placa descascada e respirou fundo.

— Vamos apostar corrida! — Van se lançou para a frente e sentiu o ar passar por ela enquanto acelerava o passo. Ela ouviu uma risadinha, depois o barulho de passos na estrada de terra enquanto ele a alcançava com facilidade.

— Quer dizer que você ainda joga sujo. — Ao contrário de Van, ele não estava nem um pouco sem fôlego enquanto desacelerava para correr ao lado dela.

— Sou obrigada a usar todas as vantagens que tenho.

Só quando ele estava pertinho é que ela percebeu a diferença. E sentiu. Ele estava mais forte do que nunca, a camiseta de correr apertada no peito, revelando músculos um pouco torneados demais para o gosto dela. As pernas estavam queimadas de sol e definidas, movimentando-se num ritmo tranquilo.

Ela nunca havia notado a diferença de altura entre eles tão claramente. Nem no ensino médio, quando ele cresceu quase trinta centímetros durante o verão e todas as calças jeans ficaram pescando.

Era muito estranho correr ao lado dele. Familiar, mas ao mesmo tempo bizarro. Dez anos antes, estarem juntos era o normal, mas agora havia tanta história que doía como um corte de faca.

Nenhum dos dois dissera uma palavra sequer nos primeiros cinco minutos de corrida. Estava tudo silencioso, exceto pela respiração suave de ambos e o trinado dos pássaros nos campos. Ela percebeu que estava olhando *de novo* para as pernas dele e desviou o olhar. Ele estava olhando direto para ela. Será que tinha notado que ela o estava analisando? Por sorte o rosto dela já estava quente e Tanner não ia notar que ela tinha corado.

Quando chegaram à praça da cidade, ela esperava que ele virasse e pegasse a estrada direto para casa, mas ele correu ao seu lado, seguindo pela rua paralela que levava à casa de sua mãe. Savannah lançou um olhar questionador para ele, que deu de ombros. O cabelo escuro e volumoso estava bagunçado pela corrida, os fios afastados do rosto definido.

Quando eles chegaram à rua dela, Van desacelerou e passou a caminhar com a respiração curta enquanto tentava buscar o oxigênio necessário para se restabelecer. Tanner também desacelerou, e ela virou a cabeça para olhar para ele.

— Pode seguir daqui — disse ela, ofegando. — Você mal suou. — Pela aparência, ele provavelmente conseguiria correr por mais uns dezesseis quilômetros.

Em contrapartida, Van estava detonada.

Ele deu de ombros.

— Eu te levo até a sua casa.

Ela piscou.

— Por quê?

— Porque eu quero.

Quantas vezes ele a levara para casa na vida? Primeiro saindo da escola fundamental, depois, quando ela cresceu um pouco e a mãe estava mais negligente, da casa dele, depois do jantar, quando tia Gina insistia em alimentá-la. E, depois que ela começou a trabalhar no drive-in, Tanner chegava toda noite no fim do expediente e insistia em levá-la para casa em segurança.

Mas isso fora *naquela época*. Quando eles eram crianças. Melhores amigos.

Mais que isso.

Uma coisa que eles não eram havia séculos.

Eles chegaram perto do jardim da mãe dela e o gramado bagunçado e alto a fez se sentir exposta. Mais um item para acrescentar à lista de coisas a fazer. Será que a mãe pelo menos tinha um cortador de grama que funcionasse?

Ela percebeu que ele também encarava o descuido. O calor ardeu no rosto dela.

— Vou cortar mais tarde — comentou ela. — O Craig foi embora, e minha mãe não está bem.

Ele franziu a testa.

— Você precisa de ajuda?

— Estamos bem. Ela vai ficar bem. A Zoe e eu estamos cuidando de tudo. — Ela inclinou a cabeça na direção da casa minúscula. — Preciso entrar.

— Claro. Mas, se você precisar de alguma coisa, estou por aqui. — Um sorriso fraco passou pelos lábios dele. — No mesmo lugar de sempre.

— Tá bem… — Ela deixou a voz morrer, sabendo que não aceitaria a oferta dele. — A gente se vê por aí.

— Acho que sim.

Ele pareceu incerto. E, caramba, aquela voz profunda e acolhedora lançou um fluxo de prazer pelo corpo dela. Corpo idiota e traidor, se satisfazia com tanta facilidade.

Ela seguiu pelo caminho rachado até os degraus sujos da frente da casa, ignorando o modo como seu coração batia forte. Era o exercício, só isso. Uma simples reação fisiológica a uma corrida de oito quilômetros.

Nada a ver com o cara musculoso de um metro e noventa que a observava do outro lado do jardim.

O que ele ainda estava fazendo ali, afinal?

— Então, tchau — disse ela, levantando a mão. Savannah se agachou para procurar a chave que tinha escondido de novo no vaso de plantas, depois se levantou e a enfiou na fechadura.

Quando a porta se abriu com um rangido, ela se permitiu dar uma última olhada por sobre o ombro.

Por sorte, ele tinha ido embora.

6

— Estão todas vencidas — disse Van, passando a pilha de contas para a mãe. — A gente precisa pagar, senão vão cortar tudo.

— Ninguém vai cortar nada — disse Kim, parecendo insegura. — Eu vou ligar e dizer que o Craig foi embora. Isso vai nos dar um tempinho.

Van suspirou, tentando não se frustrar. A mãe ainda não tinha a menor ideia de como o mundo real funcionava. Nunca tivera. Desde que Van se lembrava, ela empurrava a responsabilidade para outras pessoas.

Van. Craig. Talvez Zoe um dia.

— Você pelo menos pagou o aluguel desse mês? — perguntou Van, tentando manter a voz calma.

Kim deu de ombros.

— Não. Mas não tem problema. Eles não se importam quando eu não pago.

— O sr. Klein não se importa?

Van ainda tinha lembranças nítidas de se esconder atrás do sofá com a mãe quando ele aparecia e esmurrava a porta, exigindo o pagamento. A mãe botava a mão na boca de Van enquanto ele rondava a casa, espiando pelas janelas para ver se elas estavam lá.

Ela também se lembrava das vezes que ele aparecia à noite. Era nesses momentos que a mãe o deixava entrar, usando apenas um robe de seda brilhoso e enxotava Van para o quarto, mandando-a ir para a cama e não sair de lá.

A lembrança provocou calafrio nela.

— O sr. Klein vendeu a casa anos atrás. Não tenho a menor ideia de quem é o proprietário agora. Eu pago pela Imobiliária Fairfax. — Ela franziu o rosto.

Era compreensível. Antes de Van nascer, a mãe tinha trabalhado como assistente de Johnny Fairfax. De acordo com as fofocas da cidade, ela foi demitida numa onda de fúria, acusada de roubar uma grande quantia em dinheiro. Se era verdade ou não, Van não sabia. A mãe se recusava a falar disso, e Van não queria saber.

Isso não impedira Johnny e sua esposa, Nora, de olharem para ela com desprezo quando era mais nova. Nem a filha deles, Chrissie, de tratar Van como lixo na escola.

— Eles não se importam quando você atrasa o aluguel? — perguntou Van, franzindo a testa.

— Eles não têm escolha. Vou pagar quando puder. — Ela deu de ombros e foi até a geladeira, fazendo uma careta quando a abriu. — Nossa, a Zoe deve ter acabado com o suco.

— Vou ao mercado mais tarde. Até lá você vai ter que beber água. — Van pegou as contas e as empilhou. A necessidade de sair de casa a dominou. — Acho que vou dar um pulo na cidade. Trabalhar um pouco na lanchonete. — Ela lançou um olhar penetrante para a mãe. — Amanhã a gente precisa fazer um orçamento. E conversar sobre você conseguir um emprego.

— A gente precisa mesmo fazer isso? — A voz da mãe parecia sofrida.

— Precisa. O Craig entrou em contato? Ofereceu de mandar algum dinheiro?

— Não. — O lábio de Kim tremeu. — Ele está ocupado demais com a nova mulher, imagino. Babaca.

Pelo menos elas concordavam em *uma* coisa. Van colocou as contas na mochila do notebook e a jogou sobre o ombro.

— Sinto muito — disse ela de um jeito suave. — Eu sei quanto isso dói.

A mãe deu uma olhada interessada para ela.

— Você já passou por isso?

— Há muito tempo — respondeu Van baixinho.

— Mas você não tem ninguém agora, né? Não desde aquele tal Damon uns anos atrás?

— Não. — Van sorriu. — Estou solteira e feliz. E talvez você também possa se sentir assim.

— Talvez. — A mãe não pareceu muito segura com a possibilidade.

Para ser sincera, Van também não estava segura disso. A mãe sempre baseara o próprio valor na maneira como era vista pelos homens. Desde que Van se lembrava, a mãe ou estava num relacionamento ou estava ficando com um homem. As duas semanas anteriores, desde que Craig fora embora, provavelmente tinham sido seu maior período de seca em décadas.

Talvez fosse bom a mãe não estar saindo de casa naquele momento. Porque, quando se tratava de Kim, os homens quase sempre eram um problema.

O sol do início da tarde estava enevoado quando Van abriu a porta da lanchonete do Murphy e o cheiro de bacon e café atacaram seus sentidos enquanto ela se sentava a uma mesa perto da janela, com vista para a praça da cidade.

Ela não ia nem tentar sua mesa favorita. Não depois do que acontecera no dia anterior. Melhor se sentar num lugar mais aberto e poder ver as pessoas se aproximando. Assim ela não seria pega de surpresa.

— Savannah Butler? É você?

Van ergueu o olhar da mesa e seu campo de visão foi ocupado por uma barriga grande e grávida. Ela subiu mais o olhar para ver a dona da barriga, uma mulher baixinha de cabelo escuro que ela não reconheceu.

Van abriu um sorriso no rosto no mesmo instante.

— Sim, sou eu — respondeu, ainda tentando descobrir quem era. — Desculpe, não sei o seu nome.

— Regan Laverty. Era Regan Nash. Nós estudamos juntas no ensino médio, lembra?

— Ah. Oi. — Van deu outra olhada na mulher. Tinha uma vaga lembrança. Ela se levantou e apertou a mão de Regan. — E parabéns — disse, olhando para a barriga.

Regan riu.

— Obrigada. É nosso quarto filho, então não escuto muito isso. — Ela baixou a voz. — É mais compaixão do que qualquer outra coisa. Ontem, a mulher do meu chefe me chamou num canto e perguntou se eu precisava de ajuda com meu anticoncepcional.

Van segurou uma risada.

— Isso é a cara do pessoal daqui.

— A sra. Fairfax tinha boas intenções — continuou Regan, dando de ombros. — Mas eu gosto de ter bebês. Essa sou eu.

— Você trabalha para o Johnny Fairfax? — perguntou Van.

— É, aqui do lado, na Imobiliária Fairfax. Estou no meu intervalo agora. — Regan olhou para o relógio. — Só tenho dez minutos antes de ter que voltar para o escritório. Posso me sentar com você?

— Claro. — Van observou Regan se espremer no banco com a barriga apertada contra a mesa. — Quer um café?

— Só se for descafeinado, senão as pessoas vão comentar. — Ela baixou a voz como se fosse um segredo.

Cinco minutos depois, Van estava atualizada das fofocas de Hartson's Creek. Ela ficou sabendo que o irmão de Tanner, Gray, tinha construído uma mansão enorme na fronteira da cidade e que, de algum modo, tinha ido morar com a irmã da ex-namorada dele, o que, segundo Regan, causou um reboliço dos infernos na cidade. Ela também soube que o reverendo Maitland tinha quebrado a perna, mas ainda fazia os cultos de domingo com muletas, e que o cachorro de Della Thorsen tinha mordido o braço dela com tanta força, que sangrou durante horas, mas, mesmo assim, ela se recusava a fazer eutanásia no animal.

Van tomou um gole de café, impressionada com a rapidez da fala de Regan.

— Pobre sra. Thorsen.

— Ah, ela mereceu. Ela é horrível. Fez minha mãe chorar no Evento das Cadeiras da semana passada.

Outra menção ao Evento das Cadeiras. Van tinha quase certeza de que a mãe fora o assunto principal da conversa nas últimas duas semanas da reunião semanal.

— Você trabalha na Imobiliária Fairfax há muito tempo? — perguntou Van quando finalmente conseguiu falar.

— Faz cinco anos. Comecei a trabalhar pouco antes da minha segunda gravidez. — Regan deu de ombros. — O sr. Fairfax ficou revoltado quando contei a ele.

Van apostava que sim.

— Então você deve conhecer o dono da casa da minha mãe. A número 175 da Rua dois.

Regan mordeu o lábio.

— Número 175? — refletiu ela. — Aquela com o carvalho na frente?

— Essa mesma. Era do Simon Klein.

O rosto de Regan se iluminou.

— Ah, o sr. Klein vendeu a casa quatro anos atrás. Ele se mudou pra Flórida. A última notícia que eu tive foi que ele encontrou uma namorada vinte anos mais velha. Não sei onde eles arrumam tanta energia. Assim que acabo de dar comida às crianças, só quero me deitar e dormir.

— Mas você sabe pra quem ele vendeu? — perguntou Van.

— Ah, sim. Para o Tanner Hartson. Achei que você soubesse. Vocês dois não são melhores amigos? — Regan olhou para o relógio. — Ah, querida, tenho que ir. — Ela se arrastou pelo banco vermelho, deslizando a barriga na beirada da mesa. — Foi muito bom te ver, Van. Talvez a gente se encontre no Evento das Cadeiras.

Van assentiu.

— Claro. Foi ótimo ver você também.

Regan finalmente chegou à beirada do assento. Sentindo pena dela, Van se levantou e a ajudou a ficar de pé, segurando as mãos da grávida.

— Obrigada — disse Regan, inclinando-se para a frente para abraçá-la. — Você é muito gentil. — Ela foi bamboleando em direção à saída, e Van correu para ultrapassá-la e abrir a porta.

— Pronto.

Van observou a caminhada lenta de Regan de volta para o trabalho enquanto seu estômago dava um nó com a notícia que a mulher tinha deixado escapar.

Tanner Hartson era dono da casa que a mãe alugava e, ao que tudo indicava, já fazia alguns anos. Mas por que ele comprara a casa, se ele e Van nem estavam se falando?

Suspirando, Van acompanhou, com o olhar, Regan bamboleando até o escritório da Imobiliária Fairfax e a porta se fechando rapidamente depois que ela entrou. Van voltou para a mesa, com pensamentos sobre Tanner, a casa da mãe e Johnny Fairfax disparando pela mente.

Alguns dias antes ela acreditara que, ao voltar, não deixaria a cidade afetá-la.

Tarde demais.

Tanner esticou as pernas compridas por baixo da mesa da cozinha na manhã seguinte, mexendo no notebook que tinha comprado no dia anterior. O notebook corporativo tinha sido entregue como parte da venda da empresa, junto com o celular corporativo e seu propósito na vida. Ele ergueu uma sobrancelha, lembrando-se de como era rico de dinheiro e pobre de tempo. Pensando em todas as coisas que tinha dito que faria quando tivesse tempo, e agora não conseguia se concentrar em nenhuma delas.

Na verdade, Tanner estava passando boa parte de seu tempo livre se lembrando da bunda de Van Butler no short justo quando ela estava correndo. Esse não era um jeito ruim de desperdiçar os minutos.

Ele se ajeitou na cadeira, olhando para a tela à sua frente, balançando a cabeça enquanto descia a página de novo.

— O que você está fazendo? — perguntou Becca ao entrar na cozinha. Ela se inclinou sobre a mesa para olhar o notebook.

— Procurando casas.

— Em Hartson's Creek?

Ele rolou a tela de novo.

— É.

— Pra investir? — Ela se serviu um pouco de café numa caneca térmica, depois pegou uma maçã e uma barrinha de chocolate no armário. — O quê? — perguntou ela, percebendo o olhar divertido de Tanner. — Estou atrasada para o trabalho. E preciso de energia.

— Uma coisa que você não precisa é de mais energia — afirmou Tanner. — E, não, não é pra investir. É pra mim.

— Bom dia — disse tia Gina, entrando na cozinha com o jornal na mão. Ela o tirou da embalagem plástica e o deixou de lado, como sempre fazia para o pai dele. Era difícil se lembrar da vida sem a presença dela. Ela havia chegado no dia seguinte à morte da mãe de Tanner, irmã de tia Gina, e nunca mais fora embora. Eles tiveram sorte de tê-la, ainda mais porque o pai era muito taciturno.

Tia Gina era o bálsamo para as ferroadas dele. Mais de uma vez ela havia se metido entre Gray e o pai quando eles discutiam, antes de Gray sair da cidade em busca do estrelato. E, embora tivesse abrandado um pouco no último ano, o pai ainda fazia todos se sentirem desconfortáveis. Talvez fosse uma coisa boa ele passar a maior parte do tempo no escritório.

Ela pegou uma frigideira, acendeu o fogo e jogou óleo dentro.

— Quantos ovos você quer para o café da manhã? — perguntou ela a Tanner.

— Nenhum. — Tanner deu uma piscada para ela. — Vou sair pra correr daqui a pouquinho. Não quero tomar café, obrigado.

O pai entrou na cozinha e se sentou em frente a Tanner. A atmosfera leve se dissipou quase no mesmo instante, como sempre acontecia quando ele estava por perto. Tia Gina lhe entregou o jornal, e ele o desdobrou, pegando os óculos de leitura e os colocando na ponta do nariz.

— Ai, caramba, estou atrasada. Mas quero saber mais sobre essa casa. — Becca lançou um olhar significativo para Tanner. — E, a propósito, ouvi dizer que você não estava correndo sozinho, ontem. É por isso que está tão animado pra sair de novo agora de manhã?

— Eu corro todo dia — disse Tanner de um jeito suave. Becca não conseguia deixá-lo constrangido. Ele tinha vivido a maior parte da vida com Gray, Cam e Logan. Todos eles mestres em envergonhar os outros. A irmã era só uma imitadora.

Ela olhou de novo para o relógio com a expressão dilacerada.

— Mas não de manhã. Você costuma correr à noite. Sempre foi assim.

Ele deu de ombros.

— Estou com mais tempo livre agora. Vou mudar um pouco as coisas.

Soltando um grunhido de irritação, Becca saiu da cozinha, acenando com a mão e derramando café para todo lado. Tanner abriu um sorriso presunçoso, mas não disse nada.

— Com quem você está correndo? — perguntou tia Gina, deslizando os ovos para cima da torrada fresquinha que tinha feito e colocando o prato na frente do pai.

— Ninguém que você conheça. — Ele terminou o café, deixando a caneca na nova lava-louças que Gray tinha comprado no último Natal. — Estou indo, vejo você mais tarde.

— Você vai voltar para o almoço? — gritou tia Gina quando Tanner segurou a maçaneta da porta dos fundos.

— Provavelmente não. Não precisa fazer nada pra mim. — Quando ele se virou para dar a ela seu sorriso de sempre, ela o estava encarando com as sobrancelhas franzidas. — Você está bem?

— Estou… — Ela deixou a voz morrer, mas ele percebeu o olhar examinador. — E você?

— Também.

— Está todo mundo bem — resmungou o pai enquanto tomava o café. — Agora eu posso continuar a tomar meu café da manhã em silêncio?

E era por isso que Tanner precisava encontrar uma casa. Se fosse ficar na cidade por um tempo, precisava ter uma casa só dele antes de estrangular o pai.

Todo mundo sabia que ele era bonito demais para usar uniforme de prisão.

Van alongou o pescoço num movimento circular, tentando relaxar os músculos tensos. Ela foi até o alpendre, levantou o pé direito e o apoiou no parapeito, inclinando-se para a frente para sentir o alongamento na parte de trás da coxa enquanto os tendões da perna protestavam contra o movimento.

Ela ergueu os olhos e viu Tanner apoiado no carvalho, com os braços cruzados, os bíceps salientes nas mangas da camisa justa de corrida. Ele estava usando short de novo, mas, dessa vez, ela se recusou a olhar para as pernas bronzeadas e definidas. Não precisava. Estavam entalhadas na memória dela.

Ela o ignorou, alongou a perna direita e contou até vinte antes de se virar e apoiar o pé esquerdo no parapeito, inclinando-se para a frente com graciosidade até a parte de trás da coxa começar a relaxar.

Pelo canto do olho, ela viu que ele não tinha se mexido nem um centímetro. Também não tinha falado nada. Estava só encarando Van com aqueles olhos escuros. Ela não ia corar — não ia dar essa satisfação a ele. Em vez disso, se endireitou e se alongou para a direita e para a esquerda, depois desceu trotando os degraus até o caminho que dava na rua.

Assim que passou por Tanner, ouviu os tênis de corrida batendo nas lajotas de concreto, acompanhando seus passos enquanto ela seguia pela rua. Quando a calçada se alargou, ele acelerou apenas o suficiente para correr ao lado dela, depois diminuiu o ritmo para acompanhar seu passo de novo.

Van pegou a mesma rota do dia anterior, indo primeiro até a praça da cidade, passando pelo coreto e pelos bancos que ficavam de frente para os canteiros de flores que transbordavam de cor. Depois deu a volta completa, passando pela Primeira Igreja Batista e seguindo pela estrada principal até sair de Hartson's Creek.

— Lembra quando a gente soltou aqueles ratos no meio do culto de domingo? — perguntou Tanner, olhando para a igreja antes de eles virarem a esquina.

Van ergueu uma sobrancelha.

— Ah, quer dizer que agora vamos relembrar os velhos tempos?

Meu Deus, como foi divertido ver todo mundo gritando e levantando os pés. Eles levaram a semana toda para encontrar ratos suficientes para fazer uma boa travessura.

Ele deu de ombros, ainda acompanhando o passo dela.

— Podemos conversar sobre o que você quiser.

Ela umedeceu os lábios e acelerou um pouco. Já estava sentindo os pulmões começarem a arder.

— Que tal você me contar por que está de volta a Hartson's Creek? Na última vez que soube, você era importante em Nova York.

— Você andou perguntando de mim para as pessoas?

Ela conseguiu ver o sorriso dele pelo canto do olho.

— É incrível o quanto as pessoas querem me contar quando me veem na cidade. Talvez eu tenha um cartaz na testa dizendo "Me fale do Tanner Hartson". Elas acham que estão me atualizando.

Ele deu uma risadinha.

— É. Acontece a mesma coisa comigo, só que falando de você.

— É mesmo?

— Aham. Sei o dia exato em que você se mudou pra Richmond. Quantos banheiros e lavabos seu apartamento tem. E, toda vez que um dos eventos que você planejou aparece na TV, meu celular quase explode.

— As pessoas são babacas.

— Elas são — concordou ele.

— Ainda bem que a gente assustou todo mundo com os ratos. Eles mereceram. — Ela sentiu os lábios se curvarem num sorriso.

Ele riu.

— Talvez a gente devesse fazer isso de novo.

— Tenho quase certeza de que fui banida da igreja. O reverendo Maitland ia ter um ataque cardíaco se eu entrasse lá no domingo. — Van balançou a cabeça. — Nós éramos crianças terríveis, né?

— Éramos entediados. E a gente se divertia com o choque das outras pessoas. — Tanner deu de ombros. — De qualquer maneira, os ratos não foram nada em comparação com o dia em que a gente pôs sabão nos vasos sanitários do banheiro da escola. Toda vez que alguém dava descarga, a espuma se espalhavam pelo chão. — Ele deu uma risadinha. — Ver a cara das pessoas valeu o castigo.

Van sorriu com a lembrança. Mas o pessoal da limpeza não achara tão engraçado assim. Meu Deus, eles eram muito pestinhas.

Agora estavam na estrada aberta, com os campos se estendendo diante dos dois. Ela amava e odiava o fato de ser tão fácil conversar com Tanner. Odiava porque sentia muita saudade daquilo.

E amava porque ele sempre fora seu melhor amigo. Até não ser mais.

— Por que você comprou a casa da minha mãe? — A pergunta veio do nada, escapando dos lábios como uma confusão de palavras.

— Você sabia disso? — Ele inclinou a cabeça para olhar para ela.

As pernas de Van estavam desacelerando, a respiração ficando curta enquanto tentava manter o ritmo.

— É, sabia. Mas não sei por que você fez isso. Ela não é exatamente a melhor inquilina do mundo.

— Eu estava com muito dinheiro e precisava fazer uns investimentos. A casa apareceu no mercado no momento certo.

— Então foi só uma coincidência? — Ela ergueu uma sobrancelha. — De todos os lugares que você podia comprar, você, por acaso, escolheu a casa da minha mãe?

— O que mais poderia ser? Você acha que comprei a casa de propósito por causa da amizade com você? — Os lábios dele se contraíram quando o olhar dos dois se encontrou. Ela desviou o olhar no mesmo instante.

Sim, ela achava isso. Mas depois percebeu como pensar assim a fazia parecer egoísta.

— Eu sei que ela está devendo o aluguel. Vou mandar um cheque quando voltar pra casa.

— Está tudo bem. Eu não preciso do seu dinheiro.

Ela olhou para ele de soslaio.

— Mesmo assim, eu gosto de pagar minhas contas. Não gosto de dever nada pra ninguém.

— Eu sei — concordou ele baixinho. — Olha, a gente pode parar de correr um pouco?

— Está cansado? — Ela desacelerou, parando quase no mesmo lugar onde tinha perdido o fôlego no dia anterior. Naquele ponto, Tanner estava voltando de onde quer que tenha ido correr. Não tinha como ele já estar sem fôlego.

— Eu só quero olhar pra você quando estiver falando. — Ele se apoiou na cerca de madeira meio apodrecida que demarcava o drive-in tomado pela grama alta. Ela se lembrava de ter feito parte da equipe que a pintou vários anos antes.

Tanner também estava lá, embora ele jogasse mais tinta nela do que na madeira.

— Por que você está sorrindo?

— Só estou me lembrando de como você era pateta quando criança.

Ele deu uma risadinha.

— Você também era meio pateta.

— Eu era o Cérebro e você o Pinky — comento ela, pegando a garrafa d'água presa na cintura. Ela abriu a tampa e tomou um longo gole. A água ainda estava gelada por ter ficado na geladeira durante a noite.

— Engraçado como todo mundo me culpava pelas nossas travessuras e, na verdade, as ideias eram todas suas — disse ele, enfático.

Ela sentia o olhar dele em seu rosto, aquecendo a pele como o sol. Ela tirou a garrafa dos lábios e ofereceu a ele.

— Quer?

Ele balançou a cabeça.

— Vou beber quando chegar em casa.

— Você devia beber enquanto corre, senão vai ficar desidratado.

— Eu só bebo quando corro maratonas. Nem penso em água em corridas curtas.

Ah, que *ótimo*.

— Você corre maratonas?

— Corri algumas. Gosto de corridas de longa distância. Ajudam a esvaziar a mente.

Van olhou de novo para as pernas dele.

— Você não parece um corredor de longa distância — observou ela, conseguindo voltar o olhar para o dele.

— Você está me chamando de gordo, Butler? — perguntou, divertindo-se tanto que os olhos formaram ruguinhas nos cantos. — Porque isso é ofensivo. — Ele levantou o braço, mostrando o bíceps. — Vou deixar você sentir que sou só força e músculos. Vem cá, sente aqui.

Ela balançou a cabeça, tentando não rir da falsa expressão horrorizada dele.

— Tudo bem, eu acredito em você.

— Vem cá — disse ele, pegando a mão dela e envolvendo o próprio bíceps. — Armas de aço, baby.

Os dedos dela apertaram a pele quente e firme, sentindo os músculos duros. Ela estava perto o suficiente para sentir o cheiro dele, a essência amadeirada do sabonete acentuada pelo calor da pele.

Era tão familiar. Um lembrete do que viveram... e da facilidade com que abandonaram tudo. Isso a fascinava e a feria o tempo todo.

— Preciso ir — disse ela, soltando o braço dele e dando um passo para trás. Sentiu o estômago revirar e ofegou em busca de ar fresco. — Estou atrasada.

Tanner piscou com a mudança súbita de humor.

— Está tudo bem?

— Lembrei que prometi pegar uma coisa pra Zoe. — Ela procurava uma desculpa. Era isso que eles haviam se tornado: duas pessoas muito educadas uma com a outra. Porque qualquer coisa além disso machucava muito. — Pode continuar correndo, eu vou voltar.

— Eu vou com você.

— Não, tudo bem — respondeu ela rapidamente. — Você mesmo disse que gosta de corridas longas. Eu corro no máximo oito quilômetros. — Ela conseguiu sorrir para ele. — Obrigada pela companhia. A gente se vê por aí.

Ela se virou de repente e se lançou pela estrada, forçando as pernas a acelerarem, apesar do protesto dos músculos. Isso não a impediu de ouvir o tchau triste nem de se lembrar da expressão chateada no rosto dele quando percebeu que ela não queria correr junto.

Se ela correu tão rápido para casa que os pulmões estavam gritando quando ela chegou ao jardim com a grama descuidada? Tudo bem. Talvez ela merecesse isso. Deus sabia que o sofrimento parecia muito bom naquele momento.

7

— São dois meses de aluguel — disse Regan enquanto preenchia um recibo para Van, que estava sentada à sua frente. — O do próximo mês vence no dia 22.

— Vocês têm algum jeito de fazer o pagamento automático? — perguntou Van. — Estou tentando convencer minha mãe a fazer o pagamento on-line pra não esquecer.

— Temos. — Regan abriu um sorriso radiante, abrindo a gaveta e pegando um panfleto. — Sua mãe sempre insiste em pagar com cheque. Achei que ela era antiquada. Muitos clientes são assim.

Van pegou o panfleto e o guardou na bolsa.

— Está na hora de ela entrar no século XXI.

— Sinto falta dos velhos tempos — disse Regan. — Meu filho mais velho já está pedindo um celular, e ele mal saiu do jardim de infância. Lembra quando a gente era feliz com um lápis de cor e uma folha de papel?

— Lembro — respondeu Van, objetiva.

— Falando nos meus bebês — disse Regan, olhando para a barriga. — Vou fazer um chazinho no próximo fim de semana. Quer ir?

— Um chazinho? — perguntou Van, segurando um sorriso. Parecia uma reunião de velhinhas. — Como é isso?

— É tipo um chá de bebê, mas sem os presentes. — Regan deu de ombros. — Depois de três filhos, eu já tenho quase tudo. Além disso, a sra. Fairfax disse que seria meio ofensivo pedir presentes na quarta gravidez. — Ela piscou e depois plantou um sorriso forçado no rosto.

— O que a sra. Fairfax tem a ver com isso? — perguntou Van.

— Ela é a anfitriã. A família Fairfax é muito generosa. Você sabe onde eles moram, né?

— Sei. Mas não tenho certeza se vou poder ir… — A ideia de ter que aturar Nora e Johnny Fairfax por uma tarde inteira estava quase no fim da sua lista. Só perdia para arrancar as unhas uma por uma e depois assá-las numa bela torta.

Regan segurou as mãos dela.

— Por favor, vá. Eu não tenho muitas amigas. Não tenho tempo pra isso, com os pestinhas e meu maridinho.

Van assentiu, suspirando.

— Tá, tudo bem. Eu vou.

— Oba! — Regan bateu palmas. — Vou colocar um convite embaixo da sua porta no caminho pra casa quando sair do trabalho. Assim você vai saber exatamente quando e onde vai ser. — Seu sorriso era tão largo que Van se sentiu mal por não querer ir. — E lembre-se — reforçou Regan, balançando o dedo. — Nada de presentes, só a sua presença.

Van tinha quase certeza de que essa frase estaria escrita no convite, logo abaixo de um RSVP para Nora Fairfax até determinada data que já tinha passado havia muito tempo.

E agora ela precisava fazer compras, porque o bebezinho Laverty número quatro merecia pelo menos um presente.

— Obrigada — disse Van, sorrindo ao se levantar e acenar para Regan. — Mal posso esperar.

— Você não tem nenhuma outra opção? — perguntou Tanner, levantando o olhar dos folhetos reluzentes de imóveis que Johnny Fairfax tinha espalhado sobre a mesa.

— Só temos essas casas à venda no momento. Hartson's Creek é um lugar procurado, ainda mais depois que seu irmão colocou a cidade no mapa.

— Johnny lançou um olhar penetrante para ele. — As casas são vendidas assim que são postas à venda. — Ele passou a língua nos lábios secos. — Já pensou em construir uma?

Tanner balançou a cabeça.

— Não.

Demoraria muito, e ele acabaria estrangulando o pai, e talvez tia Gina e Becca também. Ele estava acostumado com a própria casa em Nova York e, por mais que amasse a família, preferia que eles continuassem vivos e meio distantes.

— Você devia pensar nisso. Assim vai conseguir o local certo e pode fazer a casa do jeito que quiser. Vou pedir para a Regan separar alguns terrenos que temos à venda. — Johnny começou a dobrar os folhetos, empilhando um em cima do outro. — Regan! — gritou ele, e a voz estrondosa ecoou pelas paredes. — Você pode vir aqui?

Quem precisa de telefone quando se pode gritar alto o suficiente para estourar os tímpanos de alguém? Tanner se encolheu com a maneira como o som reverberou no ambiente. Mas pareceu funcionar, porque, no instante seguinte, Regan Laverty empurrava a porta e entrava, nervosa, com a barriga tão grande que chegou mais ou menos um minuto antes dela.

— Ah, oi, Tanner. Como você está? — perguntou ela, sorrindo. — Tenho um cheque pra você. Savannah Butler acabou de trazer. Ela pagou os atrasados e agendou os pagamentos para os próximos meses. Não é ótimo?

— Que notícia maravilhosa. — Johnny bateu palmas. — Parabéns, Regan.

Ela ficou radiante com o elogio.

— Eu falei que a gente ia conseguir — disse ela, assentindo.

Tanner olhou para a porta aberta. O escritório estava vazio. Será que Van esteve lá enquanto ele via casas com Johnny? Ele sentiu a frustração por não ter esbarrado com ela de novo. Depois que Van partira de um jeito abrupto na corrida, ele se percebeu irrequieto. Como se os músculos não quisessem desacelerar por tempo suficiente para ele pensar. Ele tinha corrido quase vinte e cinco quilômetros naquele dia e estava sofrendo desde então, tentando não pensar na maneira como ela havia tocado nele. Os dedos macios e delicados tocando em sua pele e provocando um fluxo de prazer pelo corpo todo. Ele a desejava como sempre havia desejado. Só precisava encontrar um jeito de ela sentir isso também.

Talvez ele se juntasse de novo a ela para correr. A ideia o fez sorrir. Esbarrar com Savannah Butler era seu jeito preferido de passar o tempo. Era basicamente o que o fazia se levantar da cama de manhã.

— Bom, Regan, você pode procurar no arquivo de terrenos e ver se temos alguma coisa que sirva para o sr. Hartson? — Ele se virou para Tanner. — Estamos falando de seis quartos? Ou talvez oito. Sei que seu irmão construiu oito. Que tamanho de terreno você gostaria? Você quer com quintal na frente, certo?

— Ah, com certeza você vai preferir com quintal. — Regan assentiu. — Talvez colocar uns portões. Eu adoro aqueles de ferro da casa do Gray e da Maddie.

— Nesse caso, Regan, vamos procurar terrenos de um hectare ou mais. O que temos desse tamanho?

Tanner observou Regan bambolear até o arquivo de metal no canto da sala de Johnny. Ela apoiou as mãos em cima do móvel antes de se ajoelhar bem devagar.

Tanner se levantou.

— Vocês não têm os registros on-line? — perguntou, indo até onde Regan estava inspirando com dificuldade. Ele tocou delicadamente no braço dela. — Deixa eu te ajudar a se levantar, você não pode ficar abaixada assim.

— Os terrenos ainda não estão on-line. — Ela bufou. — A maioria dos clientes quer as informações em papel. Sem contar que os proprietários nem sempre gostam que as pessoas saibam dos negócios deles, se é que você me entende. — Ela deixou Tanner ajudá-la a se levantar com cuidado, depois bufou novamente. — Eu achava que seria mais fácil na quarta vez — brincou ela. — Mas juro que esse aqui está pesado como uma bola de boliche.

Tanner lançou um olhar para Johnny, se ajoelhou diante do arquivo e pegou as pastas que Regan apontou.

— É melhor você se sentar — disse ele a Regan, apontando com a cabeça para a cadeira que ele tinha acabado de vagar. — Para aliviar o peso.

— Ah, a Regan está bem. Não é, querida? — disse Johnny, pressionando os lábios. — Se ela não quisesse mais filhos, teria fechado as pernas, né, Regan? — Ele deu uma piscadinha para ela. — Nada a derruba. Você consegue encontrar aquele terreno na estrada principal?

Que. Merda. Foi. Essa? Tanner olhou para Regan, para ver se ela estava tão ofendida quanto ele, mas a mulher parecia serena como sempre.

— Está aqui — disse ela, pegando um folheto na pasta que ele segurava. — Esse é bom. Tem muito espaço pra construir, se você conseguir o alvará certinho.

Ele olhou para os detalhes, abrindo a boca para lembrar a eles que não estava interessado em construir uma casa. Mas então viu a grama alta e a cerca de madeira branca deteriorada ao redor do lote.

— O drive-in está à venda? — perguntou ele.

O simples fato de olhar para o campo com a grama alta no papel diante de si foi suficiente para trazer de volta todas as lembranças. Van sentada na bilheteria enquanto ele ficava ali por perto até o filme começar. Os dois subindo no telhado para ver o filme que seria exibido naquela semana, fazendo piadas um com o outro e rindo muito.

O estômago deu um nó apertado.

— Está vazio há anos. Finalmente consegui convencer o Arthur Chaplin a vendê-lo. Não tenho a menor ideia do motivo para ele não querer vender por tanto tempo. Até parece que ele ia conseguir reabrir o cinema. — Johnny deu de ombros. — Ele não mora mais na cidade. Se mudou para Charlston pra morar com a filha. Aquele lugar é horrível. — Ele olhou para Tanner. — Claro que não precisa de muita coisa pra deixar bonito — acrescentou, com o discurso educado de vendedor superando o desgosto pelo estado do lote. — Vai ser vendido no instante em que eu mandar pra minha lista de construtores que querem um lugar novo. Mas, se você estiver interessado, posso te dar preferência.

Tanner olhou para o folheto manuseado. Embora não tivesse uma data impressa, ele duvidava de que o terreno estivesse no mercado havia pouco tempo.

— Por que construtores? — perguntou ele. — Será que ninguém ia querer reabrir o drive-in? Estava sempre cheio quando eu era criança.

Johnny deu de ombros.

— Os tempos mudaram. As crianças estão ocupadas demais vendo YouTube e Netflix agora. E também há aqueles malditos ambientalistas. Eles provavelmente iam surtar com todos os gases saindo do exaustor dos carros.

— Ah, eu adorava o drive-in — disse Regan, os olhos enrugando com o sorriso. — Foram tantos momentos bons lá. Eu adoraria se alguém comprasse pra reabri-lo.

— Obrigado, Regan — disse Johnny de um jeito impetuoso. — Isso é tudo.

Ela piscou.

— Ah, claro.

— E, por favor, traga um café para mim e para o sr. Hartson.

— Pra mim, não. — Tanner balançou a cabeça. — Preciso ir. Tenho um compromisso.

— Mas e o drive-in? — perguntou Johnny. — Você está interessado?

Tanner olhou de novo para o folheto, virando, desinteressado, a segunda página. Ela mostrava uma imagem mais afastada do campo, com a bilheteria ao lado da entrada fechada. Quantas vezes ele tinha ficado sentado com Van naquela bilheteria, os dois falando merda de todos os carros que passavam por baixo da placa reluzente? Enquanto Van contava o dinheiro, ele ia até o quiosque de lanches e comprava pipoca com manteiga para os dois. Depois, eles subiam até o telhado para ver o filme.

As lembranças vinham em flashes. Tanner passou a língua no lábio, piscando com força. Todo o dinheiro que ele tinha. E todo o tempo. Será que era isso que ele estava procurando?

— É — respondeu ele, erguendo lentamente o olhar até o de Johnny. — Estou interessado.

— Ótimo. — Johnny ficou radiante. — Marque um horário com a Regan pra conversarmos sobre os detalhes. Tenho a sensação de que vamos fazer um belo negócio.

8

O Evento das Cadeiras acontecia toda sexta-feira em Hartson's Creek, enquanto o clima estava agradável. Na prática, isso significava de abril, quando o risco de nevar diminuía e o sol finalmente estava vencendo a batalha contra as nuvens, até outubro, quando suéteres não eram mais suficientes para proteger os mais velhos do frio intenso à medida que o outono dava lugar ao inverno. Era um conceito bem simples. Todos estavam convidados, bastava levar uma cadeira e algum lanchinho para pôr nas mesas comunitárias. Na realidade, como acontecia na parte nobre da cidade, onde orgulhosas casas vitorianas exibiam gramados que delimitavam a margem do riacho, o evento era dominado pelos moradores mais ricos.

Zoe estava zumbindo como um besourinho ao lado da irmã enquanto elas descarregavam o porta-malas do carro de Van. Duas cadeiras dobráveis que ela havia comprado na loja de materiais de construção local, um jarro de limonada que definitivamente não foi feita em casa e uma variedade de bolos da padaria, porque Van não era especialista em culinária. Ela provavelmente queimaria água, se se esforçasse o suficiente.

— Meus amigos estão ali — observou Zoe, o rosto se iluminando quando apontou para o grupo de crianças brincando na parte mais distante dos gramados. — Posso ficar lá com eles?

— Claro, só coloca o jarro na mesa antes.

Van assentiu, observando enquanto Zoe saltitava feliz até o grande grupo de mesas agrupadas no meio de tudo. Estavam repletas de comidas e bebidas. Van a seguiu e se ocupou arrumando os bolos que tinha comprado, porque era muito mais fácil do que ir até um grupo e perguntar se podia se sentar com eles.

— Você veio. Achei que não fosse vir. — Becca Hartson sorriu tímida para Van do outro lado das mesas abarrotadas. — Mas estou muito feliz por você estar aqui. Ainda mais porque o Tanner me deve dez dólares.

— Ele apostou que eu não ia vir? — perguntou Van, ignorando a maneira idiota como o coração acelerou ao ouvir o nome dele.

Becca sorriu.

— Ele disse que você se recusava a dar as caras no Evento das Cadeiras desde aquela vez que você salpicou laxante nos brownies da sra. Olsen e o Tanner te obrigou a comer um.

Van fez uma careta.

— Eu tinha me esquecido disso. — Ela olhou para os bolos que tinha arrumado lindamente e sorriu para Becca. — Juro que não coloquei nada nesses aqui.

— Que pena. — Os olhos de Becca brilhavam. — Isso teria animado as coisas. — Ela deu uma olhada por cima do ombro. — Quer se sentar com a gente?

— Eu adoraria. — Van seguiu Becca até um grupo de dez cadeiras ao lado do riacho. Quando se sentou, ouviu uma conversa alta vinda de um grupo de senhoras mais velhas.

— Aquela é a garota Butler?

— Acho que sim.

— Não sabia que ela estava de volta. Ela se parece muito com a mãe.

Van endireitou as costas e abriu um sorriso na direção delas.

— É, ouvi dizer que o marido a abandonou por outra mulher.

— A garota Butler?

— Não, bobona, a mãe dela. Mas é melhor a gente evitar os brownies hoje à noite. Só para o caso de ela ter aprontado uma daquelas.

Algumas riram. Van suspirou e se virou de costas para elas.

— Essa é a Maddie. Você se lembra dela? — perguntou Becca, apontando para uma mulher bonita sentada na cadeira ao lado.

Van não se lembrava, mas recordava o que Regan tinha falado na lanchonete. Maddie era irmã de Ashleigh Clark. Ela se lembrava de Ashleigh, que namorava Gray, quando ela estava no ensino médio. Van nunca gostou dela. Tanner também não. A garota tinha um traço malvado afiado como uma faca.

— Oi, Maddie — disse Van, inclinando-se para apertar a mão dela.

Maddie devolveu um sorriso feliz.

— Você não deve se lembrar de mim. Mas eu me lembro de você. Eu adorava ouvir sobre suas travessuras com o Tanner quando era pequena.

Van se sentiu relaxar.

— Acho que a minha reputação me precede.

Maddie riu.

— Ah, eu queria ser igual a você quando crescesse. Só que tinha medo demais de me meter numa encrenca.

— Você não acreditaria se soubesse como é libertador não dar a mínima — disse Van. — Você devia tentar.

— Mal posso esperar para contar para o Gray que vi você — disse Maddie. — Ele me falou da vez que você desafinou o violão dele pouco antes do primeiro show que ele ia fazer na lanchonete do Murphy.

— Ah, não. — Van cobriu o rosto com as mãos. — Isso foi totalmente ideia do Tanner.

— Ah, ele sabe. Mesmo assim, ele vai ficar feliz de saber que a gente se encontrou. Acho que ele tem uma quedinha por você.

— Todos os meus irmãos amavam a Van — comentou Becca, sorrindo. — Ela aliviava a pressão em cima deles, e isso é muita coisa.

Van sorriu com as lembranças dos irmãos Hartson, todos ao redor da mesa da cozinha, discutindo de boca cheia. Gray estava sempre cantarolando uma música ou discutindo com o pai. Cam voltava do treino de futebol americano correndo e comia tudo que aparecia pela frente. Logan tinha o melhor jeito de falar com as pessoas, que acabavam se abrindo sem perceber.

E havia o Tanner. Seu melhor amigo. Ele começava uma frase e ela a terminava, depois os dois caíam na gargalhada.

— Não acredite nela — disse Van para Maddie. — Eles eram muito piores do que eu.

— Savannah — gritou uma voz, fazendo Van se virar na cadeira. — O Johnny me falou que você tinha voltado pra cidade.

Van ergueu o olhar e viu Nora Fairfax de pé ao seu lado com um sorriso estranho nos lábios.

— Olá, sra. Fairfax. — Van retribuiu o sorriso, determinada a ser civilizada. — Como vai?

— Estou ótima. Mas mais importante: como está sua mãe? Ouvi dizer que o marido a abandonou.

— Ela está bem, obrigada.

Van teria dito isso de qualquer maneira. Nora e Johnny sempre as desprezaram, desde que a mãe fora demitida do emprego na Imobiliária Fairfax. Observações ardilosas, palavras mentirosas, todas com a intenção de fazer Van e a mãe parecerem inferiores na frente de outras pessoas. Elas tinham a memória melhor que a de um elefante.

O sorriso de Nora não se abalou.

— Deve ser difícil pra ela. Envelhecer e perder a beleza. Sei quanto ela dependia disso. — Ela deu uma risadinha. — Acho que isso é um alerta para todas nós. Garantir que somos mais do que um rostinho bonito. — Ela olhou Van de cima a baixo. — Você se parece muito com sua mãe.

— Obrigada. — Van estava determinada a não deixar Nora atingi-la. — Vou entender isso como um elogio.

— Vou avisar a Chrissie que você voltou — disse Nora, ainda encarando Van. — Só para o caso de você estar pensando em bater nela de novo.

E lá estava. O soco final de Nora Fairfax. Van o levou como uma profissional. No ensino médio, Chrissie tinha falado algo sobre a mãe de Van. Ela mal lembrava o que era. Mas Van tinha ficado furiosa o suficiente para dar um soco no queixo de Chrissie. Nora tinha ido até a escola e dado um jeito de Van ser suspensa por isso.

— Meus dias de boxe acabaram — retrucou Van, com a voz leve. — A menos que eu fique muito irritada. E como está a Chrissie? Já se casou?

O sorriso de Nora se abalou um pouco.

— Não, ela é muito seletiva. Vai ser necessário um homem forte pra fazê-la abrir mão da independência.

— Que pena. Tenho certeza de que você está desesperada para ter netos.

Nora piscou.

— Ah, sim. Seria ótimo, um dia.

— Bom, espero que ela se case antes de ficar velha demais e perder a beleza. — Van sorriu para ela. — Pelo *seu* bem.

Becca tossiu para disfarçar uma risada. Nora piscou, como se não conseguisse entender se aquilo era um elogio ou um insulto.

— Ah, a Regan me convidou para o pequeno chá dela no próximo sábado. Mal posso esperar. — Van sorriu.

— É um chazinho — corrigiu Nora rapidamente, franzindo a testa de um jeito que fez os lábios pintados ficarem tensos.

— Claro. — Van assentiu. — Se bem que não sei o que há de errado com o bom e velho chá de bebê. Esses jovens estão sempre mudando as regras. — Ela deu uma piscadela para Nora, que ainda estava piscando sem parar. — Então, acho que a gente se vê por lá.

O sorriso de Nora se dissolveu.

— É, espero que sim. — Ela olhou por cima do ombro de Van, movendo os olhos como se estivesse procurando algo. — Bom, preciso ir. Por favor, mande minhas condolências para sua mãe. Talvez um dia ela consiga segurar um homem.

Com isso, ela foi embora, deixando o insulto para trás. Van franziu o nariz e se virou de volta para as amigas, sorrindo enquanto elas contavam histórias sobre a semana. Ela estava determinada a não deixar que pessoas como Nora Fairfax estragassem sua noite.

Se quisessem atacá-la, Van ia revidar. Ela era corajosa e má o suficiente para cravar os dentes bem fundo.

— Não entendi — disse Gray, apoiado no balcão do Moonlight Bar enquanto Sam servia uma caneca de cerveja aos dois. — Achei que você e a Van tinham se afastado anos atrás.

— E a gente se afastou — disse Tanner, depois balançou a cabeça. — Ou *tínhamos* nos afastado. Não sei. Isso importa?

— Na verdade, não — admitiu Gray, pegando a caneca que Sam havia deslizado sobre o bar e a levando aos lábios. — Só estou tentando entender o motivo de a Becca ligar para a Maddie aos berros porque te viu correndo com uma garota de quem você era o melhor amigo.

Tanner tomou um gole de cerveja, fechando os olhos por um instante enquanto o líquido gelado cobria sua língua. O Moonlight Bar era um dos poucos lugares da cidade em que Gray se sentia à vontade para encontrar os irmãos mais novos. Sam era bem rígido e expulsava todo mundo que tirava fotos ou pedia autógrafos. Desde que tinha voltado para Hartson's Creek e construído uma casa com Maddie Clark, Gray levava uma vida mais discreta do que quando enchia estádios no mundo todo, mas ainda era famoso. E essa fama criava problemas em quase todos os lugares aonde ele ia.

— Eu fui correr — explicou Tanner, pondo a cerveja no balcão. — E a vi correndo, então nós corremos juntos. Só isso. Você não precisa comprar um terno para o nosso casamento nem escolher nomes para os nossos filhos.

Gray riu.

— Eu deixo isso pra Becca. Ela já está achando que você foi procurar uma casa por causa da Van. — Ele olhou para Tanner por cima da borda do copo. — Acho bom você falar com ela em algum momento. Ela é intrometida. Você e eu sabemos que ela vai falar com a Van sobre você.

Tanner balançou a cabeça. Isso o deixava desconfortável, mas, ao mesmo tempo, o empolgava. Pelo menos significava que Savannah ia pensar nele.

— Ela sabe que é tudo passado. Não tem nada entre mim e Van Butler.

— E isso é esquisito — refletiu Gray —, porque vocês dois foram inseparáveis durante anos. Quando foi que vocês se conheceram? No primeiro dia do jardim de infância?

— Tipo isso. — Tanner suspirou. — Quer jogar sinuca? — perguntou ele, na esperança de que Gray entendesse a dica. Tanner não queria falar sobre Savannah e definitivamente não queria passar a noite com o irmão falando dos erros que cometera na vida. E ele tinha quase certeza de que Becca ia enchê-lo de perguntas logo na primeira oportunidade.

— Claro. — Gray deu de ombros e os dois atravessaram o salão até o outro lado, onde uma mesa de sinuca velha e surrada mal ficava de pé. Ele pegou um taco e passou para Tanner, depois pegou outro para si. — Você arruma as bolas e eu dou a primeira tacada.

— Melhor de três?

— Desde que eu vença. — Gray deu uma piscada. — Como está a busca pela casa?

— Não está. Não há nada que eu goste à venda. — Tanner encheu o triângulo com as bolas, depois o deslizou sobre o pano verde.

— Droga. O que você vai fazer? Ficar com o papai e a tia Gina?

— Pode ser que eu alugue por um tempo. — Tanner levantou o triângulo e o guardou embaixo da mesa. — Acho que vou lá no Fairfax de novo.

— Talvez você devesse construir. É chato, mas vai ser exatamente como você quer.

— Talvez — ecoou Tanner, tomando um gole de cerveja, a mente voltando para o cinema drive-in. O folheto ficara na gaveta da cômoda dele a semana toda. O terreno estava à venda por uma mixaria. Mesmo que ele não construísse nada, seria um investimento.

A quem Tanner queria enganar? De jeito nenhum ele ia construir naquele lugar. Havia muitas lembranças. *Dela,* sorrindo para ele enquanto viam mais um filme juntos; repetindo todas as falas de *Crepúsculo* só porque ela sabia o quanto ele odiava aqueles malditos vampiros. Ele se lembrava do quanto ela ficava empolgada quando eles recebiam um lançamento no drive-in, já que a maioria dos filmes tinha mais de uma década.

Meu Deus, como ele sentia saudade daqueles dias.

Dez anos depois, ele ainda pensava em Savannah toda vez que sentia cheiro de pipoca doce. Ou quando um filme em preto e branco passava na TV, porque eram os preferidos dela. Van amava Cary Grant e Doris Day, e ria como louca de Katharine Hepburn. Depois houve o verão de Tom Cruise, quando exibiram os filmes antigos dele, e ela se apaixonou por Maverick.

Ele tinha quinze anos quando percebeu como ela estava mudando. Era quase imperceptível, no início. Sinais como os lábios ficando mais carnudos, os olhos se destacando no rosto. Depois o corpo dela fez o mesmo, desabrochando como uma flor. Ela não era mais a Van, sua melhor amiga. Tinha se tornado Savannah. A garota que atraía olhares masculinos. Aquela sobre quem eles sussurravam no vestiário depois do treino.

Ele quase morria por não dizer nada para os colegas do time quando eles falavam dos seios dela.

— Você vai jogar ou não? — perguntou Gray.

Tanner ergueu o olhar.

— Oi?

— Você errou a primeira bola. Cara, você está distraído. Bora, vamos acabar logo com isso pra eu poder vencer.

Tanner afastou as lembranças.

— Cala a boca. Eu te dou uma surra todas as vezes.

Gray balançou a cabeça.

— Sabia que a gente sempre te deixava ganhar quando você era criança? Era tão chato te ouvir reclamando que a gente deixava você pensar que era bom.

— Valeu. — Tanner enfiou uma bola amarela listrada na caçapa do meio. — Mas eu sempre soube que você roubava. — Ele levantou o taco e analisou a mesa. — Quer dizer, você não era tão ruim quanto o Cam, mas quem é? Aquele cara não suporta perder.

— Você viu o último jogo dele na temporada passada?

— Vi. Ele tentou puxar briga com aquele atacante. O Cam precisa controlar o humor. — Tanner bateu o taco bem de leve na bola branca. — Eu juro que ele está piorando, pelo menos em campo.

— O Cam sempre foi supercompetitivo. Todo jogador de futebol americano tem que ser. — Gray deu de ombros.

— E você? — perguntou Tanner. — O que está achando de voltar a morar aqui depois de tanto tempo em Los Angeles? Já está ficando maluco?

Os cantos dos lábios de Gray se curvaram para cima.

— Aham, morar na casa dos meus sonhos com a melhor mulher do mundo é um suplício. Sinto saudade da época de sofrimento na Costa Oeste.

Tanner sorriu enquanto acertava suavemente a bola laranja listrada na caçapa do meio.

— E quando é que você vai oficializar?

— Com a Maddie?

— Isso.

A próxima tacada ia ser complicada. Todas as bolas listradas estavam junto à lateral ou bloqueadas por bolas de cor sólida. Ele contornou a mesa, analisando meticulosamente.

— Isso é entre nós.

— Mas você vai fazer isso, né? Quer dizer, você não está ficando mais jovem. Não vai querer ser pai-avô.

Gray balançou a cabeça.

— Você tem conversado com a tia Gina e a Becca?

— Talvez tenha ouvido umas conversas. — Tanner abriu um sorriso malicioso para ele. — Na verdade, talvez tenha estimulado. Eu sempre prefiro quando o holofote está em você.

— Obrigado, irmão. E, só pra registrar, eu só tenho três anos a mais que você.

— Quatro.

— Nesse momento, três — observou Gray, com a sobrancelha erguida.

— Ah, sim, mas seu aniversário está chegando e aí vão ser quatro.

Houve uma época em que esses anos pareciam uma eternidade. Como irmão mais novo, Tanner ansiava para acompanhar Gray, Cam e Logan quando se sentavam para planejar as próximas aventuras. Talvez por isso ele tivesse se sentido tão próximo de Van no primeiro dia de aula. Ela era como os irmãos Hartson com muita adrenalina. A conspiradora suprema de travessuras.

— E, não que seja da sua conta, mas vou pedir a Maddie em casamento no meu tempo. Agora, você vai dar essa tacada ou não? Ver você andando assim é uma tortura.

— Olhe e aprenda, irmão — disse Tanner, finalmente dando a tacada. E, quando a bola branca se desviou e encaçapou a azul sólida de Gray, ele tentou com todas as forças ignorar a risada do irmão.

9

Van mal tinha piscado quando saiu da casa da mãe naquela manhã e o viu parado ali ao lado do carvalho. Então fez os alongamentos de sempre, os membros compridos e flexíveis quando ela se curvava sobre eles, e começou a corrida pela alameda que ia em direção à praça da cidade. Ele a acompanhou com facilidade, e nenhum dos dois disse uma palavra enquanto os prédios sumiam e davam lugar a campos e fazendas.

Ele tinha passado pelo menos metade da corrida olhando para ela de soslaio, na esperança de Van não perceber. Ali na estrada de terra, com o sol a iluminando, Van era exatamente igual à menina que ele tinha conhecido. Forte e determinada, mas com uma vulnerabilidade que só ele conseguia ver. De todas as pessoas de Hartson's Creek, ele tinha certeza de que pouquíssimas sabiam quem ela realmente era.

Ele sempre considerara ser o melhor amigo de Van Butler como algo muito especial. Ela era o sol em torno do qual ele orbitava. Sem ela, o mundo tinha ficado mais frio. Sem vida. Um dos motivos para ele ter se jogado no trabalho do mesmo modo que Gray se jogara na música. Era um jeito de fingir que a dor não estava lá.

Por baixo do short preto, as pernas dela eram firmes e esbeltas, a linha dos músculos na pele iluminada pelo sol. Ela estava usando outro top esportivo, e ele não conseguiu evitar olhar para a barriga dela, os olhos percorrendo as linhas do abdômen até chegarem ao tecido cinza que cobria os seios.

Ele balançou a cabeça e afastou o olhar.

— Quer fazer uma pausa aqui? — perguntou, quando chegaram à velha entrada do drive-in.

— Se estiver cansado, posso esperar com você. — Ela deu de ombros. Depois, viu a placa branca reluzente que alguém tinha instalado no campo. — Vendido? — comentou, com as sobrancelhas unidas. — Eu nem sabia que estava à venda. — Ela se apoiou na cerca antiga e olhou para ele. — Você acha que foi uma construtora que comprou? Está pronto pra enterrar todas as lembranças da nossa infância?

Ele sentiu a boca seca.

— Não. Acho que não foi uma construtora.

Os olhos dela foram atraídos de novo para a placa.

— Imobiliária Fairfax — murmurou. — Eles estão em toda parte, né?

— Fui eu que comprei — disse ele, esperando a reação.

Ela virou a cabeça de repente.

— O quê? Por quê?

— Pra impedir que uma construtora enterrasse todas as lembranças da nossa infância — respondeu ele, objetivo.

Ela riu.

— Caramba, Tanner. Quanto dinheiro você tem?

— O suficiente pra essa compra não abalar a minha conta-corrente.

O sorriso sumiu do rosto de Savannah quando percebeu que ele estava falando sério.

— Eu não entendo. Sei que a indústria de software paga bem, mas...

— Eu vendi a empresa.

Ela arregalou os olhos.

— Sério? Por quê?

— Porque seria maluquice fazer qualquer outra coisa. E meus sócios precisavam do dinheiro.

— Uau. Eu não sabia. — Ela abriu um sorriso para ele. — Parabéns. E agora você tem dinheiro para o resto da vida. — Ela balançou a cabeça, com uma sombra de sorriso brincando nos lábios. — Eu sabia que devia ter prestado mais atenção às aulas.

— Eu te falei isso — observou ele.

Ela riu, e ele adorou como isso transformou o rosto dela. Meu Deus, como ela era linda.

— Nós dois sabemos que foi graças a você que consegui me formar — disse ela, com os olhos carinhosos ao encará-lo. — Todas aquelas vezes que você me fez estudar quando eu só queria me divertir. Aquelas noites em que você me explicava a mesma equação idiota várias vezes até eu finalmente entender.

— Eu tinha um motivo secreto.

Ela ergueu uma sobrancelha.

— E qual era?

— Eu não queria ir pra faculdade sem você.

O sorriso sumiu dos lábios dela. Ah, que ótimo, veja só no que deu. Ela olhou por sobre o ombro para o campo que se estendia até a placa. A grama estava quase na altura dos joelhos. Por baixo, restavam alguns pequenos marcadores de madeira que guiavam os carros para o local certo de estacionar e ver o filme.

— E aí, o que você vai fazer com esse lugar? — perguntou ela.

— O Fairfax acha que vou construir uma casa aqui.

Ela olhou para ele com atenção.

— Mas você não vai?

Ele balançou a cabeça devagar. Em seguida, pôs a mão na cerca descascada e saltou sobre ela, pousando no campo com um baque suave.

— Vem — disse ele, estendendo a mão para ela.

Um sorriso travesso se formou nos lábios dela.

— Está ficando corajoso e invadindo propriedade alheia nessa idade, Hartson?

— Não é invasão se eu sou o dono, *Butler* — retrucou ele. — E aí, você vem ou não?

Ela revirou os olhos e começou a subir na cerca, preferindo isso a saltar por cima. Impaciente, ele a segurou pela cintura quando Van chegou ao topo, depois a pôs na frente dele.

Caramba, como ela era leve. E quente. E agora suas mãos queriam sentir mais. A grama alta balançava como milho no campo, o aroma fresco subindo enquanto eles atravessavam.

— Você vai precisar de um bom cortador de grama — observou Van.

Ele estendeu a mão em busca da dela, que cedeu sem protestar, virando a cabeça de um lado para o outro enquanto absorvia tudo. A bilheteria, cujo teto tinha cedido, o painel de madeira branco que estava coberto de grafites graças aos jovens de Hartson's Creek. Até o balanço tinha resistido, embora estivesse tão enferrujado que dava a impressão de que iria desabar a qualquer momento.

— Não acredito que você comprou isso — comentou ela. — Parece um lixão.

Dessa vez, ele deu uma risada grave e profunda.

— Você não tem visão — disse ele.

Ela levantou o queixo e olhou para ele com os olhos semicerrados.

— Ainda bem que você é rico — disse ela baixinho. — Senão eu teria pena de você jogando dinheiro fora. O que você vai fazer?

— Vou restaurar o cinema.

Ela piscou.

— Vai transformar em drive-in de novo?

— Aham.

— Meu Deus, Tanner, você é maluco. Quem quer ir a um drive-in hoje em dia?

Ele deu de ombros.

— Se a gente construir, as pessoas vêm.

Ela olhou para ele com atenção.

— Você acabou de fazer uma citação errada de *Campo dos sonhos* pra mim?

— Talvez.

— E quem é esse "a gente" aí?

— Você e eu.

A diversão sumiu do rosto dela.

— Não existe *você e eu* — retrucou ela baixinho. — E já faz muito tempo.

E ele queria mudar isso. Queria muito. A única coisa pior do que perder a melhor amiga seria perdê-la de novo.

— Eu preciso de você, Butler. Não posso fazer isso sozinho. Você sempre foi a líder, a que tinha ideias. Eu era seu auxiliar. — Ele abriu um sorriso torto para ela. — Os músculos.

Ela balançou a cabeça.

— Você não precisa de mim. Você consegue fazer isso com os pés nas costas. E tem dinheiro suficiente pra contratar alguém para restaurar o lugar. Pessoas que sabem o que estão fazendo.

— Não quero alguém que saiba o que está fazendo. Eu quero você.

As palavras lançaram um fluxo de prazer pelo corpo dela. Argh, ele não quis dizer *desse jeito*. Ela soltou uma risada, tentando recuperar o equilíbrio.

— Não venha de conversinha pra cima de mim.

— Eu não faria isso.

— Você é louco, Tanner Hartson. Total e completamente maluco. Já pensou em fazer terapia?

Ele se inclinou para a frente, ajeitando uma mecha de cabelo atrás da orelha dela.

— Diga que sim — pediu ele baixinho. — Trabalhe comigo. Vamos transformar esse lugar em algo incrível.

Ela olhou ao redor de novo, os olhos se arregalando como se ela estivesse vendo o campo por um ângulo diferente. Foi aí que ele viu. O brilho de interesse que fez os lábios dela se abrirem e o peito subir e descer.

Quantas vezes ele a tinha visto assim — quando Van tinha uma ideia e mal podia esperar para compartilhar com ele? Era desse jeito que ela se entregava, do mesmo jeito que um jogador de pôquer ruim entregava o fato de que estava com dois ases. Ele sabia que tinha conseguido.

— Continuo te achando doido — disse ela baixinho, lambendo o lábio inferior enquanto voltava a olhar para ele.

— Isso é um sim?

Ela riu.

— Não tenho a menor ideia se é um sim, um não ou um fique longe de mim. — Ela expirou pesadamente. — Eu tenho opção?

— Sempre existe uma opção.

Van franziu o nariz.

— Com você, não. Quando a gente era criança, você sempre sabia como me convencer. Era só bater esses belos cílios e eu me rendia.

Ele lançou um olhar especulativo para ela. Era a primeira vez, desde que Tanner tinha voltado, que Van admitia que ele a dominava. Era difícil ignorar a esperança crescendo no peito.

Ele se aproximou e sustentou o olhar firme no dela.

— Diga que sim — sussurrou ele, apoiando os dedos no queixo dela, levantando-o até as bocas estarem a um sopro de distância.

Van engoliu em seco, a pele esquentando enquanto os dois continuavam se olhando.

— Vou pensar.

10

Van odiava o fato de seu estômago embrulhar enquanto estava parada na entrada da casa dos Fairfax, esperando alguém atender a porta. Alguém — Regan, provavelmente — havia decorado o alpendre com fitas e balões amarelos. Van se remexia o tempo todo e levantou o olhar quando a porta se abriu e Nora Fairfax a encarava, com o rosto apático enquanto dava um passo para o lado.

— Entre.

Van sorriu para ela, mas a expressão de Nora não se moveu nem um centímetro.

— Eu trouxe um presente, onde posso deixar? — Ela mostrou a sacola cintilante que carregava. Estava cheia de brinquedos macios e produtos de higiene — coisas que ela se lembrava de ter visto a mãe comprar quando estava grávida de Zoe.

— A gente disse que não era pra trazer presentes — disse Nora, lacônica.

— Eu sei, mas achei errado chegar sem nada. Ah, e trouxe uma garrafa de vinho pra agradecer o convite. — Ela buscou a garrafa de vidro verde na bolsa e entregou a Nora, que a pegou, mas segurou com o braço estendido, como se fosse uma granada.

— Vamos. — Ela suspirou. — Estão todos na sala. Quer uma limonada? — Ela olhou para a garrafa de novo. — Ou posso abrir isso, se você quiser alguma coisa mais forte.

— Limonada está ótimo.

Assentindo sem sorrir, Nora a conduziu pelo corredor. Van ouviu o zumbido grave da conversa ecoando de um cômodo nos fundos da casa. Quando Nora deu uma guinada para a cozinha, Van entrou na sala, respirando fundo quando viu como o lugar estava lotado.

Savannah sentiu a pele formigar quando todos se viraram para encará-la. Entrar naquela sala com o piso de madeira polido e paredes muito brancas era parecido com entrar na sala de aula do seu último ano. Ela viu uma das mulheres no canto mais distante a olhando de cima a baixo, como se ela fosse uma coisa trazida pelo cachorro.

— Savannah! Você veio! — Regan se atrapalhou toda para se levantar, e Van teve que trincar os dentes quando viu que ninguém se ofereceu para ajudá-la. — Meninas, vocês se lembram da Savannah Butler, né? Da escola?

— Eu trouxe um presente — disse Van, tentando ignorar que algumas delas estavam se aproximando e sussurrando umas com as outras. — Eu sei que não era pra trazer, mas você merece alguma coisa por carregar um bebê por aí por nove meses.

— Que fofa. Obrigada. — Regan deu um abraço rápido nela. — Não quer se sentar? Tem um lugar livre ali. — Ela apontou para uma cadeira perto da lareira.

Nora escolheu esse momento para entrar na sala carregando um copo de limonada com gelo na mão direita.

— Savannah — disse ela, lhe entregando o copo. — Acho que você se lembra da Chrissie. — Ela inclinou a cabeça na direção da filha. — Eu sei que ela se lembra de você. Pelo menos o rosto dela lembra.

Van respirou fundo e plantou um sorriso nos lábios.

— Oi.

— Olá. — Chrissie estava sentada entre duas mulheres que Van reconheceu da escola, embora não se lembrasse do nome delas. — Ouvi falar que você tinha voltado pra cidade.

— É meio que um reencontro, né? — disse Regan, sem perceber a maneira como Chrissie olhava para Van. — Você deve se lembrar da Sarah e da

Marianne. — Ela apontou para as garotas que estavam ao lado de Chrissie. — Por que você não se senta ali, Van? Perto da lareira?

— Claro — disse Van baixinho, afundando na cadeira e tomando um gole de limonada. Ela olhou para o relógio. Passava um pouco de uma da tarde. Talvez ela conseguisse fugir dali a uma hora, se tivesse sorte.

Ela conseguia aguentar esse tempo, não é?

— Ei, você ouviu falar que o Tanner comprou o drive-in? — perguntou Chrissie a Marianne. — Meu pai disse que ele está planejando construir uma casa lá.

— Tanner Hartson? — perguntou Marianne. — Eu achava que ele era importante na área da tecnologia.

— Ah, ele era. Mas vendeu a empresa e agora está deliciosamente rico. — Sarah ergueu uma sobrancelha.

— Ele está solteiro? — perguntou Marianne, e todas riram.

Van queria que Tanner estivesse ali. Ele faria caretas discretas enquanto todas falavam dele. Ela achava que já tinha superado essa sensação de se sentir inadequada. O que importava ela não ter a mesma formação acadêmica que elas ou a mãe dela não ter uma casa linda na qual adorava brincar de anfitriã? Van tinha vinte e oito anos, essas coisas não deviam mais importar.

Mas a sensação era de desconforto, com o peito apertado, toda vez que uma das garotas olhava para ela.

— Sou a Ellie — disse a garota do outro lado da lareira, inclinando-se para a frente e estendendo a mão. — Prima da Regan. E não conheço ninguém aqui.

Van sorriu e apertou a mão de Ellie.

— Meu nome é Van. Estudei com a Regan há uns cem anos e não falo com ninguém daqui há mais ou menos uns dez.

Ellie ergueu uma sobrancelha.

— Graças a Deus você está aqui.

Van teria conseguido escapar sem ninguém perceber se sua maldita educação sulista não a tivesse feito entrar na cozinha da sra. Fairfax para agradecer a ela por ter organizado o chá.

Nora estava parada no canto, com uma taça de algo muito parecido com vinho na mão, inclinada para a frente para falar baixinho com Chrissie, que estava rolando a tela do celular.

— Estou indo. Eu só queria agradecer pelo evento — disse Van, parada na porta. — Foi uma tarde incrível.

— Entre. — Nora virou a mão e fez um sinal para ela entrar.

Van respirou fundo e entrou.

— Eu estava falando de você com a Chrissie. Estávamos especulando se você está namorando.

— Não, estou solteira e feliz. — Van continuou sorrindo, por mais que os músculos das bochechas lutassem contra isso.

Chrissie tirou os olhos do celular, avaliando Van.

— Você nunca se casou?

— Não.

— Hummm. — Chrissie levantou o celular para mostrar uma coisa para a mãe. — Que tal esse?

— Bonito — respondeu Nora, olhando para a tela. — Mas curto demais. — Ela lançou um sorriso para Van. — Ia fazer você parecer vulgar, meu docinho. — Ela olhou para Van de soslaio. Imóvel, Van retribuiu o sorriso, se recusando a dar a Nora a satisfação de vê-la puxando a barra do vestido. Sim, era curto, mas era bonito.

Ela *se sentia* bonita e não ia deixar os Fairfax estragarem isso.

— Falando em saias curtas, ouvi dizer que o dr. Tamlyn foi ver a sua mãe ontem. — Os lábios de Nora se curvaram para cima, mas aquilo não podia ser descrito como um sorriso. — Acho que a vida dura finalmente a derrubou.

— Não foi nada sério. — As mãos de Van se fecharam em punhos, e os braços estavam tensos nas laterais do corpo. — Mas eu vou repassar a ela seus sentimentos gentis.

Nora não disse nada. Só olhou para Van do jeito de sempre.

— Eu te levo até a porta — disse Chrissie, jogando o cabelo escuro e sedoso sobre o ombro. Ela se levantou devagar da banqueta em que estava sentada e contornou a ilha gigantesca da cozinha. — Já volto, mãe.

— Tudo bem, meu docinho.

Quando Chrissie segurou a porta da cozinha aberta, Van deu uma olhada no rosto dela. Era lindo, como sempre. Na escola, Chrissie tinha sido a primeira a ter uma silhueta — quer dizer, a primeira a ter seios. E, caramba, todo mundo percebera. Na aula de educação física, ela e as amigas davam risadinhas por causa das "panquecas" que ainda não tinham se desenvolvido. Van era uma delas, e isso a ofendia até a alma.

Para ser sincera, Chrissie sempre fez Van se sentir pequena. Não era o fato de ela ter mais do que Van nem de ter dois pais sóbrios que a amavam. Era o fato de isso não ser suficiente. Chrissie precisava esfregar sua vida bonita na cara de Van, ridicularizá-la. A felicidade dela dependia da desgraça dos outros.

E isso fazia Van não gostar dela. O dia em que o punho de Van encontrou o rosto de Chrissie foi o auge de anos de frustração. Sim, ela dissera coisas horríveis sobre a mãe de Van naquele dia, e Van estava acostumada com isso. Mas fora a desculpa para ela fazer aquilo que sempre sonhara.

Bater nas pessoas que se achavam melhores que ela.

E tinha valido a pena. Valido a suspensão de duas semanas, valido o sermão de horas da diretora, tinha até valido o fato de Tanner ter ficado decepcionado com ela.

"Nós temos um plano", dissera ele quando pulou a janela do quarto dela naquela noite. "Você precisa estudar e manter as notas altas. Esse é o único jeito de entrar na faculdade."

— Você e o Tanner Hartson ainda são próximos? — perguntou Chrissie enquanto destrancava a porta da frente.

Van piscou para afastar as lembranças e olhou para Chrissie, que estava segurando a porta aberta.

— Hum... mais ou menos. Por quê?

— Acabei de saber que ele voltou pra cidade. — Chrissie deu de ombros. — E, pelo que andam falando, ele está mais lindo do que nunca. Você sabe se ele está saindo com alguém?

— Não faço a menor ideia. — Van deu de ombros. — Você tem que perguntar pra ele.

Chrissie riu.

— Acho que vou fazer isso. Obrigada, Savannah.

— Por nada. — Foi difícil sorrir, mas ela o fez mesmo assim. — Tchau, Chrissie. — E então desceu os degraus e seguiu pelo caminho sem olhar para trás nem uma vez.

Apesar da vontade de socar a cara de Chrissie de novo.

11

Van estava ajoelhada no jardim, trabalhando no canteiro, quando ouviu alguém chamá-la.

— Savannah Butler, ouvi falar que você tinha voltado pra cidade. Espero que tivesse a intenção de ir me dar um oi em algum momento.

Ela se virou e viu o rosto sorridente da tia de Tanner, Gina, saindo do carro, e seus lábios também se curvaram num sorriso. Quando Van era mais nova, tia Gina era como uma mãe, do mesmo jeito que foi para os irmãos Hartson. Ela os alimentava, conversava quando eles tinham problemas, garantia que se sentissem amados.

Seu sorriso acolhedor era um contraste radical ao de Nora Fairfax no dia anterior, no chazinho de Regan. Parecia um bálsamo para a alma confusa de Van.

— É claro que eu ia te ver. — Van correu até o carro e abraçou tia Gina pela janela aberta. — Como você está?

— Estou ótima. Melhor agora, que alguns dos meus bebês estão de volta à cidade. — Tia Gina deu uma piscadinha. Ela estava arrumada, como sempre, com o cabelo branco penteado de um jeito elegante. Estava usando um vestido de manga curta com estampa cor-de-rosa e branca que destacava sua silhueta ainda esbelta. — E isso inclui você, caso esteja se perguntando

— disse ela a Van. — Agora me diga: quando é que você vai à minha casa para eu poder te alimentar? Não sobrou nada por cima desses seus ossos.

Van olhou para o próprio corpo. Estava usando um short jeans e uma velha camiseta cinza amarrada na cintura para não sujar de terra enquanto tirava as ervas daninhas dos canteiros de flores da mãe.

— Eu tenho comido bem, mas nunca recusaria uma refeição sua.

— Que bom. Porque vamos fazer um churrasco hoje mais tarde. Traga sua família. Sua mãe e sua irmã, Zoe, não é?

— Isso mesmo. E nós adoraríamos, pelo menos a Zoe e eu. A minha mãe não está se sentindo muito bem. — O coração de Van se aqueceu um pouquinho. Tia Gina nunca excluía ninguém.

— Sinto muito pela sua mãe. — A voz de tia Gina estava suave. — E pelos problemas dela no casamento. Isso nunca é bom pra ninguém. Ela está bem?

Van suspirou. A mãe não tinha saído da cama o dia todo. Nem quando Van e Zoe fizeram panquecas e bacon, dando risadinhas na cozinha enquanto dançavam músicas antigas dos anos 1980.

— Já esteve melhor, mas ela vai sair dessa.

Gina assentiu, mas não disse nada. Nem precisava. Seus olhos estavam repletos de compreensão. Ela nunca tinha bisbilhotado a vida da mãe de Van, nem mesmo quando Savannah era mais nova. E Gina sempre dava um jeito de Van ficar bem.

— Está bem, então. Apareçam lá a qualquer momento depois das cinco. E não leve nada. A gente já tem comida demais. Mesmo com o Tanner e o Gray, ainda vai sobrar.

O coração de Van se apertou com a menção a Tanner. Ela não tivera tempo de correr no fim de semana e estava com saudade de vê-lo. Era idiotice, porque ela conseguira ficar tantos anos sem ele. Mas bastaram alguns dias para o coração dela acelerar só de pensar em vê-lo de novo.

— Não posso aparecer lá de mãos vazias — disse Van a Gina. — O que as pessoas iam dizer no Evento das Cadeiras?

— Evento das Cadeiras uma ova! É só você aparecer e fazer uma velhinha feliz. — Gina soprou um beijo para ela. — Agora preciso ir. Tenho um carteado daqui a dez minutos. E, se eu me atrasar, vou ser substituída pela Della Thorsen. — Ela arregalou os olhos, apavorada. — Aquela mulher rouba até da própria mãe.

Van riu, enxotando-a com um movimento das mãos.

— Vai lá. A gente se vê hoje à noite.

Gina acelerou e a perua marrom velha se lançou para a frente. O sorriso ainda estava no rosto de Van quando ela viu o carro desaparecer na esquina, o rugido do motor ainda audível por cima do canto suave dos pássaros nas árvores.

Cinco horas. Nesse horário, ela ia ver Tanner de novo, se não o visse correndo antes. Van estava mais que consciente de que devia a ele uma resposta sobre ajudá-lo com o drive-in. Afinal, ela estava pensando nisso havia alguns dias.

— Então são cinco? — perguntou Zoe, quando Van levantou a aldrava de bronze antiga na porta da frente da casa dos Hartson. — Uau. Não consigo imaginar ter cinco irmãos.

— A casa sempre foi um caos — admitiu Van, segurando um sorriso.

As lembranças de se sentar à enorme mesa de jantar dos Hartson a tomaram. Tia Gina sempre dava um jeito de fazer comida suficiente, não importava quantas pessoas estavam sentadas ali. Às vezes, Gray levava a namorada e Logan e Cam convidavam dois ou três amigos, sem contar Becca e o pai deles. Era um contraste com as refeições que Van fazia em casa, que normalmente consistiam em uma fatia de torrada e qualquer produto enlatado que ela conseguisse abrir, enquanto a mãe estava sabe-se lá onde.

A casa dos Hartson tinha sido seu santuário ao longo da vida. Ela sentia inveja da família de Tanner e ficava muito feliz porque eles a tratavam como se fosse parte dela. Van adorava todo mundo ali. Gray e a cantoria. Logan e a cozinha. Até a obsessão de Cam com futebol americano, que significava que toda noite de segunda-feira tinha um jogo estourando o som da TV da sala.

— Ei! — gritou Becca da lateral da casa. — Que negócio é esse de você bater à porta da frente? Você sempre usou a porta dos fundos.

Van deixou a aldrava cair. Ela sentiu Zoe se aninhar um pouco mais perto dela.

— Eu não quis abusar — disse ela a Becca.

— Argh, você é da família. Vem por aqui. — Becca sorriu para Zoe. — Oi, mocinha. Alguém já te disse que você é a cara da Van quando ela era mais nova?

Zoe corou.

— É mesmo? — perguntou a menina com os olhos arregalados. Ela olhou para Van como se não conseguisse ver a semelhança.

— Aham — respondeu Becca enquanto contornavam a lateral da casa. — Ela também tinha toda essa vibe angelical, mas era bem bagunceira. Ela te contou de quando botou mais álcool no vinho da comunhão na igreja?

— Essa não fui eu — protestou Van. — Foi o Gray.

— Você acha que fui eu que fiz?

— Essa voz é do Gray Hartson? — sussurrou Zoe, pegando a mão de Van.

Van assentiu.

— Aham.

Lá estava ele. O garoto que ela conhecia parado ali, com um metro e noventa, os braços cobertos de tatuagens, o cabelo desgrenhado com habilidade. E estava sorrindo para ela, o rosto bonito se iluminando ao encontrar o olhar dela.

Gray foi até as duas e se inclinou para dar um abraço apertado em Van.

— A Maddie disse que você tinha voltado pra cidade. Você devia ter vindo me ver. — Ele deu um passo para trás e sorriu para Zoe. — E você deve ser a irmã da Van. — Ele estendeu a mão e Zoe a segurou, engolindo em seco. Van tentou não rir da admiração no rosto da irmã.

— Oi — grunhiu ela.

— Vocês querem beber alguma coisa? — perguntou Becca. — A tia Gina fez chá gelado.

— Eu quero. — Van olhou para Zoe, que fez que sim com a cabeça, ainda encantada com Gray.

Os minutos seguintes foram ocupados com abraços e cumprimentos. Embora Cam e Logan não estivessem ali, o jardim parecia lotado. A mãe de Maddie estava lá, e a amiga de Becca, Laura, com a família.

— O dia está tão agradável que a gente decidiu comer aqui fora — disse Becca a ela, apontando para a mesa arrumada no gramado recém-cortado.

— Cadê o Tanner? — perguntou Van, tentando manter a voz tranquila. Quando Becca lançou um olhar questionador, ela levou o chá gelado aos lábios para disfarçar o sorriso.

— Ele perturbou tanto a tia Gina que ela o mandou ir até o mercado pra comprar marshmallow. — Becca fez um movimento com as sobrancelhas. — Vamos ter s'mores de sobremesa.

— S'mores? — perguntou Zoe, inclinando a cabeça. — O que é isso?

Becca balançou a cabeça.

— Garota, você tem muita coisa pra aprender. — Ela apontou para Van. — Essa sua irmã não está fazendo o trabalho dela direito, se você não sabe o que são s'mores. — Ela se abaixou até o rosto estar na mesma altura do de Zoe. — S'mores são tipo a melhor coisa que você vai comer na vida. Tipo experimentar o paraíso e o inferno ao mesmo tempo. E o mais legal é que você mesma faz. Com um graveto em cima da fogueira.

Zoe lançou um olhar para Van por sobre o ombro. Van sorriu e assentiu.

— É. É bem gostoso.

— Alguém me passa uma cerveja — gritou Tanner, entrando no quintal com sacolas marrons lotadas nos braços. — A Lucy Sanders acabou de beliscar minha bunda no mercado.

Becca tossiu para disfarçar uma risada.

Ele pôs as sacolas na mesa ao lado da grelha. Quando se virou para trás, os olhos encontraram os de Van, e seu sorriso ficou maior.

— Você veio.

Becca entregou uma cerveja gelada a ele.

— Claro que ela veio. A gente vai ter s'mores.

— Graças a mim. — Ele ergueu uma sobrancelha. — Vou ficar traumatizado para o resto da vida só porque vocês queriam marshmallow.

— Cala a boca. — Becca balançou a cabeça. — A gente sabe que você tem uma queda por velhinhas.

Van mordeu o lábio, tentando não rir. Havia uma sensação de calor ali naquele jardim dos fundos que não tinha nada a ver com o sol do fim da tarde nem com o fogo na grelha. Passar um tempo com os Hartson sempre lhe dera a sensação de puxar um cobertor quentinho e aconchegante sobre si.

Pela maneira como Zoe estava sorrindo de orelha a orelha quando Becca enfiou um marshmallow na boca da menina, a irmã estava se sentindo exatamente igual.

Talvez as coisas fossem ficar bem, no fim das contas.

O sol baixava atrás do topo das árvores, lançando longas sombras sobre o gramado cortado. Tia Gina estava carregando os últimos pratos para dentro, dispensando as ofertas de ajuda de todos.

— Vocês, jovens, fiquem aqui fora. Vou me sentar na minha poltrona lá dentro e ler um pouco. — O canto dos seus olhos se enrugou quando ela olhou para Gray e Maddie e depois para Zoe e Van. — Meu coração fica quentinho de ver vocês todos aqui de novo.

Van olhou para o relógio.

— Acho melhor a gente ir — disse ela, pressionando os lábios num sorriso arrependido. — Já passou da hora da Zoe dormir.

— Não! Não vão ainda. — Os olhos de Becca estavam implorando. — Prometi pra Zoe que ia mostrar como é o concurso de comer marshmallows.

— Ela vai ficar aqui a noite toda — provocou Tanner. — Você tem a maior boca de todos nós.

Becca deu um tapa no braço dele.

— Fica quieto. E não pensa que eu me esqueci daquela vez que você enfiou um ovo na minha boca quando eu estava tentando bater meu recorde. Até hoje não superei aquele gosto.

— Foi ideia da Van — disse Tanner, desviando o olhar para ela.

Van ergueu uma sobrancelha.

— Não foi minha ideia fazer isso com a *Becca* — observou ela. — Eu fiz com você, e você espalhou a brincadeira.

— Mesmo assim, a má influência veio de você. — Ele deu uma piscada para Savannah.

Ela estava tão linda naquela noite que o coração dele doía. O cabelo dourado caía abaixo dos ombros em cachos macios e suaves, capturando a luz do pôr do sol que atravessava por entre as árvores. Savannah usava um vestido de alça branco bordado, com o corpete grudado no peito, atraindo sua atenção sempre que ele olhava para ela.

— Venha, vamos comer os marshmallows ali — disse Becca, pegando a mão de Zoe e a conduzindo até as cadeiras do jardim, colocadas ao lado do laguinho. — Vamos ficar a uma distância segura dos nossos irmãos. É o único jeito de evitar os planos malignos deles.

Do outro lado da mesa, Maddie e a mãe jogavam cartas com Laura e a família, enquanto Gray dedilhava o violão e cantarolava, às vezes escrevendo algo no bloco à sua frente.

Tanner pegou uma garrafa de vinho branco pela metade e foi até onde Van estava sentada. Ele encheu a taça que ela segurava e se sentou ao lado dela, esticando as pernas compridas.

— Obrigada. — Ela tomou um gole. Havia uma luz nos olhos de Savannah que dava vontade de se perder ali dentro.

— Você está bem? — perguntou ele.

Ela inclinou a cabeça na direção dele, com a pele reluzindo na luz fraca do sol.

— Eu só estava pensando em como isso tudo é incrível. Senti saudade da sua família. Não consigo me lembrar da última vez que me sentei neste jardim e ri tanto.

— Eles também sentiram saudade de você. — Ele umedeceu os lábios secos. — Você ter ficado longe por tanto tempo é culpa minha. Eu tirei isso de você. — O peito dele apertou. — Desculpe.

— Tudo bem. — Os olhos dela estavam suaves. — Isso é passado.

Não era. Ainda parecia recente e doía. Era o motivo para ele ter perdido a melhor amiga. Mas ela não queria conversar sobre isso, estava óbvio. Ele se serviu de uma taça de vinho e tomou um gole.

— Ouvi você conversando com a tia Gina sobre o seu trabalho. Não sabia que você era freelancer.

— É. Já faz uns anos. — Ela sorriu para ele.

— Você gosta de ser a própria chefe?

— Gosto. — Ela fez um sinal afirmativo com a cabeça. — Gosto de poder escolher meus clientes. Mais ainda de poder dizer não para os que são difíceis. — Van se recostou na cadeira, inclinada na direção dele. A mão de Tanner estava perto da dela, o suficiente para tocá-la se ele esticasse o braço. Ele teve que curvar os dedos para se impedir de fazer isso. — E há a flexibilidade — continuou ela, como se ignorasse a química que crescia entre os dois. — Foi o que me permitiu vir pra cá sem o medo de ser demitida.

— Há algumas vantagens de estar no comando — concordou ele.

— Com certeza.

Era uma loucura a quantidade de vezes que os olhares dos dois estavam se encontrando. Ele nunca se cansaria da maneira como ela fazia o corpo dele se sentir elétrico com um simples olhar. Era um tipo de tormenta especial. Como uma criança recebendo cócegas até mal conseguir respirar. Ele adorava e odiava ao mesmo tempo.

— E você? — perguntou ela. — Sente saudade do trabalho?

Ele levou a taça aos lábios, pensando na pergunta. A verdade é que, nos últimos dias, ele mal tinha pensado em Nova York. A mente dele estava ocupada demais pensando em Savannah.

— Sinto falta de me ocupar — admitiu ele. — Não fui feito pra ficar sentado sem fazer nada.

Ela olhou para o corpo dele.

— Não acredito que você não faça nada. Você corre, faz compras pra tia Gina. — Ela deu um sorrisinho. — E compra um drive-in por capricho.

Ele não resistiu a dar uma risada.

— É, acho que isso está me mantendo ocupado. — Ele umedeceu os lábios, ainda a analisando. — Você está pensando em voltar pra Richmond em algum momento?

Ela ainda não tinha mencionado a oferta de trabalho dele. Tanner queria falar com ela sobre isso, mas a conversa estava fluindo tão bem, com tanta facilidade. Ele não queria estragar o momento.

— Não sei — admitiu ela. — Acho que depende da Zoe. E da minha mãe. — Ela sugou o lábio inferior entre os dentes, e ele reconheceu a expressão no mesmo instante. Tinha visto isso vezes demais quando eles eram crianças para não reconhecer. Tanner era a pessoa mais próxima de Savannah naquela época. Conhecia as maneiras como ela se entregava, como um bom observador faria.

— A Kim está mal? — perguntou ele.

Van assentiu.

— Como sempre esteve. — Ela baixou a voz ao contar isso a ele.

— Que merda.

— Não é? — Ela deu um sorriso triste. — Não posso deixar a Zoe com ela desse jeito. Então devo ficar aqui por um tempo.

— Você pode envolver o Conselho Tutelar? — Tanner se aproximou, com a expressão sincera.

— Minha mãe nunca me perdoaria se eu ligasse pra eles. Ela provavelmente ia me expulsar e me proibir de ver a Zoe. Acho que é melhor eu cuidar disso com calma. Talvez ela até me surpreenda.

— Talvez.

Ele sorriu para ela. Tanner adorava o jeito como Van tinha tudo planejado. Havia algo muito sedutor no modo como ela nunca vacilava. Com o vestido ajustado, o cabelo dourado e a pele queimada de sol, ela parecia um pedacinho de luz sentada ao lado dele. Ele a desejava muito. Queria arrancar aquele vestido, centímetro a centímetro, e ver a perfeição por baixo.

Queria saboreá-la, tocá-la, fazê-la suspirar.

Fazia tempo demais que ele não tocava numa mulher. Ser viciado em trabalho era assim.

Fazia tempo demais que ele não tocava naquela *mulher.* Seus lábios se curvaram ao som da própria voz dentro da cabeça. Parecia tanto com a voz de Logan que ele ficou desconfortável.

Os olhos dela encontraram os dele de novo e se arregalaram, como se ela conseguisse ler os pensamentos que disparavam pela sua mente. Tanner não piscou, pois não tinha medo dos próprios pensamentos. Ele queria que ela os conhecesse.

E que correspondesse a eles.

— Tanner…

— O que foi? — perguntou ele, se movendo para ficar de frente para ela. Os joelhos dele roçaram nos de Savannah. Apesar da calça de algodão, ele sentiu o calor da pele dela. Também sentiu seu cheiro. Doce e floral.

Droga, ele não podia mais ignorar a necessidade que sentia de tocá-la. Ele deslizou os dedos por entre os dela, colando a palma da mão com a dela, engolindo em seco com a maciez da sua pele. O peito de Savannah subia e descia rapidamente, o olhar dela grudado no dele. Se eles não estivessem cercados de pessoas naquele momento…

— Ganhei! — gritou Maddie, levantando-se e girando. — Viu, Tanner?

Van afastou a mão da dele no mesmo instante, com as bochechas corando como se tivesse medo de alguém ter visto os dois se tocando. Tanner sorriu para Maddie, depois olhou de novo para a bela mulher ao lado.

— Você está bem? — perguntou ele.

Dessa vez, ela não olhou nos olhos dele.

— Estou ótima. Vou ver como a Zoe está. — Ela olhou para o relógio. — Está tarde, e nós duas precisamos dormir. — Ela expirou devagar ao se levantar, deixando a taça de vinho vazia de lado. — Talvez eu não devesse ter bebido. Estou meio tonta. Ainda bem que a gente veio a pé.

— Eu levo vocês.

— Não precisa. — Uma calma pareceu descer sobre ela, como se tivesse virado uma chave e desligado tudo. — Zoe? — chamou. — Está pronta para ir?

12

Enquanto andava pelo gramado macio, Van sentia o rosto arder. Apesar de estar de costas para ele, ainda conseguia ver Tanner com perfeição. O cabelo escuro caindo por cima das sobrancelhas, o maxilar forte coberto com a quantidade certa de barba por fazer. E a boca dele. Tinham trocado olhares a noite toda, lembrando-a de como os lábios dele tinham sido doces nos dela tantos anos atrás. Como ele tinha o jeito certo de tocá-la, até sua pele estar em chamas e o coração, batendo forte.

Foi uma luta manter a calma diante dele.

— Tia Gina, estamos indo. Obrigada pela noite. — Van a abraçou com força.

— Não suma, meu docinho — disse Gina. — Você e a Zoe são sempre bem-vindas aqui. Nem precisam de convite.

— Van, a gente pode fazer s'mores em casa um dia? — perguntou Zoe, que vinha saltitando da fogueira, onde estava sentada com Becca. — É tão gostoso.

— Claro. — Van bagunçou o cabelo da irmã, depois franziu o nariz. — Você está fedendo a fumaça. Vai precisar tomar um banho quando a gente chegar em casa.

— Xiii, desculpe. Foi culpa minha. — Becca abriu um sorriso para ela.

— Ah, ela ia precisar de um banho de qualquer maneira.

Van e Zoe se despediram da família Hartson, um por um, cheias de sorrisos e abraços enquanto prometiam voltar em breve. E então Van estava parada em frente a Tanner, e os olhos quentes dele a encaravam.

— Posso te ligar amanhã? — perguntou ele. — A gente precisa conversar sobre o drive-in.

— Achei que você tinha se esquecido.

Ele balançou a cabeça devagar.

— Eu só não queria apressar você. Nem falar de trabalho.

Ela respirou fundo.

— Tá bom, pode me ligar.

— Preciso do seu número. — Ele entregou o celular a ela.

Ela o pegou, digitou rapidamente o número nos contatos e o devolveu. A ponta dos dedos dos dois se encontrou brevemente, e Savannah sentiu um disparo de eletricidade pelo corpo. Ela abriu um sorriso tímido para ele, que retribuiu com uma piscadela, como se soubesse o motivo exato do tremor dela.

— Está bem, então. A gente precisa ir. Falo com você amanhã.

Ela olhou de novo para ele. Será que devia abraçá-lo? Seria estranho se não o abraçasse, já que tinha abraçado todos os outros da família. Mesmo assim, ela hesitou. Não porque não quisesse, mas porque significaria muito. Ela já estava tensa. Isso podia ser a gota d'água.

— Vem cá — chamou ele, com a voz aveludada, e estendeu os braços para ela, envolvendo seus ombros e espalmando as mãos nas costas dela enquanto a puxava para si.

O movimento repentino a pegou de surpresa. Não estava preparada. Sua guarda estava baixa. Seu coração começou a bater com tanta força que jurava que Tanner conseguiria sentir. Ela estava muito consciente da sensação dos dedos dele sobre o tecido do vestido.

Aos poucos, ela ergueu a cabeça, olhando para cima até o olhar dos dois se encontrar. Por um instante, os olhos dele queimaram nos dela. Ele engoliu em seco, e o pomo de adão subiu e desceu. Ela só conseguia pensar nos lábios dele. Na necessidade de senti-los. Ele a beijaria com intensidade, como tinha feito uma vez, depois deslizaria a boca suavemente pelo pescoço dela. Seu corpo ficou tenso com o pensamento, seus mamilos enrijecendo em contato com o peito dele.

Se ele a beijasse, ela não resistiria. Apesar de todas as pessoas ao redor. A família dele, Zoe, todo mundo. Mas, em vez disso, ele deu um passo para trás, soltando-a e se mexendo de um jeito desconfortável.

— Tchau, Van.

O corpo dela parecia gelado longe do dele. Mesmo assim, ela obrigou os lábios a sorrirem.

— Tchau. — E daí se o corpo dela parecia em chamas? Ela teria que viver com isso.

Ela o desejava. A adrenalina que sentia era suficiente para saber disso. Mas ela também sabia o que esse tipo de necessidade provocava. Em todos os lugares.

Ela tinha se apaixonado por Tanner uma vez, e olha só o que no que deu. Dessa vez, ela estava determinada a continuar apenas na amizade.

— Posso perguntar uma coisa? — questionou Zoe quando elas viraram a esquina da rua onde moravam. Eram quase nove da noite, bem depois da hora de dormir de Zoe, e ela estava muito empolgada porque Van a deixou ficar acordada até tarde mesmo tendo aula no dia seguinte. O sol tinha desaparecido atrás das montanhas e os postes de rua estavam acesos, inundando a rua de luz.

— Claro. Diga. — Van olhou para a irmã de soslaio.

— Quem é a mãe do Tanner e da Becca? A tia Gina?

Van balançou a cabeça.

— Não. A mãe deles morreu quando eles eram pequenos. A tia Gina é irmã da mãe deles. Ela foi morar lá pra cuidar de todo mundo.

— Ela é casada com o pai deles?

A lua brilhava suavemente sobre o topo das árvores.

— Não — respondeu Van. — Acho que eles são só amigos. Mas ela cuidou de todos como se fosse a mãe deles.

— Ele é assustador.

— O pai do Tanner?

Zoe confirmou.

— Ele parecia irritado a noite toda.

Era estranho como crianças eram observadoras.

— É, ele nunca foi muito alegre. Desde que a mãe deles morreu.

— Você conheceu a mãe deles?

A testa de Van se enrugou enquanto ela pensava.

— Mais ou menos. Nós éramos bem pequenos quando ela morreu, então não me lembro muito bem dela.

Mas Van se lembrava do dia em que ela tinha morrido. Da batida desesperada de Tanner na janela do quarto no meio da noite. Do rosto molhado de lágrimas, dos soluços sacudindo o corpo dele enquanto tentava contar a ela o que tinha acontecido. Era madrugada, e Van estava usando seu pijama preferido, de ovelhas, com a mente cheia de sono enquanto tentava entender as palavras do amigo.

A mãe dele tinha morrido havia menos de uma hora. Tanner tinha sido o único dos irmãos a não estar ao lado da cama quando ela faleceu. Ele levou anos para admitir que sentira medo demais de ver a mãe morrer e, em vez disso, tinha fugido e se escondido na edícula, com os olhos bem fechados enquanto rezava para um deus que ele esperava que estivesse escutando.

Ele só soube que a mãe tinha morrido quando ouviu Gray ir até o jardim e soltar um grito assustador. Gray tinha quase doze anos, o mais velho dos cinco. Tanner nunca tinha visto o irmão chorar até aquele dia.

Foi então que Tanner saiu correndo para a casa de Savannah. E, sem perguntar, ela ergueu a coberta e os dois se encolheram na cama dela, os corpinhos aninhados no conforto que ele buscava.

O pai dele tinha batido à porta dela antes do amanhecer e, de algum jeito, a mãe de Van estava sóbria o suficiente para deixá-lo entrar. Ele pegou a mão de Tanner e o repreendeu por ter fugido, sem nem mesmo abraçá-lo, bagunçar seu cabelo nem perguntar se ele estava bem.

Pelo menos tia Gina tinha mudado as coisas quando foi morar com eles. Ela era parecida com a mãe deles, mas exagerada, sempre repreendendo, perseguindo e alimentando as crianças.

— Se a mamãe morresse, você ia cuidar de mim? — perguntou Zoe. — Ou eu ia ter que ir morar com o Craig?

As duas tinham chegado. Van parou e se virou para Zoe, dando um sorriso suave para a irmã enquanto estendia a mão para envolver o rosto meigo da menina.

— A mamãe não vai morrer — respondeu. — Mas sempre vou estar ao seu lado, não importa o que aconteça. E eu sei que o Craig não tem estado por perto, mas ele também te ama.

O lábio inferior de Zoe tremeu. Ela pensava muito.

— Eu não quero ficar sozinha.

Van a abraçou com força.

— Você nunca vai precisar ficar sozinha. Eu prometo. Nós sempre vamos cuidar de você.

Era a única coisa que Savannah sabia mais que qualquer outra. Ela protegeria a irmã para sempre, como nunca tinha sido protegida. Da maldade, das intrigas, das fofocas. Zoe nunca seria provocada porque a mãe tinha levado um cara aleatório para casa, nem pelo boato sobre Kim ter roubado dinheiro dos Fairfax finalmente ter chegado aos portões da escola.

Van beijou o topo da cabeça da irmã e prometeu a si mesma que sempre seria a protetora de Zoe. Nada mais importava. Nem o fato de que a mãe ainda devia estar encolhida na cama nem o jeito como o coração dela quase parava toda vez que via Tanner Hartson.

Ela estava ali por Zoe. Nada mais.

— Que tal ligar para o seu irmão de vez em quando? — reclamou Logan com Tanner ao telefone mais tarde naquela noite. — Acabei de falar com a Becca. Ela me contou que você comprou o drive-in. Como eu não sabia disso?

— Foi semana passada. A tinta do contrato ainda nem secou.

Tanner balançou a cabeça, mas não conseguiu evitar um sorriso. Dos três outros irmãos, ele tinha ficado mais próximo de Logan ao longo dos anos. Talvez porque Gray estivesse muito ocupado fazendo turnês pelo mundo e Cam estivesse correndo atrás dos seus sonhos no futebol americano, deixando Tanner e Logan com mais tempo juntos. Foi Logan quem esteve ao seu lado quando Van disse a Tanner que nunca mais queria vê-lo e cumpriu a ameaça.

E, enquanto os dois construíam suas empresas, Tanner em Nova York e Logan em Boston, eles se tornaram confidentes. Reclamando um com o outro sobre as dificuldades de agradar aos empregados. Conversando sobre opções comerciais quando precisavam de alguém em quem confiar.

Era natural Logan estar um pouco chateado por Tanner não ter falado sobre o drive-in com ele. Tanner se sentiu mal com isso.

— Eu comprei por capricho — confessou. — Não tenho um plano de negócios nem nada assim. Acabei de assinar o contrato e agora estou nessa.

Logan riu.

— Isso não é a sua cara.

Não era mesmo.

— É, mas eu tinha dinheiro sobrando e estava entediado.

— Você sempre vai ter um emprego em Boston — lembrou Logan. — Seria bom ter alguém em quem posso confiar.

Tanner ergueu uma sobrancelha.

— Acho que vou ficar em Hartson's Creek por enquanto, mas obrigado mesmo assim.

— E aí, o que você está planejando fazer com o drive-in? — perguntou Logan.

— Vou reconstruir.

— Sério? — Logan pareceu cético. — Como vai fazer isso? Você não tem nenhuma experiência nesse setor.

— Eu sei, mas conheço umas pessoas que têm. — Ele sorriu. — Tipo você.

— É. Estou meio ocupado pra ficar brincando de cineminha com você. Sério, irmão. Achei que você não ia trabalhar por um ano. Essa não era uma das condições da sua venda?

— Só numa empresa concorrente — explicou Tanner. — E não estou planejando trabalhar muito. Vou contratar alguém pra fazer isso por mim.

— Quem?

— Van Butler.

— Quê? — Logan deu uma risadinha. — A Van Butler com quem você andava, e que depois maltratou até ela estar em pedaços?

— Cala a boca.

— Sério — disse Logan, incrédulo. — Ouvi você falar pra Becca que não queria ver a Van de novo. E agora está falando de dar um emprego pra ela? Por quanto tempo eu fiquei fora? Quando foi que vocês dois se reaproximaram?

— É uma cidade pequena. — Tanner deu de ombros. — Somos amigos, só isso.

Logan ficou em silêncio por um instante.

— Amigos? — perguntou, como se não conseguisse acreditar.

— O que mais poderia ser?

— E eu que sei?! Ela sempre me pareceu "a mulher que você deixou escapar". — Pela voz, parecia que Logan estava dando de ombros. — Houve um momento em que achei que você nunca ia superá-la. Nem o que aconteceu. Parece... não sei... é estranho você falar dela como se vocês não tivessem um passado.

— Talvez eu tenha amadurecido — retrucou Tanner. — Nós acabamos nos encontrando algumas vezes. Na lanchonete, correndo, essas coisas. E aí a tia Gina a convidou pra jantar hoje à noite. Estamos bem. O que aconteceu entre nós virou águas passadas. Acho que podemos voltar a ser amigos. — E se ele quisesse mais? Bom, eles veriam o que ia acontecer.

— Toma cuidado, cara — aconselhou Logan baixinho. — Eu me lembro de como você estava dez anos atrás. Aquilo tudo te destruiu. Não quero ver você magoado de novo. — Ele pigarreou. — E ela também não merece isso.

— Não vou magoá-la. — Tanner tinha certeza disso. — Somos adultos, sabemos o que estamos fazendo. E obrigado. É bom saber que você me apoia.

— Sempre.

— Você está bem? — perguntou Tanner ao irmão.

— Estou. Só ocupado pra cacete, mas sobrevivendo.

— Alguma mulher à vista? — provocou ele.

— Não. — A voz de Logan estava firme e segura. — E nem teria tempo pra isso, se houvesse alguma. As mulheres de Boston devem estar suspirando de alívio.

— Duvido. — Logan era um cara bonito, ou pelo menos era isso que as amigas de Tanner diziam. — Mas, se você está sobrevivendo assim, tudo bem.

— Falando nisso, é melhor eu ir. Temos um grupo de quarenta pessoas hoje à noite. E o vinho está rolando um pouco rápido demais. Se cuide, irmão. E vê se não parte o coração de ninguém. Muito menos o seu.

— Eu não estava planejando fazer isso — disse Tanner, com a voz leve.

— Ah, a gente nunca planeja.

13

— Oi — cumprimentou Tanner, com a voz cordial ecoando pelo celular dela. — Eu estava pensando se você está livre pra almoçar hoje. Pra falar de trabalho — acrescentou ele rapidamente. — Achei que a gente podia se encontrar na lanchonete mais ou menos uma hora.

Droga.

— Não posso almoçar hoje. Tenho que levar minha mãe num compromisso. A gente pode se encontrar mais tarde? — Porque ela queria muito falar com ele. — Às quatro, talvez?

— Na lanchonete?

— Por que a gente não pega um café e sai pra caminhar? — sugeriu ela. — O dia está lindo. — E, talvez, se ela estivesse cercada pelo ar fresco, não ficaria tão abalada com a presença dele. Todas aquelas moléculas do ar livre poderiam diluir a essência de Tanner.

— Parece ótimo. Eu pego os cafés e te encontro na praça da cidade. A gente pode andar até o riacho.

— Eu ia adorar.

— Até às quatro. — A voz dele estava suave e continha uma promessa que fez o coração dela doer.

— Combinado.

— Você está pronta? — gritou Van para a mãe, pegando a chave do carro e a bolsa. — A gente tem que chegar lá em dez minutos.

Kim saiu do quarto usando uma calça jeans desbotada justa e um top azul-marinho, com o cabelo loiro-claro caindo sobre os ombros nus. Não estava usando maquiagem, mas parecia melhor do que há alguns dias. Van abriu um sorriso hesitante, e Kim o retribuiu.

Isso já estava melhor do que ela esperava.

O caminho até a cidade durou menos de cinco minutos. Van teria sugerido que elas fossem a pé, mas sabia que a mãe não aceitaria. Ela estava frágil demais para lidar com as pessoas que encontraria pela rua. Elas iriam direto para o consultório médico e de volta para casa.

— E lá vamos nós. — Kim seguiu Van porta afora. Uma brisa quente fez as árvores farfalharem e bagunçou seu cabelo, as pontas douradas dançando ao vento. Van olhou para a mãe, admirando a pele quente e macia e os olhos azul-pálidos. Naquele momento, ela parecia ter vinte anos, não estar perto de fazer cinquenta.

Ela sempre tinha sido uma mulher bonita. E confiara nessa aparência para sobreviver. Tinha sido sua bênção e sua maldição, provocando alegria e dor ao mesmo tempo.

Van havia estacionado em frente ao consultório médico, abrira a porta do carro e depois o contornara para ajudar a mãe a saltar. Kim piscou ao sol claro da tarde.

— Pode esperar aqui — disse ela, com a voz baixa. — Não vai demorar.

— Tem certeza de que não quer que eu vá com você?

Kim balançou a cabeça.

— Eu só preciso de uma receita. Não vai demorar.

Van observou a mãe entrar no consultório, depois se apoiou no carro, curtindo a sensação do sol na pele. Ela estava usando um vestido chemise azul-escuro, com cinto, comprido até o meio das coxas. Assim como o da mãe, seu cabelo estava recém-lavado e esvoaçante. Ela estava se sentindo bem. Talvez fosse o fato de as coisas finalmente estarem se acertando. A mãe estava melhor, Zoe parecia feliz e ela havia recebido uma oferta de emprego que tinha quase certeza de que iria aceitar.

— Olhe só pra você apoiada nesse carro como se fosse uma modelo.

Van sorriu enquanto Becca se aproximava. A irmã de Tanner estava usando uma blusa sem manga e uma saia preta, com o cabelo escuro preso num coque bagunçado.

— Oi. O que está fazendo aqui? Achei que você trabalhasse na destilaria.

— Trabalho. — Becca mostrou uma folha de papel. — Me mandaram buscar o almoço. Porque meu chefe é um babaca e acha que sou assistente dele. — Ela revirou os olhos. — Pelo lado positivo, isso significa que posso curtir o sol em vez de ficar enfurnada entre quatro paredes. E se o Murphy levar uma hora pra preparar o pedido? — Ela deu de ombros. — Acho que meu chefe vai ter que lidar com isso.

Van não conseguiu evitar rir da expressão de Becca. Era algo entre repulsa e satisfação.

— Bom, aproveite o intervalo. Eu recomendaria que você se sentasse do lado de fora enquanto o Murphy cozinha.

— Acho que vou fazer isso. — Becca deu uma piscada. — Obrigada. — Ela mordeu os lábios, a testa se enrugando como se ela estivesse pensando se devia falar. — Então... foi bom ver você no domingo.

— Foi bom te ver também. Obrigada por passar tanto tempo com a Zoe. Ela curtiu.

— Você e o Tanner pareceram próximos. — Becca mexeu os pés de um jeito desconfortável. — Foi legal... ver vocês dois conversando de novo como nos velhos tempos. — Ela olhou para Van. — Acha que vocês dois conseguem voltar a ser amigos? — perguntou ela.

Van sentiu o peito apertar.

— Ah — respondeu ela. — Acho que sim. — Mesmo que parte dela desejasse mais.

— Você tem namorado?

Van começou a rir. Não conseguiu evitar. Becca era tão óbvia.

— Não, não tenho.

— Nem o Tanner. — Becca franziu a testa com as próprias palavras. — Quer dizer, ele não tem namorada — acrescentou. — Vocês dois estão solteiros. Isso é interessante.

— É? — Van deu uma risadinha.

— É. Por que você está rindo?

— Não sei — respondeu Van, engolindo em seco. — Achei engraçado. Só isso.

— Eu só acho que seria bom se vocês dois... não sei... talvez pensassem em namorar ou sair. Eu sempre achei que fariam isso, quando a gente era mais jovem. Vocês ficam bem juntos. E isso faria você ser minha irmã. — Becca sorriu. — Eu ia gostar muito disso.

— Nós somos apenas amigos, Becca. Só isso. — A voz de Van estava suave. Ela sempre teve um carinho especial pela irmã de Tanner.

Becca assentiu e sua expressão esperançosa se dissolveu.

— Acho melhor eu ir pegar a comida.

— Claro. A gente se vê por aí.

Becca deu um meio-sorriso, se despediu e foi para a lanchonete. Quando Kim saiu do consultório dez minutos depois, Van estava sentada no carro, com as janelas abertas, ouvindo um country suave que tocava na estação de rádio local.

— Foi uma perda de tempo — disse Kim, entrando no carro e batendo a porta. — Ele não quis aumentar minha dose de pílulas da felicidade. A menos que eu concordasse em frequentar o AA. — Ela balançou a cabeça. — Falei pra ele que não sou alcoólatra. Só bebo de vez em quando.

Van suspirou.

— Você bebe quase toda noite.

— É, pra relaxar. Talvez, se ele aumentasse a dose, eu não precisasse beber. — Kim balançou a cabeça enquanto Van saía da vaga e dirigia para casa. — Eu falei pra ele que seria só por um tempo. Pra eu superar a perda do Craig. E aí ele começou a falar em terapia. — Ela bufou. — Como se eu precisasse disso.

— Terapia pode ser bom pra todo mundo — murmurou Van, apertando os dedos enquanto virava o volante.

— Eu não sou maluca. Só fui abandonada pelo meu marido. — Kim apoiou o queixo na mão, olhando pela janela. O ar fresco estava entrando pela fresta no alto. — Eu não sei por que me importo.

— Porque você quer se sentir melhor? — sugeriu Van.

— É. Bom, agora estou me sentindo pior. — Kim afundou no banco do carro. — Acho que vou pra cama quando chegar em casa. Estou exausta.

— Tudo bem — disse Van, com os dentes cerrados enquanto entrava na garagem e puxava o freio de mão.

Dois passos para a frente e um para trás. Pelo menos a mãe tinha colocado uma roupa. Mas o jeito como o humor dela variava preocupava Van. De muitas maneiras, parecia que Savannah tinha dezoito anos de novo.

A mãe estava volátil e bebendo, do mesmo jeito que estava antes de engravidar de Zoe.

E havia o Tanner.

Ele era lindo, inesquecível e fazia o coração dela parar por uns segundos.

Ela tinha quase certeza de que aceitaria o emprego no drive-in.

E parecia que o mundo de Van estava à beira do precipício, fora de alcance, por mais que ela tentasse se agarrar a ele. Se ela pensasse muito nisso, morreria de medo.

Assim que a viu, ele ficou tenso. Não de um jeito ruim, mas de um jeito “Droga, estou caidinho por ela e não quero que ela saiba”. Van estava andando na direção dele, o cabelo dourado iluminado pelo sol da tarde, as pernas nuas bronzeadas e flexíveis por causa das corridas. Ela estava usando um vestido azul-escuro com cinto na cintura esguia e alguns botões na parte de cima estavam desabotoados, de modo que ele via a pele entre o pescoço e o colo dela.

— Peguei um latte pra você — disse ele, entregando um copo descartável a ela. — Espero que goste.

— Perfeito. — Ela sorriu para ele, os lábios pintados de vermelho se curvando para cima. — Obrigada. — Ela o levou à boca, fechando os olhos por um instante enquanto tomava um gole, depois soltou um suspiro longo e profundo. — Nossa, você não sabe quanto eu precisava disso — disse ela, olhando para ele por entre os cílios escuros.

Ele engoliu em seco, apesar de seu café estar intocado. Será que ela sabia como soava quando suspirava?

Como sexo.

Cale a boca.

A mente dele estava discutindo consigo mesma?

— Dia ruim? — perguntou ele enquanto saíam da praça e atravessavam a estrada. Uma das amigas de tia Gina estava lavando os degraus da Primeira Igreja Batista. Ele ergueu a mão em cumprimento, e ela acenou em resposta.

— Quase isso. — Ela inspirou fundo. — Mas estou me sentindo melhor agora. Obrigada.

— Não fiz nada. — Ele deu de ombros. — Mas aceito sua gratidão mesmo assim. — Tanner deu uma piscadinha. — Se você aceitar meu emprego.

— Eu aceito.

Ele piscou. A decisão rápida o chocou.

— Sério?

— Aham. — Ela assentiu. — Vou precisar de um emprego, se for ficar aqui por um tempo.

— Eu preparei todo um discurso. — Ele sorriu para Van. — Estava pronto pra implorar. Agora estou meio decepcionado.

Ela fez um biquinho.

— Eu também. Quer fazer o discurso mesmo assim?

Ele riu.

— Não. Não depois de você ter sido tão fácil.

— Cala a boca. Eu ainda nem falei meus termos. — A voz dela estava quase arrogante. Ele amava a Van confiante.

Amava? Que isso?

— Aceito todos — disse Tanner baixinho, ignorando os pensamentos que disparavam por sua mente.

— Para com isso! — Os lábios dela se abriram. — E se eu dissesse que queria receber um milhão de dólares e ter metade das ações da empresa?

— Eu diria que você está cobrando muito barato. — Eles viraram a esquina, passando pelas casas grandes que levavam ao riacho. — Mas pode ser que você tenha que esperar um pouco por esse um milhão. Até a gente começar a lucrar.

— Eu não quero um milhão.

Ela tomou outro gole de café. Um pouco de espuma grudou nos lábios vermelhos, e ela os lambeu. Tanner tentou desviar o olhar, mas não conseguiu. Era hipnotizante demais.

— O que você quer? — perguntou ele, com a voz grave.

— Eu só quero que as pessoas saibam que consegui esse emprego pelos meus méritos. Porque sou boa no que faço. Não quero fofocas dizendo que você me deu um emprego porque sente pena de mim ou… — Ela suspirou. — Ou que eu estou trocando sexo por trabalho.

— Mas você não está.

— As pessoas não vão ver desse jeito. Já estão falando de nós dois.

— Estão? Quem? — Ele juntou as sobrancelhas enquanto olhava para ela.

— Pra começar, a sua irmã.

— A Becca falou alguma coisa? — O franzido na testa dele se aprofundou. — Vou conversar com ela.

— Não, não. — Van balançou a cabeça. — Ela só estava fazendo graça. Me perguntando se eu estava namorando. Me dizendo que você está sozinho.

Ele respirou fundo. Seu peito parecia estranho. Apertado como na última vez que terminou uma maratona.

— Você não tem namorado? — perguntou Tanner. A respiração ficou presa na garganta enquanto esperava a resposta.

Ela inclinou a cabeça para o lado, o cabelo caindo sobre um ombro.

— Não. — respondeu ela.

Ótimo.

Eles tinham chegado à margem do riacho. Van levou a mão à testa para bloquear o sol.

— Lembra quando a gente tentou construir uma balsa? — perguntou ela.

Ele sorriu. A água cintilava, refletindo os raios de sol.

— Lembro. E afundou assim que você entrou nela.

Van riu, e o sorriso ficou bonito nela. Bonito demais.

— Só subi porque você estava com medo demais de fazer isso.

— Porque eu era sensato demais, você quer dizer.

O olhar dele encontrou o dela.

— Você sempre foi o que tinha mais bom senso.

— Eu queria ser como você. Destemido. Você nunca tinha medo de nada.

Os lábios dela se abriram. Tanner teve um vislumbre da ponta da língua de Savannah.

— Eu tinha medo, sim — retrucou ela. — Só escondia bem. Conforme o tempo foi passando, ficou mais difícil fazer isso.

— Do que você tem medo agora? — perguntou ele.

Tanner sentiu o sangue correndo pelas veias, aquecendo sua pele. Uma lufada de vento bagunçou o cabelo dela, deixando um fio grudado nos lábios. Ele estendeu a mão para tirá-lo dali, ajeitando-o atrás da orelha de Van. A pele dela estava quente. Macia. Do jeito que ele se lembrava.

— Você está com tempo? — perguntou ela. — A lista é longa.

Os olhos dele encontraram os dela de novo.

— Posso ouvir pelo tempo que for necessário.

Meu Deus, como ele amava o sorriso dela. O sol se escondeu atrás de uma nuvem, e a sombra esfriou a pele dele. Tanner sentia o coração bater num ritmo alucinado. Parada ali perto do riacho, Savannah parecia a imagem de uma garota do interior. Loira e bronzeada, o belo vestido não conseguindo esconder as curvas delicadas de seu corpo. Ele queria puxá-la para si, depois beijá-la com tanta intensidade que os dois ficariam sem fôlego.

O momento passou entre eles, fazendo o rosto dela corar. Os lábios de Van se abriram, como se estivesse tentando recuperar o fôlego.

Não fazia sentido lutar contra essa necessidade sofrida que ele tinha em relação a ela. Era algo que já tinha criado vida. Ele estava sentindo emoções que havia muito tempo não experimentava. Coisas que disse a si mesmo que não importavam. E, mesmo assim, pareciam ser o ar que ele precisava respirar.

— Savannah — disse ele, os dedos se abrindo quando estendeu a mão para tocar no rosto dela. Sua pele era tão quente e macia. Ele roçou os dedos no pescoço de Savannah, e ela engoliu em seco.

— Você nunca me chama assim — sussurrou ela, quase suspirando.

— Você nunca deixou. — O polegar dele seguiu a linha da bochecha dela, descendo até o canto dos lábios carnudos. — Você se recusava a responder.

— É um nome fraco.

Os olhos dele encararam a boca de Van.

— Não é, não. Não tem como ser. É o seu nome, e você é a pessoa mais forte que eu conheço.

Ele deslizou a mão até o pescoço dela, o cabelo macio roçando nos dedos dele. Ela engoliu em seco, o pescoço acompanhando o movimento, os olhos grudados nos dele. Tanner não sabia se ela estava respirando. Tudo que ele ouvia era o farfalhar suave das folhas quando a brisa da tarde dançava ao redor deles e o latejar do sangue ressoando nos ouvidos.

Os olhos de Savannah se dilataram quando ele inclinou a cabeça na direção dela, suas bocas separadas por um milímetro. Ela abriu a boca, com a respiração presa na garganta, e ele sentiu a necessidade de saborear cada centímetro do corpo dela.

— Me desculpe. — Ela deu um passo para trás, o peito subindo e descendo rapidamente. — Isso foi estranho. Não sei o que acabou de acontecer. — Ela levou o copo de café até o peito, como se fosse um escudo. — Talvez seja culpa da Becca. Por falar da nossa solteirice. — Van balançou a cabeça. — Foi um dia difícil.

As sobrancelhas de Tanner baixaram.

— Não foi você. Fui eu. — Ele queria beijá-la. Ansiava por aquilo. Ainda. Mas ali estava ela, com a expressão repleta de arrependimento, numa postura que gritava para ele ficar longe. — Me desculpe também.

— Talvez eu devesse acrescentar uma coisa aos meus termos — disse ela, com um sorriso que não chegava aos olhos. — Sem estranhezas entre nós. Só um relacionamento estritamente profissional.

— Sem estranhezas, certo. — Ele assentiu lentamente. — Vou escrever isso no seu contrato.

— É sério. — O sorriso dela ficou mais suave. — Não quero que nada afete nosso trabalho. — Ela olhou para os pés, a grama seca crescendo ao redor. — Eu não estraguei tudo antes de começar, né?

— Claro que não. — Ele deu um sorrisinho. — Está tudo bem entre a gente.

Van soltou uma lufada de ar.

— Graças a Deus, porque eu preciso desse emprego. Quase tanto quanto preciso que a cidade toda não fale de mim. — Ela finalmente ergueu os olhos até os dele. — E tanto quanto preciso que você seja meu amigo.

Ele percebeu o apelo no olhar dela.

— Eu sempre vou ser seu amigo. E ninguém vai falar de você — prometeu ele. Os ombros dela relaxaram visivelmente. — Vem — disse ele, pegando a mão dela. — Vamos dar uma volta.

Se ela queria que ele fosse amigo dela, era o que ele seria. Mesmo que isso o matasse por dentro.

Ele a tinha perdido uma vez por causa de um mal-entendido. Não planejava fazer isso de novo. Ele seria seu amigo, seu chefe, tudo que ela quisesse.

Por enquanto, isso era suficiente. Tinha que ser.

14

— Ei, ouvi falar que você tinha voltado pra cidade.

Tanner desviou os olhos do celular e viu um cara loiro alto parado ao lado da mesa dele na lanchonete. Ele piscou por um instante, antes de finalmente o reconhecer. Afinal, Nate Daniels não tinha mudado tanto. O cabelo estava mais ralo, o rosto mais acabado, mas ele reconheceria aquele sorriso em qualquer lugar.

Ele e Nate tinham sido muito próximos na escola, porque os dois jogavam no time de futebol americano. Eles até tinham ido juntos para a faculdade, mas perderam contato em algum ponto do caminho enquanto Tanner desenvolvia sua empresa em Nova York e Nate voltava a Hartson's Creek, para trabalhar no escritório de advocacia do pai. Era estranho vê-lo de terno em vez das habituais camiseta e calça jeans. Ou numa noite de sexta-feira, com o uniforme do treino de futebol americano.

— Que bom te ver — disse Tanner, levantando-se para apertar a mão de Nate. — Como é que você está, cara?

— Estou ótimo. Ralando pra caramba, me divertindo mais ainda. — Ele riu. — Você é o assunto de Hartson's Creek agora. Meu pai me contou que está trabalhando nos contratos do drive-in.

Tanner ergueu uma sobrancelha. Nenhum segredo durava muito tempo, mas ele poderia jurar que seu advogado deveria oferecer confidencialidade a ele. Não que isso importasse, pois logo todo mundo ia saber.

— É, acho que estou de volta.

— Nunca pensei que você ia deixar Nova York. — Nate suspirou. — Acho que todos nós voltamos, no fim das contas, né?

— Pois é.

Nate olhou para o relógio.

— Preciso ir. Tenho uma reunião daqui a dez minutos. Só vim pegar um café. Que tal a gente bater um papo uma hora dessas? Talvez até juntar a galera das antigas?

— Claro. — Tanner deu de ombros.

— Ótimo. Que tal sexta à noite?

— Tipo *essa* sexta?

— É. — O rosto de Nate se iluminou. — Vai ser como nos velhos tempos. A galera, bebida, festa. Que tal?

Tanner tentou pensar numa desculpa, mas não conseguiu.

— Parece bom.

— Excelente. Vou espalhar a notícia. Vai ser divertido. Nos encontramos no Moonlight Bar às oito. — Ele deu um tapa nas costas de Tanner. — É tão bom te ver, cara. Parece que voltei a ter dezoito anos.

— É ótimo ver você também. — Tanner sorriu, embora a ideia de voltar a ter dezoito anos lhe desse arrepios.

Bom, parecia que a noite de sexta estava reservada. Talvez ele devesse ficar feliz por finalmente ter algo para fazer. Muitas coisas, se incluísse o drive-in e tentar ignorar como ele se sentia em relação a Van Butler.

Van estava limpando o armário do quarto quando a porta da frente bateu. Ela ainda tinha roupas velhas penduradas ali: calças jeans bootcut que já tinham saído de moda havia muito tempo, camisas xadrez e suéteres que ela nunca mais conseguiria usar, graças ao desenvolvimento tardio dos seios. Ela ergueu o olhar e secou a testa com o dorso da mão. Os dias tinham ficado mais quentes, e os resquícios de ar fresco da primavera tinham sido afastados pelo sol quente da Virgínia.

— Zoe? — chamou ela. — É você?

A mãe tinha saído de casa mais cedo, falando algo sobre uma entrevista de emprego. Não que Van tivesse acreditado. Quem ia a uma entrevista usando calça jeans justa e uma blusa desabotoada além da conta?

Não houve resposta. Franzindo a testa, Van se levantou e jogou o cabelo por cima do ombro, abriu a porta do quarto e olhou para o corredor. Os sapatos de Zoe estavam no chão, onde ela os tirou, e a mochila da escola estava apoiada no papel de parede descascado.

Van bateu de leve à porta do quarto de Zoe.

— Você está bem?

Ela ouviu um resmungo, mas nada além disso. Van abriu a porta, pressionando os lábios quando viu a irmã deitada de barriga para baixo na cama.

— Dia ruim?

Outro resmungo. Pelo menos era uma resposta.

— Meu docinho — disse Van, se sentando na beirada da cama de Zoe. — O que houve?

— Nada.

Um meio-sorriso se formou nos lábios de Van.

— Eu me lembro de muitos nadas acontecendo quando eu estava na escola. Era um saco.

Zoe se virou, revelando os olhos e as bochechas vermelhos.

— É, não seria tão ruim se eu não fosse tão excluída.

— Você não é excluída. Você tem muitos amigos. — Van ignorou a dor no coração. — Aconteceu alguma coisa?

— Não. — Zoe engoliu em seco. — Só que todas as minhas amigas vão ver o Maroon 5 e eu não.

— Elas vão a um show?

— É. — O lábio inferior de Zoe tremeu. — Com as mães.

Claro. Garotas de dez anos não iam a shows sozinhas.

— Elas não pensaram em te convidar? — perguntou Van.

— As mães se conhecem. São *amigas.* — Zoe deu de ombros, tentando parecer tranquila, embora os olhos vermelhos a traíssem. — Mas elas não conhecem nossa mãe. Ela não é do grupo. Todo mundo está empolgado. Elas vão sair no sábado pra comprar roupas novas e almoçar. — Ela respirou fundo. — Ninguém me convidou pra isso também.

— Posso ligar pra elas — sugeriu Van, sorrindo para ela. — Ver se ainda tem ingresso. Eu te levo.

— Está esgotado. E, de qualquer jeito, você também não conhece ninguém. Vai ser ridículo se a gente tentar ir junto. — Zoe mexeu na coberta da cama. — Vou ser mais excluída ainda.

Van deu um sorriso tenso. Por que era tão difícil crescer? Ela odiava não poder consertar as coisas para Zoe. Parecia que a história estava se repetindo.

— As coisas melhoram — retrucou ela baixinho. — Agora, eu sei que parece horrível. Mas juro que não vai ser sempre assim. — Ela se deitou na cama ao lado de Zoe, afastando o cabelo dos olhos da irmã.

— É fácil falar. Você não precisa mais viver aqui.

— Eu estou aqui, não estou? — observou Van.

— É, mas você não precisa ficar. Você vai embora de novo, e eu vou ficar aqui com a mamãe e todo mundo falando da gente.

— E se eu não for embora? — perguntou Van. — E se eu ficar aqui e cuidar de você?

Os olhos de Zoe se arregalaram.

— E o seu emprego?

— Arrumei um emprego aqui. — Van engoliu em seco. — O Tanner me ofereceu um emprego no drive-in.

Zoe se virou de lado. As lágrimas no rosto tinham secado.

— Você vai vender ingressos, que nem antes?

— Não. Vou montar tudo e administrar pra ele.

— Uau. Que emprego legal. — Zoe olhou para ela, cheia de esperança nos olhos. — Você vai ficar mesmo?

— Vou — respondeu Van. — Vou ficar *mesmo*.

Um sorriso irrompeu no rosto de Zoe, e ela se esqueceu do show do Maroon 5. Ela chegou mais perto de Van, envolvendo os braços no pescoço da irmã.

— Oba! Você vai ficar. Isso é tão legal.

Van retribuiu o abraço, fechando os olhos por um instante. Ela realmente tinha concordado em ficar ali?

Tinha, sim. Essa fora a melhor ideia que ela já tivera ou a pior decisão que ela havia tomado até ali.

Naquele momento, podia ser qualquer uma das duas opções.

15

Van rabiscou o próprio nome nas duas cópias do contrato, guardando uma delas no envelope preparado para entregar a Tanner e deixando a outra na mesa para guardar mais tarde. Eram quase nove da noite de sexta-feira, e ela e Zoe eram as únicas na casa. Kim tinha saído mais cedo, surpreendendo Van com seus cachos de modelador e rosto maquiado.

— Não esperem por mim. Vou encontrar um velho amigo. — Kim tinha jogado um beijo para ela no ar, e o forte aroma do perfume com um toque de gim ficou entranhado no nariz da filha.

— Você parece melhor — comentara Van de um jeito seco.

— Não seja má. Estou tentando melhorar. Se divirtam sem mim.

Isso tinha sido duas horas antes. E Van ainda não sabia se ficava feliz porque a mãe estava se sentindo melhor ou irritada por ela ter saído sem nem perguntar se Van poderia cuidar de Zoe.

Embora fosse óbvio que sim. E ela teria aceitado de qualquer maneira.

— O que você está fazendo? — perguntou Zoe, entrando na cozinha de pijama. Ela abriu a geladeira e deu um passo para trás. — Temos refrigerante — disse ela, olhando para Van de soslaio. — E chocolate. Posso pegar?

Van assentiu.

— Claro.

Zoe pegou uma lata de Coca-Cola e uma barra de chocolate.

— Eu adoro quando você faz compras. Quer?

— Vou comer alguma coisa daqui a pouquinho. Quer ver um filme?

— Posso ficar acordada? — Zoe abriu a latinha e tomou um longo gole. — Primeiro você me deixa beber refrigerante e comer chocolate, e agora não está me obrigando a ir pra cama antes das nove e meia. Você está bem?

Van sorriu.

— Estou ótima. Só quero aproveitar um tempinho com a minha irmã. Dez minutos e eu já vou lá. Procura alguma coisa legal na Netflix.

— Tá bom. — Zoe sorriu. — Talvez você possa fazer pipoca também.

— Talvez. — repetiu Van, levantando as sobrancelhas.

Zoe saiu da cozinha assim que o celular de Van tocou. Ela atendeu, franzindo a testa quando viu o número da mãe.

— Alô.

— É a filha da Kim? — perguntou uma voz masculina. Van sentiu a pele formigar.

— É, sim. Quem está falando?

— Meu nome é Graham. Estou com sua mãe num bar. Ela não está se sentindo muito bem.

Van olhou para a porta da cozinha.

— O que aconteceu? — perguntou, mantendo a voz baixa.

— Não é nada grave, ela só está um pouco enjoada. — Graham pigarreou. — Ela não devia ter tomado o último uísque. — Ele deu uma risada nervosa. — Me desculpa.

Van fechou os olhos, sabendo exatamente o que estava acontecendo. Quem quer que fosse esse Graham, tinha entupido a mãe dela com drinques, achando que ela seria fácil.

— Em que bar vocês estão?

— No Moonlight Bar, em Hartson's Creek. Você conhece?

— Conheço, sim.

— Eu a levaria pra casa, mas ela não está bem. — Ele deu uma risadinha envergonhada. — Não quero que falem essas coisas de mim.

— Tudo bem. Estou indo.

— Ótimo. Ela está no bar. Não vou estar aqui quando você chegar.

Claro que não. Ela não esperava nada menos que isso. Com exceção do Craig, Savannah nunca tinha conhecido um homem que não tratasse Kim como lixo.

E até Craig tinha feito isso no fim.

O homem desligou antes que Van pudesse responder. Afinal, ele já tinha feito seu trabalho. Van queria sentir raiva, mas a ligação tinha sido mais do que a maioria dos caras com quem a mãe saía faria.

Suspirando, ela pegou a bolsa e a chave, e seguiu para o hall.

— Zoe.

— Que foi?

— A mamãe está passando mal. Preciso ir buscá-la. Vamos ver o filme quando eu voltar, tudo bem?

O sorriso sumiu dos lábios de Zoe.

— Ela vai ficar bem?

— Vai, sim. Vou trazê-la e colocá-la na cama, depois faço pipoca. — Van deu uma piscadinha para ela. — Posso confiar que você vai ficar aqui enquanto eu estiver fora?

— Claro. A mamãe faz isso o tempo todo.

— Você tem meu número no celular?

Zoe fez que sim com a cabeça.

— Aham.

— Tudo bem. Eu volto rapidinho.

— Tá bem. — Zoe assentiu. — Te vejo daqui a pouco. — Ela parecia calma, como se confiasse que Van consertaria tudo. E ela queria muito fazer isso. Por Zoe e por si mesma.

Van lançou a ela um sorriso tenso, saiu de casa e entrou no carro batendo a porta.

Ela queria acreditar tanto em si mesma quanto Zoe acreditava. Porque, naquele momento, ela queria dar uma surra na mãe.

— Tudo bem, essa rodada é minha — disse Nate, com as pernas bambas enquanto se levantava da banqueta do bar em que estava. Eram oito pessoas ao todo, sentadas ao redor de uma das mesas altas nos fundos do Moonlight Bar. Tanner só estava ali havia uma hora, mas já estava procurando uma desculpa para ir embora. Depois que acabaram de relembrar os tempos da escola, não havia muito mais assunto, a menos que ouvir sobre a cirurgia de hérnia de Nate ou o divórcio de Grant Dubois contasse.

Quando disse que ia chamar a galera, Nate estava falando de dois caras e um grupo barulhento de garotas com quem eles andavam mais de dez anos antes. Incluindo Chrissie Fairfax e suas amigas, que deram um abraço nele assim que o viram.

As garotas pareciam se entender melhor do que os caras. Talvez elas tivessem mantido contato de um jeito que homens não conseguiram. Todos tinham se afastado depois da formatura, se encontrando de vez em quando nas férias da faculdade ou quando iam visitar a família em Hartson's Creek, mas, no fundo, não havia mais nada entre eles.

Era o oposto do relacionamento de Tanner com os irmãos, que só tinha se fortalecido, embora todos morassem em cidades diferentes na Costa Leste. Talvez o sangue falasse mais alto.

Todo mundo fez seus pedidos para Nate, que pareceu incomodado quando Chrissie e sua amiga Natalie pediram martínis porn star.

— Isso existe? — perguntou ele, coçando a cabeça.

— Existe. É o melhor coquetel de todos. — Chrissie sorriu para ele.

Nate balançou a cabeça e foi até o bar, ligeiramente inclinado para a esquerda. Tanner se levantou e olhou para o grupo.

— Vou ajudar. Não acho que ele vai conseguir trazer os drinques sem derramar.

Chrissie pôs a mão no antebraço de Tanner.

— Que ótima ideia — comentou ela calorosamente.

Ele puxou o braço com delicadeza e foi até onde Nate estava apoiado no bar, levantando um dedo enquanto tentava se lembrar do pedido.

— Dois martínis porn star, um vinho branco e uma Coca zero — disse Tanner para Sam, segurando um sorriso quando o barman revirou os olhos. — E quatro cervejas, por favor.

Sam tinha colocado um dos álbuns de Gray para tocar, e as batidas graves ecoavam dos alto-falantes presos à parede. Tanner tamborilou os dedos no bar, sorrindo enquanto se lembrava de cantar essa música com o irmão quando estavam tentando ganhar de Becca e Maddie no karaokê.

Por algum motivo, as garotas ganharam. Becca não o deixava se esquecer disso.

— Quero outro drinque.

Tanner olhou para a esquerda, de onde vinham as palavras emboladas. Uma mulher estava meio sentada numa das banquetas do bar, com o cabelo escapando do prendedor e escondendo seu rosto. O top que usava era curto o suficiente para mostrar a fenda entre os seios. Tanner desviou o olhar.

— Não, já chega — disse Sam, derramando vodca numa coqueteleira de aço inoxidável e, depois, champanhe. — Você já bebeu o suficiente.

— Só mais um. — Metade do corpo da mulher estava sobre o balcão. Se não estivesse tão bêbada, Tanner desconfiava que ela teria subido no bar para se servir. — Por favor, Sam. Só mais um.

Ele reconheceu a voz. Tanner inclinou a cabeça para o lado, dando mais uma olhada. Apesar da cortina de cabelo, ele sabia quem era. Kimberly. Mãe de Van. Ele respirou fundo e se virou para ela.

— Você está bem? — perguntou Tanner.

— Quem está perguntando? — Ela afastou o cabelo e se virou para olhar para ele.

— Um amigo da Van. — Ele não quis dizer o nome. Afinal, ele era o locador, apesar de ela não saber. Isso tinha potencial para virar um caos.

Kim desceu da banqueta e tentou se firmar no balcão. Ao lado dele, Tanner sentia o olhar avaliador de Nate.

— Olá, amigo da Van — disse Kim, com os lábios se curvando num sorriso. — Você não quer me pagar um drinque?

— Não. — Tanner cruzou os braços. — Você devia ir pra casa.

— Rá! — Ela inclinou a cabeça para trás, mas perdeu o equilíbrio e cambaleou nos saltos. Tanner se aproximou para segurar o braço dela, equilibrando-a.

Ela virou a cabeça para o outro lado.

— Não toque em mim se não for me pagar um drinque.

— O Sam não vai mais servir você.

Ela lambeu os lábios, depois ergueu a cabeça para encará-lo.

— Eu te conheço?

— Sou amigo da Van — repetiu ele.

As sobrancelhas dela se juntaram.

— Van, a perfeita. Não conte que estou aqui, ela vai ficar doida. — As palavras estavam emboladas. Ele teve que inclinar a cabeça para escutar. — Ah, você é bonito — disse Kim, estendendo a mão para traçar os lábios dele com o dedo. Ele sentiu cheiro de cigarro neles.

— Eu acho que você devia ir pra casa — disse Tanner com delicadeza. — Eu levo você.

Ela deu uma risada tão aguda que poderia rachar vidro, e o som o atravessou.

— Nada de sexo se você não me pagar um drinque. — Ela tentou sorrir. — Sou uma dama.

Tanner tentou não estremecer.

— Está tudo bem? — perguntou Chrissie, aproximando-se do bar. Seus olhos se arregalaram quando ela percebeu com quem Tanner estava falando. — Ah, é você — disse ela, olhando Kim de cima a baixo. — Ela está bêbada? — perguntou a Tanner.

— Chrissie Fairfax. A garotinha preferida do Johnny.

Kim se jogou para a frente, não caindo apenas por pousar as mãos com firmeza no peito de Tanner. Ele segurou os antebraços da mulher, olhando ao redor para ver onde poderia sentá-la. Meu Deus, como estava bêbada.

Se Van a visse naquele momento, ficaria arrasada. Ele precisava levar Kim para casa antes que ela envergonhasse mais a si mesma — e às filhas.

Chrissie olhou para Tanner, erguendo as sobrancelhas.

— Será que a gente chama a polícia?

— Você é tão parecida com a sua mãe, sabia? — disse Kim, ainda balançando, apesar de Tanner a estar segurando. — Aposto que é tão escrota quanto ela.

Chrissie piscou.

— Pelo menos minha mãe não é uma bêbada — respondeu, com a voz cheia de desprezo.

— Ah, é — continuou Kim, escapando das mãos de Tanner ao se virar para encarar Chrissie. — Pena que ela não consegue segurar um homem. Seu pai dormiu com metade das mulheres de Hartson's Creek. — Os lábios manchados de batom se curvaram para cima, em vitória. — Não é surpresa sua mãe ser uma escrota irritadinha.

Chrissie endireitou as costas.

— Vou ligar pra polícia. Eu não tenho que ouvir esse tipo de coisa.

Ele balançou a cabeça.

— Não precisa ligar pra ninguém. Eu vou levá-la pra casa.

— Eu te conheço, né? — perguntou Kim, se virando de novo para ele, como se tivesse se esquecido de Chrissie. — Você é o amigo da Van. Tanner Hartson.

A voz dele estava rouca.

— Isso mesmo.

— O garoto que eu sempre encontrava na cama dela. — Ela riu de novo. — E agora você quer me levar pra casa.

Isso era uma tortura. Com Chrissie de um lado e Nate do outro, Tanner sentia que tudo que dizia estava sendo analisado. Ele estava atento ao modo como Chrissie estava tirando o celular da bolsa, os dedos posicionados e prontos para chamar a polícia.

— São quarenta e cinco dólares — disse Sam, colocando oito copos cheios numa bandeja na frente de Nate.

— Você pode levar os drinques pra mesa? — pediu Tanner a Chrissie. — O Nate vai derrubar tudo.

Ela olhou para Kim e de novo para ele.

— Tem certeza de que está bem?

— Está tudo bem. A Kim vai pra casa agora, certo?

Chrissie pegou a bandeja, equilibrando-a com cuidado enquanto se empertigava. Tanner se virou para apoiar o braço de Kim de novo. Mas ela deu um passo à frente, estendendo a mão para pegar um drinque da bandeja que Chrissie segurava. Era como assistir a uma catástrofe em câmera lenta. A mão de Kim alcançou a borda da bandeja, e o movimento incerto a fez virar e derramar todos os coquetéis e as cervejas em cima do vestido bege de Chrissie.

Alguém ofegou no meio do salão, e Tanner sentiu um formigamento na coluna quando se virou lentamente para ver quem estava ali.

Claro que era *ela*. Parada sozinha no meio do bar, com o rosto pálido como papel e a mão cobrindo a boca. Tanner engoliu em seco, e seu corpo reagiu assim que pôs os olhos nela.

— Van?

16

Foi como entrar num filme de terror e perceber que você era a atração principal. Por um instante, Van congelou, os olhos disparando da mãe para Chrissie Fairfax quando percebeu que tinha chegado tarde demais.

Seu coração parou quando viu que Tanner também estava parado ali. Ele pegou a bandeja das mãos de Chrissie e a colocou sobre o bar, os copos batendo uns nos outros. O vestido de Chrissie, bege, é claro, estava manchado de marrom pelos drinques que a mãe de Van tinha derramado.

Chrissie olhou para a roupa molhada e depois para Kim.

— Sua vaca, você fez isso de propósito.

A mãe de Van cambaleou para trás, e seus movimentos incertos só pararam quando ela se apoiou no peito de Tanner.

Van engoliu em seco, humilhada, quando todos se viraram para olhar para ela.

— Você viu isso, né? — perguntou Chrissie, voltando-se para Tanner. — Você é testemunha. Ela me atacou.

— Ela derramou a bebida — interferiu Sam. — Isso acontece. Vou pegar uma toalha pra você.

— Isso é caxemira. E já era. — Chrissie puxou o material sobre o peito. — Ela vai pagar por isso. Esse vestido custou trezentos dólares.

— Não parece ter custado isso tudo — resmungou Kim. — Parece barato.

— Eu pago — disse Tanner, o olhar pousando em Van de novo. Ela viu pena naquele olhar, e isso doía demais.

— Não, eu pago. — Os pés de Van descongelaram do chão. Ela seguiu em frente, com a coluna reta e o rosto firme. — Mando o dinheiro amanhã.

— A gente devia chamar a polícia — disse Chrissie, ignorando Van. — Ela não devia ter permissão pra atacar as pessoas desse jeito.

— Não. Não precisa de polícia. — Van respirou fundo. — Vou levá-la pra casa. — Então olhou para o barman, com medo de ele chamar a polícia. — Por favor...

Ele assentiu.

— Podem ir.

— Deixe eu te ajudar — disse Tanner, com a voz tão delicada que o peito de Van doeu. — Você não pode levá-la sozinha.

— Estou de carro, está tudo bem. — Ela não conseguia olhar para ele. Tinha medo de não aguentar e cair no choro. E ela não podia fazer isso. Não com Chrissie Fairfax a encarando com os olhos semicerrados.

Ela nem queria pensar no motivo para Chrissie e Tanner estarem juntos no bar. Ela só sabia que doía. Com a respiração curta, Van pegou o braço da mãe. Kim se virou como se estivesse surpresa por Van ainda estar ali.

— Vamos, vou te levar pra casa — disse Van.

— Quero um pedido de desculpas antes. — Chrissie cruzou os braços sobre a mancha escura no vestido. — Aí, talvez eu pense em não chamar a polícia.

O maxilar de Van ficou tenso.

— Ela mal consegue falar.

— Ela conseguiu falar o suficiente pra me chamar de escrota. *Duas vezes.* — Chrissie balançou a cabeça. — Ela fez isso de propósito. Ela odeia a mim e a minha família. — Ela olhou para Tanner de novo. — Você escutou.

Van fechou os olhos por um instante.

— Mãe — disse ela com a voz baixa —, peça desculpa e vamos embora.

Kim revirou os olhos.

— Me desculpa.

— Você também — exigiu Chrissie, olhando diretamente para Van. — Você é tão má quanto ela. Você me bateu uma vez quando eu não tinha culpa. Você também tem que pedir desculpa.

— Deixe elas irem — disse Tanner com firmeza. — Isso ficou no passado.

— Diga isso para os meus dentes. Eles nunca se recuperaram.

— Não vou pedir desculpa pra você — disse Van baixinho. — Você me magoou.

— Então vou chamar a polícia. — Chrissie levantou o celular. — Eles que resolvam isso.

Tanner captou o olhar de Van e assentiu de modo imperceptível. Depois, seus lábios se curvaram num sorriso lento e tranquilo quando se virou para Chrissie.

— Por que você não volta pra mesa? — sugeriu ele, com a voz macia como seda. — Vou pegar outra rodada. Não deixe isso estragar sua noite.

Van não sabia o que odiava mais. O modo como ele tinha olhado para ela com pena ou como ele olhava para Chrissie naquele momento. Tudo que ela sabia era que precisava sair dali. Antes que a barreira que estava segurando suas lágrimas se rompesse e ela começasse a soluçar como um bebê.

Chrissie suspirou.

— Tudo bem, mas não deixe ela chegar perto de mim. Ela é maluca.

Van passou o braço nas costas da mãe e a virou lentamente, agora as duas estavam de frente para a porta.

— Venha, vamos embora.

Savannah não olhou para trás. Não quando estava atravessando o bar com o peso da mãe apoiada nela nem quando precisou empurrar a porta três vezes antes que o ar quente as atingisse.

Só depois de conseguir acomodar a mãe no banco do carona, se sentar atrás do volante e prender os dois cintos foi que ela finalmente deixou as lágrimas escorrerem.

Elas rolaram pelo seu rosto enquanto dirigia em direção à pequena casa a poucas ruas de distância. Quando estacionou, secou as lágrimas com o dorso da mão, determinada a não deixar Zoe vê-la chorar.

A mãe não disse nenhuma palavra na viagem curta. A cabeça de Kim estava inclinada para trás, os olhos fechados, e ela roncava baixinho.

Kim estava dormindo, e talvez fosse melhor assim. Van a levaria para a cama, faria pipoca e torceria para que Zoe nunca sentisse a humilhação que Van tinha acabado de sentir.

Naquele momento, isso era o melhor que ela podia fazer.

— Você acredita nisso? — perguntou Chrissie quando Tanner levou uma nova bandeja de drinques até a mesa. — Esse é o meu vestido preferido. — Ele entregou um coquetel a ela, que tomou um gole demorado. — Aquela família precisa de intervenção. Agora as duas me atacaram. — Tanner não disse nada e continuou entregando os drinques. Ele não tinha comprado um para si. Não planejava ficar.

— Elas sempre foram um lixo — disse Natalie, balançando o cabelo curto escuro e sedoso. — Lembra aquela vez que a Savannah roubou meu almoço?

— Ela tinha oito anos e estava faminta — disse Tanner de um jeito tenso.

Ele olhou para Nate, que não dissera nem uma palavra desde que voltara para a mesa. Talvez não houvesse nada a dizer. Aquela noite toda tinha sido um erro. Tanner sentia seu estômago se revirar. Ele queria sair daquela atmosfera tóxica e voltar a respirar.

— É, mas ela não tinha oito anos quando bateu na Chrissie. Tal mãe, tal filha. — Natalie deu um sorriso arrogante. — Eu nem imagino por que ela voltou pra cidade. Devia ter ficado longe daqui.

— E levado a mãe junto. — Chrissie riu. — Mas você estava certo, Tanner. É melhor a gente esquecer isso. Sente-se, vamos conversar sobre alguma coisa boa. — Ela deu um tapinha no banco estofado ao lado.

— Vou pra casa. Foi um dia longo. — Ele massageou a nuca. — Falo com vocês depois.

— Mas e o seu drinque? — O sorriso de Chrissie sumiu.

— Eu não comprei nada pra mim.

As sobrancelhas dela se juntaram.

— Por que não?

Porque tudo que ele queria era ver Savannah.

— Não estou com sede — respondeu, dando um sorriso tenso.

— É por causa dela? — Chrissie franziu o nariz. — Sei que vocês eram amigos na escola, mas achei que você tivesse superado isso.

O maxilar dele ficou tenso.

— Eu não superei nada. Ela sempre foi minha amiga. E agora vamos trabalhar juntos. — Ele não queria deixar isso escapar, mas Chrissie e as amigas eram arrogantes demais. Ele queria sacudi-las e mostrar a realidade a elas. — Ela é a melhor pessoa que conheço.

A boca de Chrissie se abriu e fechou, como se ela não conseguisse pensar no que responder.

— Bom... — disse ela por fim. — Acho que você a vê de um jeito diferente.

— Acho que sim. Boa noite, pessoal. — Ele não esperou a resposta. Pegou a carteira e o celular, guardou nos bolsos e saiu a passos largos do bar.

Tinha sido um erro ir para essa reunião com a galera da época do ensino médio. Ele foi ingênuo de achar que a cidade tinha mudado. Todos ainda tratavam Van como sempre, fazendo-a pagar pelos erros da mãe.

Foda-se essa cidade. Ele estava de saco cheio da injustiça de tudo aquilo.

Van deixou a mãe no carro por um instante e correu até a porta da frente, destrancando e abrindo-a.

— Zoe? — chamou baixinho. — Está tudo bem?

Por um instante, quando a irmã não respondeu, Van sentiu o coração acelerar. Mas então olhou depois da porta no fim do corredor e viu a irmã encolhida no sofá, com o peito subindo e descendo enquanto dormia.

Agradecida por essa pequena vantagem, Van meio que carregou a mãe até a cama, tirando os sapatos de salto antes de cobri-la, sem se preocupar em tirar as roupas.

Kim poderia fazer isso sozinha de manhã.

Em seguida, ela voltou para a sala de estar e acordou a irmã com delicadeza.

— Oi, docinho. Tudo bem? — perguntou quando Zoe piscou os olhos e os abriu.

— Que horas são? — questionou a menina, espreguiçando os braços. — A mamãe está em casa?

— Ela está bem. Está dormindo no quarto. — Van olhou para o relógio. — São quase nove e meia. Vamos deixar o filme pra outro dia? Acho melhor nós duas irmos dormir mais cedo.

— Não estou tão cansada. — Zoe bocejou, e Van segurou um sorriso.

— Eu sei, mas eu estou — mentiu Van. — Vamos ver um filme amanhã à noite.

— Talvez a mamãe também possa ver com a gente.

Os olhos de Zoe se iluminaram. O coração de Van quase se partiu ao ver a empolgação da irmã.

— Talvez. — Van deu um sorriso tenso. — Boa noite, garota.

— Boa noite.

Zoe a abraçou com força e, por um instante, Van sentiu o coração desacelerar. O cabelo de Zoe estava com o mesmo cheiro do de Van. A irmã tinha implorado para usar o shampoo dela naquela manhã. Mas também havia uma doçura ali. Talvez do refrigerante e do chocolate de mais cedo. O que quer que fosse, tinha cheiro de paz.

Savannah trancou todas as portas enquanto Zoe escovava os dentes e apagou a luz da sala de estar. Em comparação com o restante da casa, o quarto de Van parecia quente e convidativo. Ela tinha comprado coberta e fronhas novas, e o cinza-pálido com flores brancas estampadas parecia acolhedor.

Ela encarou o próprio reflexo no espelho do quarto. Quantas vezes tinha olhado para aquele espelho quando era criança? Ela se inclinou para a frente e analisou as sardas que salpicavam o nariz, desejando que sua pele fosse lisa como a de Chrissie Fairfax. Ela detestava o modo como seu cabelo formava cachos suaves, desejava que fosse liso como o das amigas. Não importava quantas vezes Tanner lhe dissera que ela era linda, ela não acreditava.

Aos vinte e oito anos, ela achava que tinha superado aquelas emoções. Mesmo assim... seu coração não parecia concordar. Ele parecia tão pequeno naquele momento. Como se ela ainda fosse a pequena Van Butler, filha de Kim. Aquela que tinha que ir à escola e arrumar comida de onde pudesse, porque a mãe tinha se esquecido de ir ao mercado. O orgulho fora seu escudo, naquela época. Ela sempre tinha dado um jeito de ser a última a rir, fingindo que não se importava.

Mas a verdade era que se importava, *sim*. Demais. E agora todo mundo ia falar dela de novo. De como a mãe dela estava bêbada no Moonlight Bar e discutiu com a filha de Johnny Fairfax. De Kim ter sido obrigada a pedir desculpa com a voz enrolada para evitar que chamassem a polícia.

Os olhos de Van arderam ao pensar em ter que andar pela cidade no dia seguinte, sabendo que estaria no centro das fofocas. E mesmo assim ela iria andar, porque era isso que ela fazia. Fingia que não se importava. Nem com Chrissie, nem com Natalie, nem com ninguém que desprezasse a mãe dela.

Nem com a maneira como Tanner tinha sorrido para Chrissie naquela noite, com olhos carinhosos e acolhedores. O estômago de Van se revirou com a lembrança.

As lágrimas escorriam por seu rosto. Com raiva, ela as secou e desviou o olhar de seu reflexo, pegando o short e o top embaixo do travesseiro para levar ao banheiro. Bastava de sentir pena de si mesma. Ela não era mais aquela criança. Estava tudo bem, de verdade.

Toc, toc.

Primeiro, ela achou que era Zoe ou a mãe batendo à porta do quarto. Mas então percebeu que o som tinha vindo da janela. A respiração ficou presa na garganta quando ela se virou, meio que esperando ver a polícia parada do outro lado do vidro.

Mas era um homem. Um homem alto, com cabelo escuro e músculos fortes que marcavam a camiseta preta. Seus olhares se encontraram e, por um instante, ela o encarou, o coração se enchendo de emoções ao vê-lo.

Van foi até a janela, a destrancou com a mão tremendo e a empurrou até o ar noturno entrar.

— Oi. Eu vi a luz acesa pela janela. Queria saber se você está bem.

— Estou. — Talvez até fosse verdade, porque ele estava ali, e não com Chrissie Fairfax. Meu Deus, como era bom vê-lo.

— Sinto muito pelo que aconteceu. — Ele apoiou as mãos no peitoril da janela, enfiando o corpo pela abertura. — Eu tentei trazer sua mãe pra casa… antes de você chegar.

Os lábios dela se curvaram num indício de sorriso.

— Obrigada por tentar. Espero que ela não tenha dito nada vergonhoso demais pra você.

— Talvez ela tenha mencionado todas as vezes que me encontrou na sua cama.

Van bufou.

— Nós éramos crianças. Não tinha nada de mais. — Sua pele se aqueceu com a lembrança de como os dois se aninhavam.

— Ela também achou que eu estava dando em cima dela. — Tanner franziu os lábios. — Caso ela te conte alguma coisa.

Claro que achou. Uma onda de humilhação reverberou de novo por Van.

— Desculpe. Eu nem imagino o que ela possa ter dito.

— Não é culpa sua. — A voz dele era suave. Mas não ajudou a afastar a vergonha que a dominava. Ela fechou os olhos numa tentativa de impedir as lágrimas, *de novo*. Droga, ela detestava chorar. Não queria que Tanner a visse assim. — Van, não é culpa sua. — Havia uma certeza na voz dele na qual ela queria acreditar.

Ela assentiu, com os olhos ainda bem fechados. Van respirou de um jeito entrecortado e desejou que as lágrimas secassem, mas ainda as sentia quentes nos cílios.

Houve um farfalhar, então Tanner estava dentro do quarto dela. Ele passou a mão pelo cabelo enquanto ia em direção a ela, parando a centímetros de onde ela estava. O olhar quente prendeu o dela, e Van se sentiu sem fôlego, congelada no lugar enquanto esperava o próximo movimento dele.

— Vem cá. — Ele a envolveu em seus braços fortes, uma mão na nuca de Savannah enquanto a puxava para si. — Está tudo bem — disse ele baixinho enquanto o rosto dela encostava em seu peito. Ela sentiu o perfume quente da colônia e o aroma fresco do sabonete. A camiseta dele era fina o suficiente para que sentisse a rigidez dos músculos na bochecha.

— Não está tudo bem — sussurrou ela. — Não está.

Ela sentiu Tanner encostar os lábios no topo de sua cabeça. Os dedos afundando no cabelo dela, roçando em sua nuca, então ele inclinou sua cabeça até seus olhos se encontrarem.

— Não chore. Eu odeio quando você chora, porra.

— Eu também. — Ela deu um sorriso choroso para ele. — Muito.

Ele secou as lágrimas dela com o polegar, e o toque deixou um rastro de fogo na bochecha de Savannah.

— Sabia que seus olhos mudam de cor quando você chora? — sussurrou ele. — Ficam mais verdes do que azuis.

Não, ela não sabia. Mas o fato de ele perceber fazia o coração dela se apertar.

Ela sentia todo o corpo dele encostado ao dela. Dava para sentir o jeans da calça nas pernas, a rigidez das coxas nos quadris. Van respirou fundo e piscou para afastar as últimas lágrimas, e ele seguiu o rastro delas com os olhos.

— Parei.

Um meio-sorriso curvou os lábios dele.

— Que bom.

— Você acha que ela vai chamar a polícia?

Ele ergueu uma sobrancelha.

— A Chrissie? Imagine só: seu delegado, eu gostaria de registrar um vestido manchado.

Pela primeira vez desde que recebera a ligação, Van sentiu vontade de rir.

— Não entendo por que ela me odeia tanto. Sei que bati nela quando a gente estava na escola, mas isso foi há anos. O que eu fiz pra merecer toda aquela raiva?

— Ela te odeia porque você é real — disse Tanner, com o maxilar tenso enquanto a encarava. — Porque você é mais forte, mais inteligente e mais bonita que ela. — Ele baixou a cabeça até encostar a testa na dela. Ele estava muito, muito perto e roubou seu fôlego. — Você é muito mais que ela. Sempre foi.

Suas palavras pareciam uma bela faca afiada. Elas a cortaram ao meio, mas de um jeito bom.

— Tanner… — sussurrou ela, sentindo o velho e conhecido desejo a dominar.

— Shh… Não diga mais nada. — Ela sentiu o ar quente do hálito dele.

— Mas…

Ele pôs o dedo nos lábios dela, e ela tentou segurar um sorriso. Van o deixava maluco com tanta falação. Mas era assim que ela pensava. Em voz alta.

— Me deixa aproveitar esse momento. Eu quero só olhar pra você. — Ele deslizou o nariz no dela até seus lábios estarem a um suspiro da boca de Savannah. Ela esperou, engolindo todas as palavras que queria dizer.

Por que ele estava olhando para ela daquele jeito? O que isso significava? E por que parecia tão certo depois de tanto tempo o odiando?

— Sempre vou te escolher — sussurrou ele. — Sempre.

Ele deslizou as mãos pela coluna dela, puxando-a para si até Savannah não saber onde ela terminava e ele começava. Mas, mesmo assim, ele não a beijou. Ela via seus cílios inquietos enquanto os olhos a analisavam.

Sempre vou te escolher. O corpo dela estremeceu com a verdade das palavras. Não importava quanto tentasse fugir, ele sempre esteve lá. Nos relacionamentos fracassados, nos triunfos da carreira, em sua mente quando ela tentava dormir à noite.

Era sempre Tanner que ela via, com seu sorriso torto, seus olhos quentes e sua crença absoluta nela.

— O jeito como você me olha — sussurrou ele. — Meu Deus, Van.

Todas as palavras dela tinham sumido. Presas no peito, que estava tão apertado que era surpreendente ela conseguir respirar.

Sempre foi ele. Sempre. E, por mais que ela lutasse contra isso, sempre perdia.

As mãos dele a apertaram, os dedos afundando nas costas dela.

— Você faz meu coração disparar como mais nada e mais ninguém — disse ele, fechando os olhos e inspirando-a.

De um jeito suave e lento, Tanner encostou os lábios nos dela, fazendo o corpo de Savannah vibrar de prazer. Levou a mão até a nuca de Van e aprofundou o beijo, seus lábios carentes e exigentes, sua língua deslizando na dela até os dois estarem sem fôlego.

Ela prendeu as mãos no pescoço dele e ficou na ponta dos pés para se aproximar mais. Ele andou para a frente, guiando os dois até a parte de trás dos joelhos dela baterem na lateral macia do colchão. Sem pensar, eles foram se inclinando até ela estar deitada na cama, com o corpo forte e comprido de Tanner sobre o dela.

Eles não pararam de se beijar em nenhum momento.

Ela nem sabia que isso era possível. Ter os lábios de Tanner nos dela parecia tão essencial como respirar. Ele a preenchia, fazia as emoções dispararem pelo peito, pela barriga e pelas coxas.

Quando ele finalmente se afastou, parecia tão atordoado quanto ela. Seus olhos estavam radiantes, quase maníacos, os lábios, avermelhados de desejo.

O cabelo estava uma bagunça gloriosa, espetado para todos os lados, graças aos dedos dela. Do mesmo jeito que acontecia quando eles eram crianças e ele não tinha aprendido a arrumá-lo ainda.

Ela ergueu a mão para ajeitar o cacho mais rebelde. Os olhos de Tanner vasculharam o rosto dela, como se estivesse procurando a resposta para uma pergunta que ele não tinha feito. Van sentiu uma onda de eletricidade e a emoção mais estranha que ele já havia provocado nela.

Humor. Meu Deus, como isso era engraçado. Beijar Tanner Hartson depois de tantos anos. Van tentou segurar a risada, mas ela foi subindo, curvando seus lábios e chegando aos olhos.

— Você está rindo de mim? — Ele fingiu franzir a testa.

Ela mordeu os lábios.

— Não.

Ele sorriu e deslizou o nariz no dela de novo. Ela não sabia por que, mas aquele movimento provocava algo nela. Fez todos os músculos dela se contraírem de necessidade por ele.

— Acho que você está, sim — sussurrou ele, traçando uma linha com o dedo no pescoço dela. — Acho que você me acha engraçado.

— Não é você, é a situação. — Outra risada tossida escapou. — Num minuto estou discutindo com a Chrissie Fairfax, no outro estou te beijando na minha cama de infância. É como se eu tivesse dormido e acordado em 2010.

— Voltar pra casa é assim mesmo. Faz a gente se sentir criança.

— Ou adolescente.

O sorriso dele se alargou.

— *Touché*. — Ele beijou o canto da boca dela. — Quer ficar beijando a noite toda, como se a gente fosse adolescente?

Ela deslizou as mãos nas costas dele, puxando-o para perto.

— Achei que você não fosse perguntar.

— Estou perguntando. — Ele deslizou as mãos na curva da bunda dela, depois a puxou para si, deixando-a sem a menor dúvida do quanto ele estava excitado.

— E eu estou dizendo sim. — Ela envolveu as pernas na cintura dele, se ancorando.

— É — murmurou ele, encostando os lábios nos dela. — Então para de falar e me deixa te beijar de novo.

17

Tanner absorveu Van com os olhos enquanto ela estava deitada na cama. O cabelo dourado espalhado ao redor do rosto como uma auréola, emoldurando os olhos quentes e os lábios inchados. Ele se ergueu sobre o colchão e a prendeu com os braços, beijando o pescoço, o maxilar, até os lábios estarem de novo nos dela.

Seu gosto era tão bom. Ainda melhor do que ele se lembrava. A língua dela era macia na dele, provocando-o com delicadeza, fazendo-o ficar mais duro do que jamais tinha ficado. Deslizando as mãos por baixo da camiseta dele, Van roçou levemente os dedos na pele, fazendo-o ofegar nos lábios dela.

Se continuasse assim, ele ia mergulhar tão fundo que não sabia se conseguiria voltar à superfície.

Ele precisava vê-la. *Toda* ela. Ele pegou a barra da camiseta de Van e afastou o tecido até expor a barriga, macia e suave enquanto ele a acariciava. Tanner baixou a cabeça para beijar sua pele, sorrindo quando a ouviu suspirar.

Ele subiu ainda mais a camiseta e seguiu beijando até alcançar a borda do sutiã de renda. Ele ergueu o olhar, encontrando os olhos dela, e ela fez um leve sinal de positivo com a cabeça. As pálpebras cerradas quando ele tirou a camiseta, deixando-a exposta.

— Você é linda. — Sua voz estava rouca, cheia de desejo.

Ele a beijou entre os seios, depois sugou o mamilo através da renda preta do sutiã. Ela arqueou as costas, a respiração ficando presa na garganta, e o som o fez latejar ainda mais.

O ar que os cercava mudou. Sibilou e efervesceu como se estivesse cheio de eletricidade. Ele ergueu a mão para tirar o cabelo dela do rosto e a puxou para outro beijo.

Ela estava tão cheia de desejo quanto Tanner, erguendo a camiseta dele até ele mesmo a puxar sobre os ombros, depois encostou o peito rígido no dela. Van tinha o corpo de uma corredora. Flexível e firme, com todas as curvas certas. A bunda era macia e redonda, e, quando as palmas dele traçaram seu contorno, ele grunhiu na boca de Van.

Ele sentiu os mamilos dela reagirem através do tecido fino do sutiã. Com dedos tensos, ele baixou as alças e o restante até os seios estarem expostos. Volumosos, macios e com os mamilos duros, do tamanho perfeito para as mãos dele. Tanner colocou um mamilo na boca e o sugou com força, fazendo-a gemer alto. Droga, ele adorava como ela respondia a ele.

As calças foram tiradas em seguida, pousando numa pilha ao lado da cama. Savannah estava só de calcinha. Com os olhos nos dela, Tanner deslizou os dedos pelo elástico, esperando um instante até ela assentir de maneira quase imperceptível.

— Tão doce — murmurou ele nos lábios dela.

Tanner sentiu o calor na palma ao deslizar a mão sob o algodão. Ele pressionou os dedos na carne macia e Savannah se roçou contra a mão dele. Caramba, como ele estava duro. Não se lembrava da última vez que tinha se sentido assim.

Ele poderia estar dentro dela num instante. Pensar nisso fez seu pau doer. Ele latejava, reagindo ao movimento constante dos quadris dela e aos beijos desesperados. Tanner desceu mais a mão e a traçou com a ponta do dedo, sentindo a umidade quente enquanto ela ofegava nos lábios dele.

Quando olhou para Van, Tanner viu seu desejo refletido nela. O peito dela subia e descia rapidamente, e o olhar se mantinha grudado no dele.

— Por favor, continue — sussurrou ela, arqueando o corpo até fazer contato com a mão dele de novo, o quadril indo em direção à palma dele até seus dedos estarem deslizando pela parte mais quente, onde ela mais precisava.

Tanner encontrou seu clitóris com facilidade, circulando-o até os quadris de Van refletirem o ritmo. Ele engoliu os gemidos dela com um beijo profundo enquanto enfiava dois dedos. Van era apertada e quente, e tudo que ele desejava. O polegar dele pressionou o clitóris enquanto ele dava prazer a ela. Van gemeu de novo, as coxas apertando o braço dele enquanto ela chegava ao auge.

Quando ela gozou, foi glorioso. O corpo dela estremeceu sob ele, a cabeça inclinada para trás, um gemido baixo e demorado escapando dos lábios. Ele a segurou com a mão livre, a outra ainda se movimentando nela, aumentando o prazer. Enquanto ela voltava do auge, ele a beijou com suavidade, querendo se lembrar daquele momento para sempre.

Ela deslizou a mão pelo peito dele, os dedos roçando bem de leve na barriga musculosa. Ele pegou a mão dela e a levou aos lábios.

— Não precisa — disse ele, com a voz grave.

— Você não quer… — Ela piscou para ele, as pálpebras ainda pesadas de prazer.

Ele olhou ao redor do quarto dela.

— Está tudo bem — disse ele baixinho. — E, quando fizer amor com você, quero que a gente esteja sozinho. Porque pretendo fazer você gritar muito alto.

Ela riu.

— Quanta confiança.

— É isso que quero que você pense.

Ela desceu as mãos pelo corpo dele, e a mão quente o envolveu. Ele fechou os olhos com o fluxo súbito de prazer.

— Pelo menos me deixe ajudar com isso — murmurou ela no ouvido dele.

Ele virou a cabeça para capturar os lábios dela.

— Tem certeza?

— Tenho.

O aperto dela era perfeito. O suficiente para fazê-lo gemer de prazer e a respiração ficar mais curta. E, enquanto a mão dela se movia nele, num ritmo tão antigo quanto o tempo, todos os pensamentos que tomavam conta de sua mente desapareceram, substituídos por ela.

Sempre ela.

Mais nenhum medo. Nenhuma vulnerabilidade. Só os dois juntos. E, quando ela se arrastou pela cama e o envolveu com os lábios quentes, houve um clarão nas pálpebras fechadas dele. Ele gozou na boca dela, e ela engoliu cada gota. E, caramba, como aquilo o fez desejá-la ainda mais.

Alguém estava grunhindo. Não, não era alguém, era *alguma coisa*. Isso fez a cabeça dela latejar, os olhos semicerrados enquanto ela os abria e tentava encontrar a fonte do barulho agudo.

Mas, quando tentou rolar pelo colchão, Van sentiu algo quente e firme embaixo dela. Tanner ainda estava lá. Ela sorriu e o cutucou.

— Atende esse maldito celular.

— Oi?

Ele se sentou e olhou ao redor, com os olhos arregalados de choque. Seu cabelo estava mais bagunçado que na noite anterior, apontando para todos os lados, menos para onde deveria.

— Seu celular — repetiu ela, paciente, apontando para o aparelho que saía do bolso da calça jeans no chão. — Está tocando.

— Quem é?

Os lábios dela se retorceram.

— Minha mãe. Ela quer saber por que você maculou a filha dela ontem à noite.

— Porque a filha dela é sedutora pra caramba. — Ele estendeu a mão para pegar o celular, levando-o perto dos olhos. — É a Becca.

Van riu.

— Talvez ela também queira saber.

Ele balançou a cabeça e aceitou a ligação, levando o aparelho ao ouvido.

— E aí?

— Seu carro está bloqueando o meu. Onde é que você *está*? Porque sei que no seu quarto é que não é. — A voz dela estava alta, e Van escutava com facilidade.

Os olhos de Tanner encontraram os dela, e ele sorriu.

— Não te interessa.

— Você pegou alguém ontem à noite? Ai, meu Deus, por favor, me diga que você não está na cama da Chrissie Fairfax.

Isso não era um balde de água fria metafórico? Van se sentou na cama e deu um sorriso pesaroso para ele antes de pegar o short e o top de dormir.

— Não é da sua conta. E tem uma cópia da chave no meu quarto. Na gaveta de cima da cômoda.

— Eu procurei e não achei. — Van praticamente ouviu os olhos de Becca revirando pelo tom da voz. — Então pode vir agora pra casa pra tirar a porcaria do seu carro antes que eu perca o meu emprego.

Van vestiu o pijama e abraçou os joelhos, observando Tanner se mover na cama até estar sentado no colchão com os pés no chão.

— Estou indo.

— Obrigada. — Becca parecia agradecida. — E mande um oi pra ela, quem quer que seja. Espero ouvir a história toda na sexta, no Evento das Cadeiras.

Van ficou pálida. Tanner balançou a cabeça e desligou, se virando para olhar para ela.

— Era a Becca.

— Aham, eu ouvi.

Ele assentiu.

— Tenho que ir pra casa.

— Melhor mesmo. Antes que ela decore o seu quarto com papel higiênico.

O canto do lábio dele se curvou.

— Nem fale uma coisa dessas. Ela já deve estar planejando. — Ele pegou a camiseta, vestindo-a, depois enfiou as pernas na calça jeans. — Vou pra casa tomar banho, trocar de roupa e volto pra te buscar. — Ele olhou para o celular. — Volto em uma hora.

— Você vem me buscar? — Ela inclinou a cabeça para o lado. — Aonde a gente vai?

— Para o drive-in. A equipe de construção chega hoje de manhã, lembra? E à tarde a gente precisa conversar sobre site e publicidade.

— Num sábado? — perguntou ela, erguendo a sobrancelha.

— Nosso cronograma está apertado. — Ele deu de ombros e se levantou para abotoar a calça. — Se você não se importar.

Ela assentiu.

— Tudo bem. — A voz dela estava suave. — Acho que também preciso tomar banho. E ajudar a Zoe agora de manhã. — Seus olhos foram até os dele. — E prefiro que ela não veja você saindo. — Ela respirou fundo, se lembrando da zombaria de Becca. — Não quero ser o assunto das conversas no Evento das Cadeiras essa semana.

— Vou sair pela sua janela feito um ninja. — Ele deu uma piscadela, enfiando o celular no bolso.

— Um ninja muito alto e barulhento.

Ele sorriu e se inclinou para a frente para dar um beijo nela. Foi inesperado, mas familiar. Ela retribuiu o beijo, tentando ignorar o coração acelerado.

— Esteja pronta daqui a uma hora — repetiu ele, se afastando e abrindo a janela, pronto para sair. — Te vejo mais tarde, linda.

18

Van, dezessete anos

— Você terminou o trabalho de inglês?

Tanner estava apoiado na lateral da bilheteria de madeira, com os braços cruzados sobre o peito musculoso. Ele estava jogando mais futebol americano naquele ano e estava se destacando. O treinador os fazia praticar toda noite, mas ele continuava indo até a casa dela quando o sol mergulhava no horizonte, coberto de lama e com o corpo dolorido de tanto exercício físico.

— Terminei. — Ela assentiu. — Fiz durante o filme. — Ela levantou as folhas de papel que estavam na frente dela.

— Uma vantagem de o filme ser demorado. — Ele revirou os olhos e pegou o trabalho das mãos dela. — Vai ficar em cartaz por quanto tempo? Não aguento mais ver o DiCaprio morrer.

Os lábios de Van se retorceram.

— É uma cena bonita. Ele dá a vida por ela.

— Tinha espaço suficiente para os dois. Ninguém precisava morrer. — Ele olhou para a tela. Os créditos estavam rolando. Os carros manobravam saindo das vagas, fazendo fila para ir embora. — Você não consegue convencer o Chaplin a exibir alguma coisa com mais ação? Estou *cheio* de ver filminho de mulher.

— *Titanic* não é filminho de mulher. — Ela puxou a gaveta do caixa para contar as vendas. — E tem muita ação no filme. Não fica de mau humor só porque você tem inveja do Leo.

— Inveja daquele cara? — Ele balançou a cabeça. — De jeito nenhum.

Ela empilhou as notas de vinte, depois as de dez.

— Tanner! — gritou alguém de um carro. Van olhou ao redor e viu Chrissie Fairfax pendurada na janela. — A gente está indo para o riacho. O meu primo vai levar um barril de cerveja. Quer ir?

— Não sei. — Ele deu de ombros. — O que você acha? — perguntou ele a Van.

— Acho que não fui convidada — observou ela. — E, de qualquer maneira, eu tenho que ir pra casa dar uma olhada na minha mãe.

Ele se virou para Chrissie.

— Hoje não.

Chrissie piscou.

— Que pena, talvez na próxima.

— Claro.

Van apertou os dentes e enrolou as notas, formando cilindros e passando um elástico ao redor.

— *Claro* — murmurou ela. — *Porque estou desesperado pra dar uma olhada nos seus peitinhos.*

— Não sabia que você gostava de garotas. — Ele se inclinou para perto, sorrindo. — Me conta mais.

— A sua namorada está te chamando.

— Quê? — Ele olhou por sobre o ombro.

— Me liga se mudar de ideia — gritou Chrissie, levantando o celular — Você tem o meu número, né?

— Vai lá — disse Van a ele. — É inevitável vocês dois ficarem juntos. — Ela não fazia ideia de por que aquele pensamento a machucava, mas era um fato. Eles estavam crescendo. Namorar fazia parte disso.

— Vou te levar pra casa, lembra?

— Posso pegar carona com alguém. O Jack vai na direção da minha casa.

O sorriso sumiu do rosto dele.

— Você não vai pegar carona com o Jack.

— Por que não?

— Porque ele é um galinha. Ele vai passar uma das mãos em você e dirigir com a outra. Eu não quero você num acidente. Temos um plano, esqueceu?

Ela separou as moedas, colocando-as em sacos transparentes e, então, no cofre.

— É, mas talvez eu queira que o Jack passe a mão em mim.

Tanner se inclinou para dentro da janela, com as sobrancelhas unidas.

— Como é que é?

Van deu de ombros.

— Não sou uma freira, Tanner. Mas parece que todo mundo me trata como se eu fosse. Toda vez que acho que um cara vai me chamar pra sair, ele sempre dá pra trás. É frustrante. Tenho dezessete anos e mal beijei um cara.

— Dezessete anos é jovem.

— Você tem dezessete — observou ela.

— É, mas eu sou homem.

— O que isso tem a ver? — Ela trancou o cofre. — Por favor, não me diga que você acredita nessa coisa machista de que garotas não podem fazer tudo que garotos fazem. Achei que você era melhor que isso.

Ele sorriu.

— Eu *sou* melhor que isso. E não estou falando de garotas, estou falando de *você*. Imagine você sair com um cara e ele partir seu coração. Vou ter que dar uma surra nele, e isso pode me deixar com um histórico criminal pra sempre. Então você manter sua castidade é um favor pra mim. É sério.

Ela ficou boquiaberta.

— Castidade?

Os olhos dele brilharam.

— Virgindade. Tanto faz.

Ela balançou a cabeça.

— Você é um idiota, sabia?

— É o que dizem. — Ele se aproximou e bagunçou o cabelo dela. — Vem, Van. Vamos pra casa.

Ela umedeceu o lábio inferior, com as sobrancelhas unidas. O sr. Chaplin apareceu no carrinho elétrico para pegar o dinheiro, e a conversa foi esquecida.

Pelo menos até metade do caminho para casa. Eles andaram em silêncio pela primeira parte, os tênis chutando a terra quando passaram pelo campo de milho cultivado nos dois lados da estrada. A lua estava baixa, quase pesada, e lançava uma luz pálida que fazia tudo parecer estar em preto e branco.

— Tanner? — chamou Van, olhando para ele.

— Que foi?

— Você teve alguma coisa a ver com o Nathan terminando comigo no mês passado?

Ele olhou para a frente, a língua empurrando a maciez da bochecha.

— Por que você está me perguntando isso?

— Porque não entendi o que aconteceu. Num minuto, ele estava me convidando para o Baile da Primavera, no outro, estava me dizendo que precisava se concentrar no futebol americano.

Era tão óbvio que Nathan gostava dela. Ele insistia em lhe dar carona depois da escola todos os dias, embora a casa dela ficasse na direção oposta. E ele também mandava flores. Ninguém tinha feito isso antes.

Tudo bem que ela não tinha ficado arrasada quando Nathan falou que estava tudo acabado. Mas, mesmo assim, doeu um pouco. Ninguém gosta de ser rejeitado.

— Você escapou de uma boa. Você ouviu falar dele e da Lainey Ranger? Eles transaram no mês passado e ele terminou com ela no dia seguinte. — Tanner deu de ombros. — Ele é tão ruim quanto o Jack.

— Ele saiu com a Lainey Ranger? — Van parou de andar. — Não sabia disso.

— Foi depois daquela festa na casa dos Fairfax.

— Ah. Aquela... — Ela balançou a cabeça. — Acho que ele não gostava de mim de verdade, então. Mas não precisava mentir e falar que ia se concentrar no futebol. — Ela engoliu em seco. — Talvez eu seja mesmo horrível.

— Você está longe de ser horrível. — Tanner deu uma piscadela.

— Então por que ele não quis ir ao baile comigo?

Talvez ela estivesse mais magoada do que pensava. Meu Deus, como ela odiava esse negócio de ser adolescente. Dali a poucos meses eles iam se formar, e ela ia fugir daquela cidade maldita e das suas fofocas e expectativas.

— Porque ele é um babaca. — Tanner bufou. — E porque falei pra ele não te levar.

Ela ergueu a cabeça de repente.

— Como é que é?

— Ele estava falando de você no vestiário e eu não gostei. — Tanner olhou cauteloso para ela. — Ficou falando que você ia ceder, se você fosse pelo menos um pouco parecida com a sua mãe. Aí eu falei pra ele não te levar ao baile.

— E ele simplesmente concordou?

Tanner deu de ombros.

— Talvez eu tenha temperado com uma ou outra ameaça.

O calor disparou pelo corpo dela.

— Que droga, Tanner. Não acredito que você fez isso.

— Eu só estou cuidando de você. É horrível, mas os caras falam das garotas no vestiário o tempo todo. Ficam dando notas. Não quero que falem de você. Porque vou acabar tendo que brigar com alguém.

— Como eu fiz?

Ele quase sorriu.

— É. Só que, quando você bateu na Chrissie, não foi exatamente como os caras batem.

— Você *é* machista. Eu sabia.

— Não sou machista. Sou realista. E não vou ouvir um cara falar de você daquele jeito e ficar calado. — Ele suspirou. — Então me faça um favor e evite o time de futebol americano.

— Está bem claro que eles estão me evitando, e não o contrário. — Ela tentou sentir raiva, mas era impossível com Tanner. E, por mais que odiasse a maneira como o mundo funcionava, havia alguma verdade nas palavras dele. Van sabia que ele era forte, dava para ver em cada movimento. Se Tanner batesse em Nathan Daniels, ele ficaria bem machucado. E Tanner se meteria numa bela encrenca. — Nunca vou ser beijada, é isso?

— Claro que vai. Pelo cara certo.

— E quem decide quem é o certo? — perguntou ela, com as mãos na cintura. — Você?

— Eu sei como os caras pensam. E sei que você não é o tipo de garota que gostaria que pensassem em você desse jeito. Temos um plano, não é? Vamos estudar como loucos, entrar na faculdade e sair daqui. Não estrague isso beijando os caras errados.

— Talvez eu queira. Talvez eu queira ser beijada e tocada, e saber que sou mais do que a amiga do Tanner. Mais do que a filha da vagabunda da cidade. Talvez eu queira que um cara me beije tanto que eu esqueça o meu nome.

O luar enfatizava o contorno do rosto dele, destacando as feições pelas quais todas as garotas enlouqueciam.

— Van...

— Quê?

Ele parou de andar e pegou o braço dela, para ela também parar.

— Você é linda — disse ele. — Você sabe disso. E os caras te querem. Por que não iam querer? Você é tipo um pedaço de luz do sol que caiu no chão, porra.

Ela piscou.

— Um pedaço de luz do sol?

— Sou de exatas, não poeta.

Mesmo assim, as palavras a atingiram bem no peito.

Ele estendeu as mãos para segurar as bochechas dela, com o queixo apoiado nas palmas dele.

— Você. É. Linda. E a ideia desses babacas te beijando acaba comigo.

A respiração dela ficou presa na garganta, porque Tanner a encarava de um jeito que ela nunca achou possível. Como se ela fosse a lua e as estrelas e tudo o que há no universo. Suas pernas estavam fracas.

— Tanner...

— Você quer ser beijada? — sussurrou ele. — Então vou te beijar.

Ela não disse nada. Só esperou ele começar a rir e dar uma cotovelada nas costelas dela. Mas, em vez disso, ele a encarou com aqueles olhos muito, muito escuros, os lábios levemente separados. Ela engoliu em seco, fechando os olhos enquanto ele acariciava a pele do seu rosto, lançando uma faísca de eletricidade pelas suas costas.

— Você quer que eu te beije? — perguntou ele.

Ela abriu a boca para responder, mas o medo roubou suas palavras. Porque aquilo parecia real. A pele dela formigava com o calor, como se um fogo lento consumisse seu corpo.

— Abra os olhos — pediu ele baixinho.

Sem pensar, ela obedeceu, abrindo lentamente as pálpebras. O rosto dele estava próximo o suficiente para ela ver as manchinhas douradas nos olhos dele e a elevação no nariz, de quando ele dera de cara com uma cerca aos nove anos.

Seus olhos o examinaram como se ela estivesse tentando absorver tudo. Aquele era Tanner, seu melhor amigo. Mas ele parecia diferente. O maxilar era mais forte, mais definido. Ele não era mais um menino, estava prestes a se tornar um homem. Um homem lindo e diabólico que era impossível ignorar.

— Quer? — perguntou ele, baixando a cabeça até os olhos estarem na mesma altura dos dela.

— Quero.

O olhar dela não vacilou. Ela queria que ele se aproximasse, mas ele parou. O suficiente para o coração dela acelerar. Van absorvia tudo. O modo como ele tinha cheiro de pipoca e ar fresco. A brisa que fazia a ponta do cabelo escuro dele dançar. Como o peito de Tanner subia e descia enquanto encarava os lábios dela.

Ele inclinou a cabeça tão lentamente, que parecia uma tortura, depois beijou os lábios nos dela com tanta suavidade que ela mal o sentiu. Seu estômago deu uma cambalhota, como se estivesse num trampolim. Em seguida, ele a beijou com mais intensidade, com a mão em sua nuca, inclinando sua cabeça na direção da dele. Ela abraçou o pescoço dele, arqueando as costas enquanto o beijava, seu corpo assumindo o controle como se soubesse exatamente o que fazer.

Seus seios macios encostaram no peito rígido e firme dele, e ele gemeu em seus lábios, como se ela o estivesse torturando. A língua dele era macia na dela e, sem hesitar, ela abriu os lábios. As línguas se moviam em conjunto, e outro fluxo de prazer disparou pelo corpo dela.

Então ela sentiu. *Ele*. Duro contra a barriga dela. Aquilo era o que ela estava imaginando? Meu Deus, era maior do que ela pensava.

A vergonha se misturou com o desejo, fazendo o sangue dela ferver. Seus seios estavam sensíveis, como se um simples toque fosse fazê-la gemer alto.

Tanner se afastou, e o ar frio correu entre os dois, arrepiando a pele dela. Van piscou, tentando entender o que tinha acontecido. Porque aquele beijo não era coisa de amigos.

Era real demais, fez a pele formigar demais.

— E esse foi o seu primeiro beijo. — A voz de Tanner estava cheia de coragem. — Agora você não precisa se preocupar com Nathan Daniels.

Ela passou a ponta da língua nos lábios e olhou para Tanner. Percebeu uma contração no maxilar dele e, pelo canto do olho, viu que suas mãos estavam fechadas em punho. Por um instante, sob o luar, ele não se parecia em nada com seu melhor amigo. Parecia um desconhecido.

Um desconhecido alto, sombrio e deslumbrante. O tipo de herói dos filmes que ela via sete dias por semana.

Seu coração ainda estava disparado, o sangue ainda corria e o som de cigarras invisíveis enchiam seus ouvidos. Parecia que uma porta tinha se aberto dentro dela e, por mais que tentasse, Van não conseguia fechá-la. Era teimosa demais para se deixar mover. Como ela.

Van inspirou com suavidade, endireitou as costas e olhou na direção das luzes de Hartson's Creek.

— Preciso ir pra casa — disse ela, voltando a andar pela estrada.

E, apesar de seu melhor amigo estar andando ao seu lado, não parecia que ele estava ali. Como se o beijo o tivesse matado e deixado uma pessoa diferente no lugar.

Ela não tinha a menor ideia de como lidar com isso.

19

Tanner não estava brincando quando falou de começarem a reconstrução do drive-in no sábado. Ele entrou com o carro no caminho de cascalho que dava na cabine de pagamento — ou bilheteria, como o sr. Chaplin chamava —, e virou à esquerda para estacionar no gramado. Eles desceram e avistaram a enorme equipe de construção parada ao redor de um homem de calça jeans, camiseta escura e capacete amarelo.

— Aquele é o Rich Kelsie — disse Tanner a Savannah, dando a volta no carro até onde ela estava. — Vou te apresentar a ele.

— Claro.

Pelo canto do olho, ela viu o braço de Tanner congelar, como se ele estivesse planejando pôr a mão nas costas dela, mas tivesse pensado melhor.

— Rich, deixa eu te apresentar a Savannah Butler. Ela é quem vai ficar no comando aqui. Savannah… — Ele olhou para ela de soslaio, como se esperasse que ela parecesse irritada. Ela sorriu por tê-lo decepcionado. — Esse é o Rich. A equipe dele vai aplanar o drive-in e reconstruir as estruturas.

— É um prazer. — Ele estendeu a mão para Van, que a apertou.

— Igualmente. — Ela sorriu para ele. — Qual é a previsão do fim do projeto?

— Se o tempo continuar bom, acho que conseguimos terminar em um mês. — Ele mostrou a prancheta, virando as páginas que tinha fixado ali. — Mandei isso por e-mail para o Tanner ontem à noite. Só precisa das assinaturas.

Tanner assentiu.

— A Van é a responsável pela reforma. Ela vai assinar.

— Van? — Rich olhou para ele, confuso.

— Savannah. — Tanner segurou uma risada. — Desculpe, velhos hábitos.

— Pode me chamar de Van — disse ela a Rich, com o sorriso aumentando quando viu as sobrancelhas de Tanner se franzindo. — Me deixe dar uma olhada nisso, se não tiver problema. Gosto de saber o que estou assinando.

— Claro. — Ele entregou a prancheta e Van passou os olhos pelas páginas, olhando de vez em quando para a área onde o trabalho daquele dia seria realizado.

— Você realmente acha que consegue terminar em um mês? É muita coisa.

— Conseguimos, sim. A terraplanagem e a construção são as partes fáceis. As instalações elétricas e de audiovisual vão ser complicadas, mas a gente consegue. — Ele abriu um sorriso fraco. — Ainda mais porque há multas se a gente não cumprir o prazo.

Ela olhou de relance para Tanner, que deu de ombros.

— São negócios.

Outro lembrete de como ele estava diferente do garoto que ela conhecia. Como se ela precisasse disso.

— Quem vai fazer a instalação do audiovisual?

— Uma empreiteira de Richmond. A Virginia Sound.

— Eu conheço. Eles são bons. — Ela assentiu e pegou uma caneta na bolsa, assinando o contrato antes de o devolver. — Acho que vocês podem começar — concluiu ela com um sorriso.

— Obrigado. — Ele assentiu. — E esse é o seu número, né? Para o caso de termos problemas.

— É, mas vou estar aqui com vocês o máximo possível. Assim a gente pode minimizar os atrasos se vocês tiverem alguma pergunta.

— Ótimo. É isso — disse ele, batendo palmas. — Vamos trabalhar.

Os homens o seguiram até os veículos de construção estacionados no gramado, entraram e deram partida. Ela se virou com um sorriso nos lábios para Tanner, que estava olhando para ela.

— Um mês? — comentou ela, erguendo uma sobrancelha. — Isso é bem ambicioso.

— Quero que fique pronto logo e comece a funcionar. Pra aproveitar o verão. Senão vamos ter que esperar um ano inteiro pra ganhar dinheiro.

— Você.

— Quê?

— *Você* vai ter que esperar um ano pra ganhar dinheiro. Eu sou só uma funcionária assalariada.

— Você não leu o seu contrato, né? — A sombra de um sorriso passou pelos lábios dele.

— Claro que li. Eu te dei minha cópia assinada.

— Então você leu a seção seis, parágrafo oito?

Tanner estava provocando, ela percebeu pela maneira como ele estreitou os olhos.

— O que está escrito lá? — perguntou ela, com a voz baixa.

— Você deve saber. Você leu. — Parecia que ele queria rir.

— Para com isso. — Ela balançou a cabeça. — Fala logo.

— Resumindo, diz que você é dona de trinta por cento dessa terra. Tem um monte de juridiquês.

Ela ficou chocada por um instante. Incapaz de formar palavras. Os olhos dele não desgrudaram do rosto de Savannah enquanto esperava ela dizer algo.

— Não vi essa parte. — A voz dela falhou. *Que burra.* — O que isso significa?

— Que praticamente um terço disso tudo é seu. — Ele apontou para o campo onde os veículos estavam passando. Alguém já tinha descarregado um cortador de grama gigantesco e estava trabalhando nisso.

— Eu não entendo...

— Não posso esperar que você faça tudo sem uma compensação.

— Você vai me pagar.

— Não é suficiente.

Ela balançou a cabeça.

— Não posso aceitar, Tanner. É muita coisa.

— Você já aceitou. Já assinou o contrato. Quer que eu pegue no carro e te mostre? — A voz dele estava cheia de humor.

Os olhos dela dispararam até os dele.

— Quanto foi que isso te custou?

— Muito menos do que você imagina. O velho Chaplin estava doido pra se livrar disso aqui. E os terrenos nessa área não valem muita coisa. — Ele deu de ombros. — A reforma vai ser mais cara que o terreno. E há os custos administrativos, mas acho que vamos lucrar se fizermos tudo certo.

— E se não fizermos?

— Aí eu sou o homem mais benevolente de Hartson's Creek. — Ele deu de ombros. — Pare de se preocupar tanto. São migalhas.

— Não pra mim.

— Leia o contrato quando chegar em casa — disse ele. — Você não tem nenhuma responsabilidade, são todas minhas. E o terreno vai ser alugado para a empresa que criei.

Ela soltou uma lufada de ar. Ainda não conseguia entender por que ele tinha lhe dado trinta por cento do campo. Mas havia um formigamento dentro dela. Um frisson de empolgação. Os trabalhadores não estavam simplesmente reformando um campo.

Estavam reformando o campo *dela*. Trinta por cento dela, para ser mais exato.

— Nunca fui dona de um terreno.

Ele a olhou com determinação.

— Eu sei.

Ela inclinou a cabeça para o lado, os lábios se curvando para cima.

— E o que você ganha com isso?

— Eu? — Ele ergueu uma sobrancelha. — Acho que voltar a me divertir com minha melhor amiga. A gente pode se sentar no topo da bilheteria e ver filmes juntos, como nos velhos tempos.

— Você está bem mais pesado do que naquela época — disse ela com um sorriso. — Você pode cair.

Ele riu.

— Então o seu trabalho é garantir um telhado reforçado.

— Acho que sim. — Ela ainda não sabia se devia rir ou se esconder. Aquilo era muito louco. Parecia algo que ela pensaria quando criança para provocar Tanner. Mas ali estava ele, sorrindo para ela, lhe dando uma coisa que ela nunca teve.

Ela era dona de um terreno. Provavelmente a primeira Butler da história a ter um.

— Vou trabalhar que nem louca pra te pagar — disse ela. — Não sou um caso de caridade.

— Estou contando com isso. — Ele estava com uma expressão afetuosa quando seus olhares se encontraram. — Sempre dou uma participação na empresa aos meus funcionários. Aprendi que isso pode fazer a diferença entre o fracasso e o sucesso.

Okay. Quer dizer que agora era ela dona de parte daquela terra. O que ela ia fazer a seguir?

— Ei! — gritou ela para o homem que estava conduzindo o cortador pelo campo de grama alta. — Você deixou passar um pedacinho ali.

E daí se Tanner estava com um sorriso largo enquanto ela ia pisando forte até a equipe de construção com os braços cruzados? Ele podia fazer isso. Afinal, ele era o chefe.

Oi, irmão. Ouvi dizer que você não voltou pra casa ontem à noite.

Tanner suspirou ao ler a mensagem de Logan. *Porra, Becca.* Nenhum segredo durava muito tempo ali. Por sorte, Johnny Fairfax tinha algumas casas disponíveis, mesmo que fossem para ele alugar por enquanto. Quanto mais rápido ele se mudasse, melhor. Os relacionamentos familiares dele dependiam disso.

TANNER
Eu não sabia que você se interessava tanto pela minha vida sexual.

LOGAN

Então quer dizer que você estava transando? Interessante ;)
Quem é a pobre garota que vou ter que consolar dessa vez?

TANNER

Cuida da sua vida.

LOGAN

Ah, por favor. Hartson's Creek não é tão grande. Ou eu conheço ou já ouvi falar dela. Quem foi?

TANNER

Me deixe em paz.

LOGAN

Foi a Van?

Tanner ficou encarando a pergunta. Por que o irmão tinha que ser tão observador? Logan provavelmente o conhecia melhor que ninguém. Naquele momento, isso o deixou desconfortável demais.

Antes que pudesse digitar a resposta, o celular começou a tocar. Tanner suspirou e atendeu.

— A Van? É sério? — perguntou Logan. — Você não aprendeu nada na última vez?

— Eu não disse que foi ela.

Logan riu.

— Seu silêncio disse tudo. O que está rolando? Ela superou o que aconteceu naquela época? Tudo que você fez?

A pergunta fez o estômago de Tanner se revirar. Ele se recostou na cama.

— Não sei — admitiu ele. — A gente não conversou sobre isso.

— O quê?

Tanner franziu a testa.

— Talvez seja melhor esquecer tudo, sabe? Deixar no passado. O que eu fiz… foi horrível. E eu aprendi.

A voz de Logan ficou mais branda.

— Você está pagando por isso há anos, irmão. Ainda lembro o dia que você me ligou da Duke. Você estava destruído, ela também, e tudo porque nenhum dos dois sabia conversar com o outro. — Logan suspirou. — Eu odiei te ouvir daquele jeito.

— Foi por isso que você dirigiu de Boston pra me ver? — A sombra de um sorriso curvou os lábios de Tanner.

Se havia alguém com quem ele podia contar eram os irmãos. E, quando tudo virou de cabeça para baixo, ele sabia que um deles ia largar o que estivesse fazendo para ajudá-lo. Mas, com Gray abraçando o mundo da música e Cam mergulhado até o fundo na temporada de futebol americano, foi a Logan que ele recorreu.

— É, foi por isso que apareci no seu dormitório quase de madrugada — disse Logan, com um toque de humor na voz. — A gente estava preocupado com você. Com você e a Van... Cara, vocês pareciam gêmeos. — Ele deu uma risadinha. — E, por mais que o Cam me enlouqueça, eu não consigo imaginar a vida sem ele.

— É, parece que a vida continuou.

— Mas e você?

Tanner franziu a testa.

— Como assim?

— Nada — respondeu Logan rapidamente. — Deixe pra lá. Estou mal-humorado porque dois funcionários pediram demissão hoje. E o fornecedor de carne decidiu fugir com o dono de outro restaurante sem saber se eu tinha estoque. — Logan suspirou.

— Espere aí. Você queria dizer alguma coisa. O que é. — Tanner se inclinou para a frente, apoiando os cotovelos nos joelhos.

— Todos nós somos complicados de um jeito diferente — disse Logan, com a voz baixa. — Olhe só o Gray e o papai, sempre discutindo. E o Cam, que só parece estar vivo quando está em campo jogando. — Ele soltou um suspiro. — Nós dois lidamos com as porcarias que a vida joga na nossa cara sendo workaholics. Nos últimos cinco anos, sempre que a gente se falava, você estava no trabalho, chegando em casa do trabalho ou indo pra lá. E eu entendo, cara, de verdade. Porque eu faço o mesmo. O trabalho é um negócio seguro. É um refúgio. Ele não nos magoa, e não podemos magoá-lo.

— Você acha que eu trabalho muito para evitar as emoções? — Tanner balançou a cabeça. — Isso é bobagem. É só o jeito como a gente foi criado.

— Só estou falando o que eu vejo. A morte da mamãe foi como uma bomba na nossa vida. Tem o antes e o depois. Duas vidas diferentes. E parte de nós está desesperada pra ter aquele antes de novo, mas isso é assustador pra cacete. Então a gente enterra a cabeça no trabalho e se agarra ao depois.

Tanner ficou calado por um instante, com as sobrancelhas unidas enquanto ponderava as palavras do irmão.

— Logan? — perguntou ele.

— Que foi?

— Você fez terapia?

Logan tossiu, mas o som parecia uma risada.

— Talvez.

— E ajudou? — Tanner ficou curioso. Ele se lembrou da própria experiência com terapia quando era criança. Era assustador e ele tinha vontade de sair correndo.

— Ajudou, sim. Por um tempo. E aí eu parei de ir. — Logan pareceu envergonhado. — Porque estava com trabalho demais.

Tanner riu, porque isso era típico do irmão. Mas pelo menos ele tinha tentado.

— Eu te amo, irmão.

— Ah, para com essa porcaria sentimental. Me conta, como está a relação de patrão e funcionária com a Van?

— Só tem uns dois dias, mas está indo bem.

— Então não é apenas trabalho? Caramba. — Logan assobiou.

— Não sei o que é — admitiu Tanner.

— Bom, você precisa descobrir. Porque trabalho, amizade e relacionamento não se misturam. Me pergunte como é que eu sei disso.

— Eu nem preciso perguntar. Conheço o seu histórico. Como foi que o Cam descreveu...? — refletiu Tanner, passando o dedo no maxilar. — Dormindo com as garçonetes, não foi isso?

— Três namoradas — disse Logan. — *Três*. E eu escolhia as que não eram da cozinha.

Tanner riu.

— E você está tentando me dar conselhos sobre relacionamentos?

— Estou tentando te proteger, porque você é meu irmãozinho e eu te amo.

— Quem está sendo sentimental agora? — A garganta de Tanner estava apertada, com a respiração presa ali.

— Estou te falando a verdade, irmão. Uma coisa que poucas pessoas fazem. Quando tudo desandou entre você e a Van, isso te destruiu. E eu vi você lutar contra isso do mesmo jeito de quando a mamãe morreu. Se essa coisa... seja lá o que for, entre você e a Van implodir de novo, não sei se você vai aguentar.

O aperto na garganta agora parecia um estrangulamento. Tanner inspirou de maneira entrecortada, sentindo o oxigênio inflar os pulmões.

— Não vou fazer besteira dessa vez.

Ele não podia fazer. Porque Logan estava certo, ele já tinha perdido muita coisa. A mãe, Van, a vida que sempre achou que os dois teriam. Ela era sua melhor amiga, sua eterna companheira, e depois foi embora.

Assim como a mãe.

Logan riu.

— Pegue leve. E não faça nenhuma idiotice.

— Não vou fazer. — Tanner desligou, deixando a cabeça cair para trás e a apoiando na cabeceira acolchoada da cama.

Logan estava certo. Ele tinha passado a vida toda evitando o tipo de dor que sentiu na noite em que a mãe morreu. E, quando as coisas desandaram com Van, tudo aquilo tinha voltado, mas multiplicado por dez.

Mas não dessa vez. Ele estava mais velho, mais experiente e mais determinado. E, já que ele não podia se esconder no trabalho, iria mergulhar em Savannah Butler.

20

Tanner, dezessete anos

Tinham se passado duas semanas desde o beijo dos dois. Ela o estava evitando, e talvez ele também a estivesse evitando, porque o desconforto entre eles era palpável. Na noite depois do beijo, ele tinha aparecido no drive-in para levá-la para casa, mas ela havia saído uma hora mais cedo com dor de cabeça.

Até os irmãos perceberam que ele estava mais calado que o normal. No dia anterior, Cam tinha se encontrado com ele depois do treino e o acompanhara até em casa, obviamente instruído pela tia Gina a perguntar a Tanner se estava tudo bem. E, por um instante, Tanner pensou em contar ao irmão.

Mas era Cam e, se ele contasse, em pouco tempo Logan ia saber e nenhum deles iria lhe dar paz. Eles também iriam provocar Van, e ela iria enlouquecer.

Melhor ficar calado e esperar tudo voltar ao normal.

— Ei, Hartson, você vem ou não? — perguntou Brad Wilshaw, que, assim como Tanner, jogava na defesa.

Tanner tirou os olhos da bolsa cheia de roupas sujas do treino.

— Vou.

Ele fechou o zíper e pendurou a bolsa no ombro, virando-se de costas para o banco de tábuas que sempre fedia a suor, por mais que o zelador o esfregasse.

— A gente vai na lanchonete. Algumas garotas vão encontrar a gente lá. Quer ir?

Ele pensou em Van, que provavelmente estava em casa fazendo a tarefa de inglês que o sr. Draycott tinha passado naquele dia.

— Claro — respondeu ele. — Vamos nessa.

— Legal. Eu te dou carona.

Todo mundo sabia que Tanner ainda estava economizando dinheiro para comprar o primeiro carro. Assim como aconteceu com os irmãos, o pai tinha se recusado a dar um centavo para isso, então ele trabalhava na loja de materiais de construção aos fins de semana. Tinha dado a entrada num Camaro velho e enferrujado, mas ainda precisava de pelo menos três meses para quitar o valor.

Os dois saíram para o estacionamento.

— Então, ouvi o single do seu irmão outro dia — disse Brad, se sentando no banco do motorista. — É bem bacana.

— Valeu. — Tanner ainda estava se acostumando com o fato de que Gray tinha saído da cidade e assinado um contrato com uma gravadora em Los Angeles. — Vou falar isso pra ele.

— Você acha que um dia ele vai voltar pra cá?

— Não faço a menor ideia.

Brad deu de ombros.

— Não posso culpá-lo se ele não voltar. Essa cidade é um buraco. Mal posso esperar pela faculdade.

Faculdade. Outro motivo pelo qual Tanner precisava criar coragem e falar com Van. Os dois estavam planejando ir para a Duke University no outono, e de jeito nenhum ele queria esse desconforto lá.

— E aí, já decidiu quem vai levar para o baile de formatura? — Brad olhou por sobre o ombro e deu ré para sair da vaga.

— Ainda não pensei nisso.

Era verdade. Ele e Van sempre riram de como todo mundo levava o baile de formatura a sério. Eles até tinham falado de fazer uma brincadeira no estilo do filme *Carrie, a estranha*.

— Ouvi dizer que a Chrissie Fairfax quer que você a chame.

— É.

— Eu... hum... estava pensando em convidar a Savannah Butler. — Brad mudou a marcha do carro, olhando para Tanner de soslaio. — Se você não se importar.

— Por que eu me importaria?

— Ela é sua amiga. — Brad deu de ombros. — E sei que você não gostou quando o Nate saiu com ela.

— O Nate é um safado.

Brad riu.

— Não tem como contestar isso. — O carro entrou na estrada em direção à cidade. — Mas, sério, não vou magoá-la. Eu só quero levar ela pra sair, só isso. Ela é uma garota legal.

— Ela é mesmo. — Tanner olhava direto para a frente. — E boa demais pra você.

— Não vou convidar se você não gostar da ideia. Amigos em primeiro lugar. — Brad baixou a voz antes de falar. — Ah, você sabe.

— Por que eu não gostaria?

— O Nate acha que você gosta dela. Tipo *gosta* dela de verdade. Falei pra ele que isso é besteira.

Tanner sentiu um arrepio.

— E é mesmo. — Ele franziu a testa. — Ela é minha amiga, só isso.

— Então você não se importa se eu a convidar?

Tanner abriu a boca para dizer que se importava muito, mas a fechou de novo. Porque Brad *era* um dos caras legais. E Van já estava com raiva por ele ter dito para o Nate cair fora. Ele não queria chateá-la de novo.

— Eu não me importo.

Talvez ela dissesse não. Ele deixou esse pensamento aquecê-lo por um instante.

— Ótimo. Vou convidar amanhã. — O sorriso de Brad estava largo. — Valeu, cara.

— Imagina.

Pelo menos Brad não teria o primeiro beijo dela. Esse sempre seria de Tanner. Ele passou o dedo no lábio inferior, se lembrando da sensação da boca de Van na dele.

— E você devia convidar a Chrissie. Talvez possamos até ir juntos — disse Brad, entrando na praça da cidade. — Podemos alugar uma limusine ou algo assim juntos.

— Pode ser.

Assim que Brad parou numa vaga em frente à lanchonete do Murphy, Tanner abriu a porta e saltou como se o carro estivesse em chamas.

Ele estava estranho. Como se todos os músculos estivessem contraídos e o único jeito de aliviar isso fosse batendo em alguma coisa.

Ou em alguém.

Ver Brad entrar na lanchonete como se fosse o rei da porra toda o fez perceber exatamente em quem ele queria bater.

Mas ele tinha um plano. E ser suspenso da escola por brigar com outro aluno não era o caminho.

Caramba, como ele odiava isso. Na cabeça dele, a formatura estava demorando demais.

21

Van cruzou os braços e olhou para o campo à sua frente. Estava uma bagunça completa naquele momento. O espaço onde a grama crescia estava coberto de terra revirada com trilhas profundas graças aos veículos de construção pesados que a equipe estava usando. Mas, mesmo com aquela devastação, dava para ver as coisas começando a tomar forma. A tela estava pela metade, junto com a construção à esquerda, que abrigaria o quiosque no térreo e um escritório em cima para o gerente.

Ou seja, para ela. Ainda era estranho pensar assim. Era como se um círculo finalmente estivesse se fechando. Ela estava de volta a Hartson's Creek, trabalhando no drive-in. E à noite se deitava nos braços de Tanner Hartson.

— Tenho umas coisas pra você assinar — disse Rich quando a viu. — O equipamento de audiovisual deve chegar na semana que vem, então estamos nos concentrando na tela e na sala de projeção. Depois que isso estiver pronto, podemos trabalhar no campo e terminar as construções. Você concorda?

Ela estava impressionada com a velocidade do trabalho. Não que isso a surpreendesse. Tinha visto quanto Tanner estava pagando à empresa de construção de Rich para terminar num prazo tão curto. Ele realmente estava disposto a fazer tudo ficar pronto e funcionando.

— Está ótimo assim. As coisas ainda estão dentro do planejado?

— Sim, senhora. Nenhum agravante até o momento. Nem a chuva de duas noites atrás causou problemas. Verifiquei a previsão da próxima semana e vai dar tudo certo.

— Então o prazo ainda é viável? — perguntou ela.

— É, com certeza.

Van assentiu com os lábios pressionados. Ela e Tanner já tinham concordado que sábado, 5 de julho, seria a data perfeita para a inauguração. Era um fim de semana de feriado, todo mundo estaria num clima de animação e ela teria tempo suficiente para organizar uma festa antes de exibirem um filme. Ela esperava conseguir publicidade e atrair os amantes de cinema.

Tinha segurado o envio dos convites até verificar o prazo com Rich. Ela já tinha queimado a largada muitas vezes planejando eventos como aquele. Mas Savannah conhecia os verões da Virgínia. Eram quentes e úmidos, com uma tempestade ocasional que passava quase tão rápido quanto começava. Chovia forte e pesado por uma hora no máximo e depois o sol apareceria e secaria tudo de novo.

Se a construção terminasse no prazo, isso daria a eles um bom tempo para fazer os testes, quando colocariam todos os sistemas para funcionar, ofereceriam uns comes e bebes e convidariam alguns amigos para testar o drive-in antes da festa. Ela fez um cálculo rápido. Eles poderiam fazer o teste no fim de semana antes da inauguração. Isso daria a eles uma semana para resolver qualquer problema.

— Ah, oi, Tanner — disse Rich, olhando por cima do ombro dela.

Van sentiu a pele aquecer, como sempre acontecia quando Tanner estava por perto. Ela se virou e o viu andando pelo campo, usava uma calça jeans baixa, a camiseta apertada nos músculos e um boné azul de futebol americano sobre o cabelo volumoso.

O estômago dela deu uma cambalhota quando Tanner sorriu para ela, os olhos formando pequenas rugas. A sensação era nova e antiga ao mesmo tempo. Ela retribuiu o sorriso, olhando com cuidado para Rich, na esperança de que ele não percebesse o que estava acontecendo entre ela e Tanner.

Naquele momento, ela estava feliz de manter tudo em segredo. A fofoca sobre a mãe dela no Moonlight Bar ainda não tinha morrido, e ela com certeza não planejava colocar mais lenha na fogueira.

Seu relacionamento com Tanner não era da conta de ninguém. Era precioso demais para ser maculado por línguas inquietas. E recente demais para ela fazer qualquer coisa além de protegê-lo. Mesmo que quisesse sair por aí anunciando para todo mundo, estava ocupada demais. Com o drive-in, Zoe e Tanner, claro. O trio perfeito.

Tanner roçou os dedos em seu braço nu, depois se aproximou para apertar a mão de Rich. Mesmo um toque tão leve como aquele era suficiente para provocar arrepios na pele dela. Van engoliu em seco, tentando se acalmar. Por que era tão difícil manter uma cara de paisagem?

— Tudo sob controle? — perguntou Tanner.

— Tudo certo. Eu só estava contando para a Van sobre a instalação do audiovisual na semana que vem. Depois disso, temos umas semanas para concluir a área do estacionamento, as construções e o playground. Devemos terminar tudo no prazo. — Rich deu de ombros. — Claro que vamos precisar trabalhar nos fins de semana.

Tanner ergueu uma sobrancelha.

— Faça o que for necessário. — Ele acenou com a cabeça para Rich e se virou para Van. — Você tem tempo para uma reunião? — perguntou ele. — Eu trouxe almoço. Achei que podíamos repassar os planos da abertura enquanto comemos.

— Claro. — Van assentiu. — Deixe só eu assinar esses documentos e já vou.

Cinco minutos depois, ela estava entrando no carro alugado de Tanner, uma caminhonete enorme que provavelmente bebia uns duzentos litros de gasolina de café da manhã. Ele ainda estava decidindo qual carro novo comprar, já que teve que abrir mão do antigo quando vendeu a empresa em Nova York.

— Estou vendo que o seu gosto pra carros não melhorou — disse ela, mordendo o lábio quando ele ligou o motor.

— Como assim? — perguntou ele, juntando as sobrancelhas.

Ela olhou ao redor do interior.

— Isso é praticamente uma extensão peniana em formato de carro — explicou, sorrindo para a sobrancelha erguida dele. — E tenho que dizer que você não precisa disso.

Ele sorriu.

— Só tinham esse nessa categoria. Vou arrumar um melhor em breve. E, só pra constar, você adorava o meu Camaro velho.

— Adorava porque significava que eu não precisava mais andar até a escola e o drive-in — disse Van, lembrando-se do carro esportivo laranja enferrujado com um sorriso. — Mas ele fedia como água de fosso e não era nada confiável.

— Tenho muitas lembranças boas daquele carro. — Tanner saiu da estrada principal. — Algumas com você.

Van sentiu o rosto esquentar quando se lembrou da noite do baile de formatura. Ela e Tanner tinham ido com outras pessoas, embora os quatro tivessem seguido na mesma limusine, que foi paga pelo acompanhante dela, Brad. Mas eles não voltaram para casa juntos. Depois de algumas investidas bêbadas, Brad finalmente entendeu a mensagem de que ela não estava planejando entregar sua virgindade a ele na noite do baile, por mais que tivesse pagado pela limusine. Brad foi embora irado, deixando-a sem carona para casa.

— Lembra a noite do baile de formatura? — murmurou Van quando Tanner entrou numa estrada de terra. A mesma em que o Camaro tinha se sacudido quando eles foram até o mirante juntos, depois de se verem sem seus acompanhantes. Ele no smoking preto que tinha herdado de Logan, que tinha herdado de Gray. Van num dos vestidos mais discretos da mãe, que não pareceu nada discreto quando ela o vestiu.

— É, lembro. — Tanner assentiu. — Eu nem queria ter ido naquele baile.

Van piscou.

— E por que você foi?

— Porque o Brad Wilshaw disse que ia te levar. Eu queria estar lá pra garantir que ele não ia se aproveitar de você.

— Bom, ele tentou.

— Ainda bem que eu fui, então — disse Tanner simplesmente.

— O que aconteceu entre você e a Chrissie naquela noite? — perguntou Van. — Num minuto vocês estavam dançando e, no outro, ela não estava mais falando com você.

— Nada.

Ele parou perto de uma árvore. O mirante estava vazio. Dali, era possível ver Hartson's Creek inteira, desde a água azul-cintilante que dava o nome à cidade até o gramado verde vibrante da praça central e o telhado branco reluzente da Primeira Igreja Batista.

— Eu achei que você gostasse dela.

— É, eu meio que gostava. Mas tinha uma pessoa de quem eu gostava mais. — Seus olhos encontraram os dela, e Van sentiu o peito apertar.

— Foi por isso que você não pegou carona pra casa com ela?

— Ela me ofereceu carona. Eu perguntei se você também podia ir. Mas ela me mandou escolher entre vocês duas. — Tanner deu de ombros. — Não tinha comparação. Sempre vou te escolher.

Aquelas palavras de novo. Elas a aqueciam e davam medo ao mesmo tempo. Se ele sempre a escolheria, o que tinha acontecido nos últimos dez anos?

— Foi fofo o jeito como você me fez esperar na escola enquanto corria até a sua casa pra pegar o carro.

— Eu não queria que você estragasse seus sapatos. — Ele piscou para ela. — Eles davam tesão. — Ele pigarreou, sorrindo. — E também tinha outro motivo. Queria te trazer até aqui, e não dava pra fazer isso sem um carro.

A atmosfera entre os dois faiscava. Apesar do sopro do ar-condicionado, Van sentiu a pele esquentar quando se lembrou daquela noite. O segundo beijo dos dois. Menos atrapalhado. Mais seguro. Eles se deitaram juntos na grama, olhando para as estrelas brilhando no céu escuro. Então Tanner a tocou até ela ir à loucura, ele engolindo seus gemidos com a boca quente e cheia de desejo.

— Foi por isso que você trouxe a gente até aqui agora?

Ele sorriu.

— Quero conversar sobre o drive-in — respondeu ele. — Mas também não sei se consigo falar com você sem te beijar, e acho que você não quer que o Rich e a equipe vejam isso.

A maneira como ele estava olhando para ela fez seu estômago virar do avesso. Intensa, sombria, carente.

— Não mesmo — concordou ela baixinho. — Eu odeio quando as pessoas falam de mim. De nós. Disso que está acontecendo entre a gente. — Ela gesticulou para o espaço entre os dois. — Quero que fique só entre nós. E agradeço por você se importar.

— Eu te conheço — disse ele, com um meio-sorriso puxando o canto da boca. — Sei como você pensa. E, embora eu queira sair gritando sobre você para o mundo, vou fazer as coisas no seu tempo.

— Mesmo que isso signifique manter distância na frente de todo mundo?

— Escondi meus sentimentos por você durante anos — disse ele, segurando um sorriso. — Posso fazer isso por mais umas semanas. — Ele se aproximou para dar um selinho nela. — Pelo menos em público.

Ela pousou a mão no pescoço dele, suspirando baixinho enquanto ele aprofundava o beijo.

— Só não quero as pessoas me julgando. Vão dizer que você me deu o emprego porque estou dormindo com você.

— As pessoas não são tão críticas quanto você pensa. — Ele afastou o cabelo do rosto dela, roçando os dedos no maxilar. — Você não é a sua mãe, Van.

— Não é assim que as pessoas veem. — Ela fechou os olhos enquanto ele se aproximava para beijar seu pescoço, provocando arrepios em sua coluna. — Tal mãe, tal filha. As piranhas da cidade.

— Se alguém te chamar assim, vou dar um jeito dessa pessoa nunca mais conseguir falar. — Sua voz estava baixa.

Ela riu das palavras.

— Você é meu herói, sabia?

— O que você quiser que eu seja — disse ele. — Mas preciso que você saiba que isso é sério. Quero você na minha vida e na minha cama, Van. Nada de confusão, nada de mal-entendidos. É assim que eu quero.

Seu olhar estava muito sério. A respiração dela ficou presa com a intensidade dele.

— Eu sinto o mesmo. Só me dê um tempinho pra eu me acostumar com isso.

— Tudo bem. — Ele assentiu. — Combinado.

— E, enquanto isso, podemos escapar por aí como adolescentes — disse ela, sorrindo. — E nos beijar em carros. — Ela segurou a mandíbula dele e lhe deu um selinho. Tanner retribuiu o beijo de um jeito quente e forte até os dois estarem sem fôlego.

— Parece ótimo.

22

— Van! Oi! — Maddie Clark saiu da cozinha da lanchonete, acenando para Van enquanto se apoiava no balcão. — Como você está? E a sua irmã? Ela está bem? — Ela contornou o balcão e pegou o bule de café. — Quer um pouco? — perguntou ela. — É descafeinado, infelizmente. O Murphy confundiu tudo.

— Claro.

Van observou, encantada, enquanto Maddie enchia duas canecas com o líquido amargo, depois as colocava no balcão com um recipiente de creme e um de açúcar. Em seguida, ela contornou o balcão e se sentou no banco ao lado de Van.

— Maddie Clark, quantas vezes já falei pra não tomar meu café? — resmungou Murphy, proprietário da lanchonete, enquanto balançava a cabeça para a caneca dela. — Você não trabalha mais aqui, lembra?

— Eu estava te poupando do trabalho. Ouvi dizer que a Cora Jean não está se sentindo muito bem. — Maddie deu de ombros. — E eu te dei um oi.

— Bom, a menos que você queira vestir um avental e ficar durante o turno, sugiro que fique do outro lado do balcão.

Maddie soprou um beijo para ele.

— Eu sinto uma saudade louca de você, Murphy, mas nunca mais vou trabalhar aqui. Você é muito mal-humorado.

— Humpf. — Ele balançou a cabeça e voltou para a cozinha, a porta batendo atrás dele.

— A verdade é que ele me ama — disse Maddie a Van. — Mesmo que não demonstre.

— Eu não sabia que você tinha trabalhado aqui — comentou Van, tomando um gole de café.

— É, antes de o Gray e eu nos encontrarmos. — Maddie sorriu. — Bom, depois, na verdade, já que a gente se conheceu quando eu era criança. Mas foi aqui que nos reencontramos.

— Aham… — Van não tentou disfarçar a confusão.

Maddie riu.

— Desculpe, estou falando demais. O Gray está no estúdio a semana toda e eu não tinha ninguém pra conversar. Foi por isso que vim ver o Murphy, mas aí lembrei que ele não fala muito. — Ela balançou a cabeça e pôs a mão no pulso de Van. — Estou te atrapalhando? Você está com pressa?

— Só tenho que ir até o drive-in. Mas posso ficar e tomar esse café. Está bom, a propósito.

— Esqueci que você estava trabalhando com o Tanner. — Maddie baixou a voz. — Como estão as coisas? Se ele for parecido com o Gray, deve estar te fazendo trabalhar todas as horas possíveis.

— Estou curtindo — admitiu Van, sorrindo para a mulher baixinha. — Estou mais ocupada do que já estive a vida toda, mas as coisas estão começando a tomar forma. — E, sim, ela também estava curtindo ficar com Tanner. Apesar de ele manter a promessa de só falar de trabalho quando os dois estavam no drive-in.

Mas, quando ele pulava a janela dela à noite, o assunto era outro.

— Mal posso esperar pra ver quando estiver pronto. — Maddie bateu palmas. — Estou tão empolgada pra dar uns beijos no Gray no meio dos filmes. Vou me sentir uma adolescente de novo.

Van riu.

— Muitas pessoas me disseram isso. Está todo mundo nostálgico. E como você está? E o Gray?

— Eu amo tanto o Gray, mas ele é um maldito perfeccionista. Ele está lá gravando a mesma música há uma semana e fica me pedindo pra ouvir a última versão pra ver se eu percebo a diferença. — Maddie se inclinou para a frente. — E eu tenho que mentir e dizer que percebo, sim, porque é sempre igual.

— É pra um álbum novo?

Maddie assentiu.

— É. E acho que ele está se sentindo pressionado. Ele disse que a última se escreveu sozinha, mas essa… — Ela suspirou e balançou a cabeça.

— A última não foi sobre você?

— Parece que sim. — Maddie sorriu. — Enfim, eu estava pensando se você vai estar livre no domingo. Vai todo mundo lá pra casa ver o documentário sobre o time do Cam. Você e a Zoe estão convidadas, e a sua mãe também, se ela estiver livre. — Ela olhou para Van de soslaio. — E o Tanner vai estar lá, claro.

Ela imaginou a empolgação de Zoe ao visitar a casa de Gray Hartson. Sim, ele provavelmente estava abaixo de Adam Levine, mas ainda era uma grande estrela do rock.

— Eu não sabia que o Cam estava num documentário.

— É um daqueles da Netflix. Eles seguiram o time pra todo lado no ano passado. Eu queria que ele pudesse ver com a gente, mas ele está divulgando o filme. Então o melhor que podemos fazer é assistir juntos e encher o saco dele por telefone.

Van riu. Ela imaginava as provocações que os irmãos de Cam iriam fazer.

— Parece divertido. A Zoe e eu estaremos lá. Mas não sei se é o tipo de coisa que a minha mãe curte.

— Tudo bem. E, se ela mudar de ideia, pode levá-la. A gente vai fazer um banquete, já que o Logan vai estar lá. — Maddie abriu um sorriso acolhedor para ela.

— Acho que é melhor eu ir — disse Van, terminando o café. — Obrigada por isso — completou, levantando a caneca. — Quanto eu te devo?

— É por minha conta — respondeu Maddie. — Tecnicamente, na conta do Murphy. A gente se vê no domingo.

E se veriam mesmo. Van não sabia por que isso tinha feito o corpo dela parecer quente e derretido por dentro, como um chocolate deixado no peitoril da janela num dia quente da Virgínia.

Ela saiu da lanchonete, olhou para a Imobiliária Fairfax do outro lado da praça da cidade e respirou fundo.

Talvez fosse o fato de que algumas pessoas na cidade a aceitavam e queriam passar algum tempo com ela.

O lugar estava começando a parecer seu lar de novo.

— Para de encarar — murmurou Logan. — A menos que você queira que todo mundo descubra o que está rolando.

Ele tinha chegado de Boston na noite anterior, e os três — Tanner, Gray e Logan — tinham passado um tempo no Moonlight Bar, conversando e jogando sinuca.

Enquanto Gray tinha ido comprar uma rodada de bebidas, Logan aproveitara para perguntar a Tanner como estavam as coisas entre ele e Van. Tanner o atualizara rapidamente. Eles estavam juntos, mas tentando ser discretos.

Era mais fácil falar do que fazer. Nesse momento, ele estava sentado no sofá da bela sala de lazer de Gray, seguindo cada movimento dela. Van estava gostosa naquele dia, usando um vestido xadrez cor-de-rosa e cinza sem mangas, justo em todas as curvas e que ia até o meio das coxas, os cachos dourados do cabelo caindo sobre os ombros nus.

— Não estou encarando — disse Tanner. — Só estou olhando ao redor, absorvendo tudo.

— Você está certo. Não está encarando. Está devorando com os olhos. E deve estar até babando. — Logan sorriu. — Caramba, pelo menos você já transou com ela?

— Não que seja da sua conta, mas não — respondeu ele, a voz soando brusca.

Logan ergueu uma sobrancelha.

— Não?

A verdade é que eles tinham feito de tudo *menos* sexo, e naquele momento isso parecia muito bom. Ainda mais porque nenhum dos dois tinha a própria casa — algo que ele estava fazendo de tudo para resolver. E dormir com Van era incrível. Ele era a conchinha maior e ela se aconchegava contra o peito dele, os braços a envolvendo como se Tanner fosse o escudo humano dela. Ele dormia tão profundamente que o alarme mal o acordava de manhã. Era como se seu corpo finalmente conseguisse relaxar depois de tanto tempo.

Mas ali, naquele momento, ele não estava se sentindo relaxado. Estava excitado, carente e cheio de desejo. Toda vez que ela passava por ele enquanto estavam sentados vendo o filme, ele queria estender a mão e deslizá-la pela perna dela.

Ela sabia exatamente qual era o efeito que estava provocando nele. De vez em quando, seus olhares se encontravam, e o rosto dela corava e os lábios se curvavam para cima. E ele suprimia o desejo de se levantar e contar a todo mundo que aquela mulher linda, engraçada e maravilhosa era dele.

Ela estava conversando com Maddie, e as duas riam de algo que Van tinha acabado de falar. O olhar dela encontrou o de Tanner pela centésima vez. Em seguida, ela tocou brevemente no braço de Maddie e passou pelas portas de vidro abertas para o extenso deque que Gray tinha construído, que levava ao gramado e ao bar de madeira com estoque de todos os sabores de bebidas alcóolicas e cervejas.

— Vou pegar mais um drinque — disse Tanner, se levantando.

— Claro que vai. — Logan abriu um sorriso presunçoso e se voltou para a TV, na qual o primeiro jogo da última temporada estava passando na tela.

Tanner balançou a cabeça e seguiu o caminho de Van pelas portas, passando pelo gramado até o bar de madeira. Ela se serviu um copo de refrigerante e pegou um pouco de gelo, sem notar que ele estava a poucos centímetros de distância.

— Preciso falar com você. — Ele manteve o rosto indiferente.

Ela levantou a cabeça de repente.

— Meu Deus, que susto. — Seus lábios se curvaram num sorriso. — Oi, sobre o que você quer falar?

— Aqui não — disse ele, envolvendo os dedos ao redor do pulso dela. — Em algum lugar reservado.

Os olhos dela se arregalaram.

— Tem alguma coisa errada?

— Tem.

Ele a conduziu para trás do bar, em direção às árvores que estavam ali muito antes de Gray ter construído a casa. Quando os dois estavam no meio do espaço arborizado, ele confirmou que não havia mais ninguém ali e então pressionou Van contra um tronco grosso.

— Que foi?

— Esse vestido — murmurou ele, traçando a linha do corpete sobre o peito dela. — Ele é muito, muito errado.

A respiração dela ficou presa na garganta quando Tanner baixou a cabeça para beijar a curva dos seus seios no decote.

— Como seu chefe, vou ter que dar uma advertência. Não use esse vestido e espere que eu não te beije.

Van riu quando ele levou os lábios até o pescoço dela.

— Eu gostaria de contestar essa advertência.

Ele apertou a coxa dela, como desejou fazer a tarde toda.

— Não, nada de contestação — murmurou ele. — Mas você pode implorar, se quiser.

Os olhos dela brilharam quando ele a beijou, fazendo um caminho pelo pescoço, pelo maxilar, encostando a boca no canto dos lábios dela. Van inclinou a cabeça contra o tronco da árvore, soltando um gemido baixo enquanto Tanner encontrava os lábios dela e seus dedos roçavam na pele macia da parte interna da coxa de Van.

— Você sabe o que faz comigo? — perguntou ele, traçando a linha da calcinha. — Estou olhando pra você a tarde toda. Pensando no seu gosto.

— Sei. — Ela sorriu. — Eu meio que estava curtindo.

Ele deslizou as mãos pelos quadris dela, puxando-a em direção às próprias coxas, até ela não ter a menor dúvida de quanto o deixava excitado.

— Você escolheu esse vestido pra me provocar?

Ela deu de ombros.

— Talvez.

— Use hoje à noite. Na cama. Quero arrancá-lo de você.

— Quem disse que você vai pra minha cama hoje à noite?

Ele piscou, e seus olhares se encontraram.

— Isso não foi um pedido. Não esqueça que você está sob avaliação disciplinar.

Ela inclinou a cabeça para o lado, com o olhar ainda grudado no dele.

— Disciplina, é?

Ele sorriu, deslizando a mão pela bunda dela. Ela arqueou as costas, se encostando nele, e a sensação lançou um fluxo de desejo pelo corpo de Tanner.

— Cuidado — alertou ele. Tanner não sabia até que ponto conseguia se controlar.

— Talvez eu não queira ter cuidado.

Ele deu um sorriso torto para ela.

— Você quer, sei que você quer. Mesmo que eu queira te arrastar e gritar para o mundo que você é minha.

— É isso que eu sou? Sua?

— É. — Sua voz estava rouca. — Você é.

Ela traçou uma linha do colarinho aberto dele, subiu pelo pescoço até o maxilar rígido.

— Isso faz com que você também seja meu.

Nossa, ele amou aquilo. Tanner engoliu em seco enquanto ela traçava seu lábio inferior.

— É verdade. — Ele beijou o dedo de Van.

O sorriso dela se abriu mais.

— E isso significa que posso fazer o que quiser com você, certo?

— Certo.

— Ótimo. — Ela se aproximou até ele sentir o calor do hálito dela na pele. Ele esperou que ela acabasse com a distância entre os dois, levasse os lábios aos dele.

Mas, em vez disso, ela o empurrou, rindo enquanto desviava das árvores a caminho do gramado aberto. Depois ela se virou e mostrou a língua para ele, como fazia quando eles eram crianças.

Ele deu uma risadinha, não só porque ela era muito engraçada. Mas porque era muito bom vê-la sem preocupações, correndo com o cabelo dourado esvoaçando e os olhos marcados de diversão.

Ela era dele. Talvez sempre tivesse sido. Tudo que Tanner sabia era que não podia deixá-la ir embora de novo.

— Tudo bem, há outro motivo pra eu ter chamado vocês todos aqui hoje — disse Gray quando o documentário terminou e eles tinham acabado de erguer os copos para homenagear Cam.

Estavam todos sentados nas poltronas de couro macio que Gray e Maddie tinham encomendado sob medida para a enorme sala de lazer. O cômodo grande o suficiente para abrigar três famílias, o que era bom, porque eles eram muitos. Van olhou ao redor com um sorriso, observando os irmãos de Gray, o pai deles e tia Gina, além de Maddie com a mãe, a irmã e a família. E havia Becca, que estava sentada com Zoe, tentando ensiná-la a fazer uma cama de gato.

Van não se lembrava da última vez que tinha se sentido tão contente. E sua felicidade tinha um lado sedutor, graças à maneira como Tanner lançava olhares de desejo para ela.

Era estranha a facilidade com que ela havia voltado para a vida e a família dele.

— Não me diga. Você vai receber uma estrela na Calçada da Fama em Hollywood? — perguntou Logan, sorrindo para o irmão mais velho.

Gray suspirou.

— Não. E cala a boca.

— Sejam bonzinhos — pediu Maddie, sorrindo para os dois. — Conta logo, Gray.

— Vem cá — chamou Gray, estendendo a mão para ela. — Não quero fazer isso sozinho.

— Que história é essa? — perguntou tia Gina, franzindo a testa. — Você não vai contar que ela está grávida, né?

Por um instante, houve um silêncio completo, como se todo mundo avaliasse as expressões de Gray e Maddie.

Gray pigarreou, seus olhos encontrando os de Maddie.

— Hum, é, a gente ia.

Tanner tossiu com uma risada quando o rosto de tia Gina ficou pálido e ela cobriu a boca aberta com a mão.

— Minha nossa — disse ela, com a voz abafada. — Desculpe. Eu nunca sonhei...

— Você está grávida? — perguntou Becca, com os olhos arregalados. — Tipo... você vai ter um bebê do Gray? — Ela se levantou e correu para abraçar os dois. — Vou ser titia.

— Parabéns, cara — disse Logan, depois se aproximou de tia Gina para abraçá-la. Ela estava toda nervosa, uma combinação de vergonha e empolgação.

— Mandou bem — disse Tanner, se aproximando para apertar a mão de Gray e abraçar Maddie. — Estou muito feliz por vocês.

— Isso explica o café descafeinado — observou Van, se juntando a eles. Ela sorriu para Maddie.

— É. Não fiz porque é gostoso, pode ter certeza. — Maddie franziu o nariz. — Estou sentindo falta da cafeína.

Van sentiu um dedo deslizar em suas costas. Ela se virou para Tanner, que lançou um olhar inocente para ela.

— Para — disse ela sem emitir nenhum som.

Ele deu uma piscada para ela em resposta.

— Espero que a sua gravidez não dure tanto quanto a da Regan — comentou Becca, olhando para a barriga de Maddie como se estivesse tentando ver a saliência. — Juro que o período de gestação dela é igual ao de um elefante. Algum dia ela vai ter aquele bebê?

— Ele deve estar gostando de onde está — murmurou Maddie. — Lá é tranquilo e seguro em comparação com a casa dela. Fui visitá-la outro dia. Os filhos dela fazem mais barulho que um show do Gray.

— Você está de quanto tempo? — perguntou Ashleigh, irmã de Maddie. Van tinha sido apresentada a ela quando chegara à casa de Gray, embora se lembrasse dela dos velhos tempos. Ela não estava muito diferente, tirando as rugas e o fato de não estar usando o uniforme de líder de torcida o tempo todo.

Bom, esse pensamento foi escroto. Por outro lado, Ashleigh também nunca tinha sido simpática com Van.

— Dezesseis semanas — respondeu Maddie, com o rosto radiante.

— Então vamos ter um bebê daqui a cinco meses? — Becca estava quase tremendo de empolgação. — Temos tanta coisa pra planejar. Onde você quer fazer o chá de bebê? Qual vai ser o tema do quartinho? — Seus olhos se iluminaram. — Vocês já começaram a matricular na pré-escola? Nunca é cedo demais.

— Becca — disse Tanner, sem emoção na voz, e pôs a mão no ombro dela.

— Que foi? — Becca suspirou e olhou para ele.

— O bebê não é seu. É da Maddie e do Gray.

Becca balançou a cabeça.

— Você é um estraga-prazeres. Já pensou em voltar pra Nova York?

— Na verdade, não. — Ele abriu um sorriso presunçoso e desviou o olhar para Van. — Eu gosto demais daqui.

— É por isso que você foge de casa toda noite depois que está todo mundo na cama? — perguntou Becca.

Tanner lançou um olhar irritado para ela. Adeus apoio dos irmãos.

— Você foge de casa? — perguntou Gray. — Aonde você vai?

— Ou pra quem ele vai? — corrigiu Becca, erguendo uma sobrancelha.

Maddie olhou para Van, e ela sentiu o rosto ruborizar. Ela sabia. Ou pelo menos desconfiava. Van percebeu pela expressão no rosto dela.

— Por que você está tão interessada na vida amorosa do Tanner? — perguntou Logan, sacudindo a cabeça para Becca. — Só porque você não tem uma?

— Não tenho vida amorosa porque tenho quatro irmãos — retrucou Becca. — Todo mundo na cidade tem medo de vocês. É irritante.

— Talvez seja por isso que eles são chamados de Irmãos Heartbreak — comentou Van, sorrindo para ela.

— Eles também faziam isso com você?

— O tempo todo. O Tanner basicamente espantava todos os caras que me chamavam pra sair.

— Não é irritante? — perguntou Becca, cruzando os braços.

— Ei, eu não espantei o Simon — protestou Tanner, erguendo uma sobrancelha para Becca. — Você fez isso sozinha.

— Eu não espantei o Simon. Eu terminei com ele. É diferente.

— É, mas ele não era bom o suficiente pra você, no fim das contas. — Tanner jogou um beijo para Becca.

— Está vendo com o que eu tenho que lidar? — Becca suspirou. — Vocês bem que podiam convidar uma estrela do cinema pra inauguração do drive-in. De preferência alguém com a barriga sarada e que não tenha medo de alguns irmãos.

— Quando é que vocês estão planejando inaugurar? — perguntou Gray a Tanner. — Já tem uma data?

— Tem. — Tanner fez que sim com a cabeça. — Vai ser daqui a três semanas. No sábado, 5 de julho. Achamos que seria bom lucrar num fim de semana prolongado. Vocês todos vão receber um convite da Van em breve.

— Mal posso esperar. — Becca sorriu para os dois. — Esse ano está tão bom. Com o bebê e o drive-in. E o time do Cam parece ótimo. É tão bom ter vocês todos em casa. — Ela inclinou a cabeça e ergueu uma sobrancelha para Tanner. — Menos você.

— Eu sei que você me ama.

Van sentiu um puxão na mão. Quando se virou, viu Zoe em pé ao lado dela.

— Tudo bem? — perguntou.

Zoe assentiu e se aproximou.

— Van.

— Que foi?

— Eu vou poder ir à inauguração do drive-in? — Seus olhos estavam arregalados. *Esperançosos.*

Van olhou para Tanner, e ele assentiu de maneira imperceptível.

— Claro que vai.

— Posso levar minhas amigas? Elas vão ficar com tanta inveja de você trabalhar lá. E vão me amar pelo convite.

— Pode levar quem você quiser — disse Tanner a ela. Em seguida, ele inclinou a cabeça para o lado. — Melhor ainda, por que você não convida todas as suas amigas para o teste? Assim a gente vai ter um público pra garantir que vai dar tudo certo. — Ele olhou de relance para Van. Ela assentiu para ele, com os olhos brilhando.

— Você gostaria disso, Zoe? — perguntou ela.

— Uma sessão particular no drive-in? Antes mesmo de inaugurar? — Zoe abriu um sorriso. — Amei! — Ela jogou os braços ao redor da cintura de Tanner, abraçando-o com força.

Van observou a cena com um meio-sorriso. Uma sensação inusitada encheu seu peito ao ver como Zoe estava feliz. A facilidade com que Tanner a encantava. Era como se eles fossem duas peças do quebra-cabeça que era a vida dela se encaixando com facilidade. Talvez fosse hora de finalmente relaxar.

23

Van, dezoito anos

— Mãe, você está em casa? — Van olhou por sobre o ombro para Tanner, que estava parado na porta. — Acho que não — disse ela. — Que novidade.

— Quer que eu entre com você? — perguntou Tanner, apoiado no batente da porta com a cabeça inclinada para o lado. — Pra conferir se tem um bicho-papão aí dentro?

— Tenho certeza de que você teria mais medo dele do que eu. — Ela revirou os olhos. — Obrigada pela carona pra casa.

Ele deu um selinho nela, uma das mãos em seu pescoço.

— Te ligo mais tarde. E não esqueça o trabalho de matemática. É pra segunda.

— Não vou esquecer.

Ela ficou olhando enquanto ele descia os degraus até o carro recém-adquirido. Ele tinha economizado durante meses para comprar o velho Camaro, mas nem assim fora suficiente. Por sorte, Gray tinha mandado um dinheiro de aniversário para ele, o bastante para completar o que faltava. Ele deu partida no motor, que rugiu e se sacudiu quando ele acelerou. Tanner buzinou e ela levou um susto. Van balançou a cabeça e entrou, indo para o quarto.

Van abriu o armário, se ajoelhou e estendeu a mão para puxar a velha caixa de sapatos que tinha escondido nos fundos. Ela tirou a tampa e olhou para os rolos de notas que tinha guardado ali dentro. Seus salários no drive-in. Ela não precisava contar para saber exatamente quanto tinha ali. Dois mil, trezentos e sessenta e cinco dólares. Ela pegou o envelope mais recente do bolso de trás da calça jeans, separou as notas e as acrescentou aos rolinhos adequados, prendendo tudo com um elástico.

Dois mil, quatrocentos e quinze dólares agora. Até o fim do verão, ela deveria ter mais de três mil. O suficiente para pagar o aluguel e comprar comida no primeiro semestre. Talvez mais, se ela achasse um jeito de economizar.

Aquele dinheiro seria sua passagem de saída da cidade. Sua chance de ser como todos os outros jovens dali. Claro que Tanner e seus amigos iam receber ajuda dos pais, mas isso não importava. Ela não precisava da ajuda da mãe, aprendera a fazer tudo sozinha.

— Van?

A porta da frente se abriu com um clique, e Van colocou a tampa na caixa e a pôs de volta no esconderijo do armário rapidamente.

— Aqui, mãe. — Ela se levantou e espanou a poeira da calça jeans, indo até a porta do quarto. — Está tudo bem?

— Na verdade, não. — A mãe suspirou. — Vou pra cama. Você recebeu o seu salário?

— Aham. — Ela tirou cinco notas do bolso. — Aqui.

A mãe assentiu, depois se inclinou para a frente e bagunçou o cabelo de Van.

— Você é uma boa garota, sabia?

Surpresa pela demonstração atípica de afeto, Van piscou. Por um instante, ela se sentiu mal, pensando no dinheiro da faculdade. Sabia que ia ajudar, mas não conseguia abrir mão dele. Não quando ela sabia que a mãe gastaria tudo em bebida e diversão.

— Obrigada, mãe — disse ela, pressionando os lábios. — Boa noite.

— Boa noite, querida. Durma bem.

Van fechou a porta de novo e se jogou na cama, rindo de como o colchão afundava no meio. Mais alguns meses e ela poderia deixar aquele lugar — *e a mãe* — para trás definitivamente.

Era estranho como aquele pensamento a fez se sentir mais que um pouquinho nauseada naquele momento.

24

— Ei, Tanner! — chamou Johnny Fairfax enquanto atravessava correndo a praça verdejante da cidade. As flores brotavam nos canteiros, uma piscina de cores na base de cada carvalho. — Espere um minuto. Quero falar com você.

Tanner olhou para o relógio de pulso. Ele ia se encontrar com Van no drive-in.

— Está tudo bem? — perguntou ele.

— Tudo ótimo. — Havia marcas escuras de suor nas axilas de Johnny. — Passei de carro pelo seu terreno ontem. Está ficando pronto. Ouvi dizer por aí que você já marcou a data de inauguração. Vai ser 5 de julho, certo?

— Isso. — Tanner assentiu.

— Quando vocês vão mandar os convites? — perguntou Johnny, com um sorriso esperançoso no rosto. — Eu sei que a sra. Fairfax espera encontrar um na nossa caixa de correio.

— Devemos mandar essa semana. E vocês serão convidados, claro. Todo mundo na cidade vai ser convidado. — Tanner deu um sorrisinho.

— E como está indo a jovem Savannah? Tenho que dizer que fiquei surpreso quando falaram que você ia empregá-la pra administrar o drive-in.

— Johnny baixou a voz. — A mãe dela roubou muito dinheiro de mim. Acho louvável você confiar sua empresa a ela.

— Ela está se saindo muito bem. — Tanner respirou fundo e olhou de novo para o relógio, dessa vez com mais ênfase. — Preciso ir. Tenha um bom dia.

— Espere! — Johnny segurou o braço dele, e Tanner fez o possível para não estremecer. — Fique de olho nela. Só isso. Aceite meu conselho. Há umas famílias por aqui que roubariam o casaco das suas costas, se você deixasse. Eu sempre verifico o trabalho dos meus funcionários. Até da Regan, e ela é tão burra que não conseguiria roubar nem se tentasse.

Meu Deus, que homem detestável.

— Eu confio na Van de olhos fechados — disse Tanner, se livrando da mão dele.

— Espere! Você viu aquela casa que a Regan mandou por e-mail? Há outros interessados.

— Estou pensando — respondeu Tanner.

E, sem se despedir, saiu andando, passou pelo coreto e pelos bancos, e chegou ao local onde seu carro estava estacionado, do outro lado da praça. Ele abriu a porta com um puxão e se sentou pesadamente no banco do motorista, soltando um suspiro.

Era com isso que Van lidava todo dia? Palavras furtivas e julgamentos incisivos? Pessoas a comparando com a mãe? Não admirava ela querer ser discreta.

Ele odiava que as pessoas não a vissem como ele a via.

Ele deu partida no motor, saiu da vaga para a rua e direcionou o carro para o drive-in. E, conforme a cidade desaparecia atrás dele, Tanner sentiu os músculos relaxarem e a respiração se acalmar.

Cada volta das rodas o levava para mais perto dela e, embora tivessem se passado apenas algumas horas desde que tinha fugido do quarto dela, mal podia esperar para vê-la de novo.

Ela valia cem deles — dos críticos e haters.

Ela era tudo.

E, agora que ele a tinha, não planejava soltá-la.

— Ei — uma voz suave a trouxe de volta do sonho, fazendo Van piscar enquanto se sentava na cama. — Você dormiu.

Tanner estava andando pelo quarto dela, e a cortina ainda estava balançando depois que ele entrou pela janela. Ela estendeu os braços e sorriu para ele.

— Que horas são?

— São só onze horas. Já estou te cansando?

Ele tirou os sapatos, depois a camiseta e a calça jeans. Ela levantou as cobertas e ele entrou embaixo, só de cueca.

— Acordei cedo, hoje — lembrou ela. — Graças ao seu alarme.

— É, a tia Gina está ficando desconfiada. E não aguento os sorrisinhos da Becca toda vez que ela me olha. Preciso chegar em casa antes que algum deles acorde.

Ele a puxou para si, depois rolou no colchão, ficando na posição habitual de conchinha. Os braços dele eram quentes, os bíceps, rígidos nas laterais dela. Van inclinou a cabeça para trás e sentiu o cheiro dele.

— E não parece nem um pouco suspeito quando você entra em casa às seis da manhã? Tenho certeza de que você está enganando todo mundo.

— É você que insiste pra eu ir embora antes que a cidade acorde — observou ele. Van sentiu o sorriso dele no cabelo. — E, de qualquer maneira, não vamos ter que fazer isso por muito tempo. Encontrei uma casa pra alugar.

— Encontrou? — Ela virou a cabeça para trás e olhou para ele.

— Aham. — Ele ergueu uma sobrancelha. — Chega de escapadas, chega de bater a cabeça toda vez que eu entro pela droga da sua janela.

— Você devia ter parado de crescer aos catorze anos, aí não teria esse problema.

Ele deu uma risada.

— Acho que vou fazer você entrar pela minha janela. Só pra me divertir e dar umas risadas.

— Quem disse que vou pra sua casa? — perguntou ela, segurando um sorriso. — Talvez eu prefira ficar aqui.

— Eu acho que você vai, sim — respondeu ele, encostando os lábios no ombro dela. — Não consigo dormir sem você.

— Isso é o que toda garota sonha ouvir. Que ela faz o cara de quem gosta dormir.

Ele beijou o pescoço dela.

— Também gosto das coisas que a gente faz acordado.

Deslizando os dedos por baixo da barra da camiseta, Tanner os roçou na lateral dela. Ele estava duro ao encostar em Van, e seu desejo era um reflexo do dela. Ele só precisava tocar nela para ela sentir que estava em chamas.

Até ali, eles tinham feito de tudo, com uma exceção. Aquilo. O que fazia o coração dela disparar e a mente revirar. Aos vinte e oito anos, pensar nisso a fazia se sentir uma adolescente com medo de dar o passo final. Ela ia até o limite, depois recuava, com medo de, ao se soltar, tropeçar.

Até ela encontrar um terreno seguro.

— Aonde você foi? — murmurou Tanner, afastando o cabelo macio do rosto dela. — Eu te perdi por um minuto.

— Estava pensando.

— No quê?

— Sexo.

Ele deu uma risada e ela se virou rapidamente, pondo a mão na boca dele.

— Shh — soltou ela. — A Zoe está do outro lado do corredor.

— Você me surpreendeu — disse ele, acariciando a mão dela com os lábios. — Não estava esperando uma resposta tão direta. — Ela tirou a mão da boca dele, cujos lábios se curvaram imediatamente num sorriso. — Me diga exatamente em que tipo de sexo você estava pensando.

Meu Deus, como ele era lindo. Tinha o tipo de rosto pelo qual os gregos antigos matariam para ter. Nariz forte, maxilar definido, lábios carnudos. Ele não pareceria deslocado num museu. Ela estendeu a mão, traçando o lábio inferior com o dedo, observando seus olhos ficarem sombrios.

— Eu estava me perguntando por que a gente ainda não fez — respondeu ela.

Ele pegou a mão dela, encostando os lábios na palma.

— Quero esperar você estar pronta.

— Como é que você sabe que não estou?

— Porque você fala pra caramba. E, quando estiver pronta, vai me falar. — Ele deu uma piscadela.

— Esse é exatamente o tipo de conversa que deixa uma garota excitada. — Ela revirou os olhos para ele, que beijou sua mão de novo antes de soltá-la para segurar o rosto dela.

— Sério — continuou ele, com a voz baixa. — Se você está preocupada de eu não te querer, pare com isso agora. Eu te quero, Van. Sempre quis. — Ele olhou para o espaço entre eles e sorriu. — Toque em mim, se você não acredita.

— Ah, eu acredito.

— Ótimo. Então eu tenho uma pergunta pra você. — Ele fez uma pausa e emendou: — Na verdade, tenho três.

Ela passou a ponta da língua no lábio seco.

— Pode dizer.

— Primeiro, tudo bem usar camisinha?

— Claro. — Ela concordava. E ficou comovida por ele perguntar. — Qual é a segunda?

— Você pode esperar até eu me mudar pra casa nova? Porque, quando a gente transar, você vai querer fazer muito barulho. E a gente não quer acordar a Zoe.

— Você é muito metido — disse ela, com a voz provocante.

— Estou pensando mais em você. Você sabe fazer barulho quando está se divertindo.

Ela balançou a cabeça, segurando um sorriso.

— Você é um idiota, sabia?

— Aham, mas o *seu* idiota.

— Estou quase com medo da terceira pergunta. — Ela franziu o nariz. — Vou odiar?

— Provavelmente. — Ele abriu um sorriso suave, acariciando o cabelo dela com os dedos. — Mas preciso fazer mesmo assim. — O sorriso desapareceu, e a expressão séria de Tanner fez o peito dela parecer apertado.

— Está bem. — Ela respirou fundo. — Manda bala.

— A gente não devia conversar sobre o que aconteceu na Duke?

Ela ficou tensa. Sem perceber, se afastou dele, e o espaço de ar entre os dois formou uma barreira fria.

— Eu…

— Porque eu acho que a gente devia. É como um enorme elefante no meio da sala e, por mais que a gente o ignore, ele está sempre ali. E eu não quero que ele ali, Van. Não quero esse lembrete do quanto te magoei. Quero que ele vá embora, e o único jeito é conversando sobre o assunto.

Ela fechou os olhos por um instante, lembrando-se daquele dia. Aquele em que Tanner arrancou o coração dela do peito e o jogou no chão. Ela tentou inspirar, mas os pulmões não se expandiam, obrigando o ar a entrar e sair em respirações curtas que não forneciam nenhum oxigênio.

— Respire, Van — pediu Tanner, segurando as mãos dela e puxando-as para si. — Está tudo bem. A gente está no seu quarto. E não vou te magoar de novo.

Ela abriu os olhos, e ele a estava encarando. Tanner estremeceu, como se conseguisse ver a dor nos olhos dela.

— Eu sinto muito por ter te magoado. Penso nisso todos os dias desde então, e isso meio que me matou. Eu te liguei e deixei recados. Mandei e-mails, cartas... — Ele deixou a voz morrer.

— Eu recebi. — A voz dela era grave.

Não tinha sido fácil ignorar tudo isso. Seu coração já partido tinha se partido ainda mais. No fim, ela trocara de número e de e-mail, e tinha mandado a mãe queimar todas as correspondências recebidas depois de se mudar. Só assim ela conseguira suportar.

Uma mudança completa. Esquecer que ele existia.

Embora isso fosse impossível, claro.

— O que eu fiz foi errado. Eu podia dar desculpas falando que estava com raiva de você, que era novo demais pra saber lidar com as minhas emoções. Mas elas são só isso. Desculpas — continuou ele. — E nunca vou parar de pedir desculpas por ter te magoado do pior jeito possível.

Ele parecia atormentado. Seu rosto estava perto do dela, os olhos observando como se tentassem encontrar todas as respostas. Ela se inclinou para a frente, encostando os lábios com delicadeza nos dele.

— Eu te perdoei há muito tempo — sussurrou ela. — Só nunca soube o que fazer com isso.

— Você me perdoou?

Uma sensação de alívio percorreu o corpo dele. Ele não merecia nem uma pitada disso.

Ela assentiu, e a tensão desapareceu do rosto dele.

— Porque entendo se não tiver perdoado.

Ela se aproximou dele, até os seios encostarem na superfície plana do peito de Tanner, as coxas se entrelaçando com as dele.

— Tudo isso foi há muito tempo. Nós éramos crianças. Ingênuos demais pra entender que as coisas nem sempre são como a gente quer. — Ela respirou fundo. — Eu também devo um pedido de desculpas.

— É? — As sobrancelhas dele se juntaram. — Por quê?

— Fui eu que estraguei os planos. Que rompi as promessas. Falei que ia pra Duke com você, e não fui.

Ele engoliu em seco, o pomo de adão subindo e descendo no pescoço.

— É, mas eu sei por que você fez isso. — O sorriso dele estava triste. — Ou, pelo menos, sei agora. Na época eu não sabia.

— É isso que deixa tudo tão triste. Eu não sabia como falar com você e não queria escutar. Eu tinha tanto medo do que todo mundo pensava de mim, quando a única opinião que importava era a sua.

— Eu sempre te achei incrível — sussurrou ele, encostando os lábios na bochecha dela. — E engraçada, e linda, e a mulher mais forte que eu conheço. E toda vez que vejo você sorrir pra mim, me sinto o canalha mais sortudo da cidade. Nem todo mundo tem uma segunda chance.

Ela abriu um sorriso suave e meio enevoado para ele, e ele se aproximou para encostar os lábios nos dela.

— Já terminamos de conversar? — perguntou ela, deslizando os braços ao redor do pescoço dele e aprofundando o beijo.

— Eu terminei — disse ele com a voz grave enquanto se afastava. — Se você tiver acabado.

— Aham. Totalmente.

25

— O que você está fazendo? — perguntou Zoe, apoiada no batente da porta. Van tinha tirado todas as caixas velhas e empoeiradas que estavam mofando no fundo do armário havia anos.

— Mexendo nas minhas velhas caixas de lembranças.

Durante muito tempo ela as tinha ignorado, do mesmo jeito que tentava empurrar para longe as lembranças daquela época. Mas, como era sábado de manhã e ela já tinha conversado com a equipe de construção, parecia um bom momento para tirar as teias de aranha. Livrar-se de tudo o que não lhe dava alegria.

— Posso olhar? — perguntou Zoe, ajoelhando-se ao lado de Van, pegando uma caixa e lançando poeira para todo lado. — Meu Deus, essas coisas são muito velhas. — Ela espirrou, depois franziu o rosto. — Há quanto tempo elas estão aí dentro? Séculos?

— Ei, não precisa falar assim. — Van balançou a cabeça, depois passou uma foto para Zoe. — Aqui sou eu na sua idade. Ou talvez um pouco mais nova.

Zoe olhou para a foto com os olhos arregalados.

— Meu Deus, isso é uma calça boca de sino? E por que a cintura é tão baixa?

— É uma calça bootcut, não uma boca de sino. Eu não nasci nos anos 1970, sabia? E cintura baixa estava na moda.

— Quem é o garoto com você?

— É o Tanner.

— O Tanner Hartson? — Zoe ficou boquiaberta. — Mas ele está mais baixo que você. E a calça dele é pior que a sua.

Van riu.

— Ele foi mais baixo até o sétimo ano. Eu odiei quando ele cresceu e eu não. Parecia que eu estava perdendo uma corrida.

— O que é isso? — perguntou Zoe, apontando para um pedaço de plástico em formato de ovo.

— Um tamagotchi.

— Um o quê?

— É um bichinho de estimação virtual. A gente tinha que ficar alimentando e limpando pra manter o bicho vivo. Na escola, eu escondia o meu no bolso porque, se eu deixasse em casa, ele estaria morto quando eu voltasse. — Ela apertou o botão minúsculo no topo, mas nada aconteceu. — Acho que a bateria morreu.

— E o bichinho também — observou Zoe.

— *Touché.* — Van guardou o tamagotchi na caixa e fechou a tampa. — Na verdade, queria aproveitar que você está aqui, porque queria conversar sobre uma coisa.

— O que foi?

— O Tanner achou uma casa pra alugar. E ele me perguntou se eu gostaria de dormir lá com ele de vez em quando. — As palavras saíam apressadas, como se ela não pudesse esperar para se livrar delas. — Mas isso significaria deixar você aqui com a mamãe. A menos que você queira ir comigo. Ele tem muitos quartos.

Zoe franziu a testa.

— Por que você ia querer dormir com… — As palavras morreram quando ela entendeu. — Ele é seu namorado? — sussurrou ela, com os olhos arregalados.

— Hum, não sei. Mais ou menos. É tudo muito recente, e a gente está voltando a se conhecer. — Ela abriu um sorriso constrangido para Zoe.

Zoe assentiu e desviou o olhar, com o rosto sério enquanto absorvia tudo.

— Você está planejando se mudar pra casa dele pra sempre?

— Não, de jeito nenhum. É cedo demais, e nenhum de nós dois está pronto pra isso. — Van sorriu para ela. — A gente só quer passar um tempo juntos. E não quero que você acorde e se assuste porque não estou aqui. Mas, se você sentir medo, pode me ligar. Meu celular vai estar sempre ligado.

Zoe pressionou os lábios, depois olhou de novo para a foto que estava em sua mão.

— Eu gosto do Tanner — disse ela. — Ele sempre foi legal comigo.

— É, ele é um cara legal.

— Então, por mim, tudo bem se você quiser dormir na casa dele. — A expressão de Zoe era tão séria que fez Van ter vontade de rir.

— Obrigada. Não vai ser o tempo todo. Talvez umas duas vezes por semana.

— A mamãe sabe dele?

Van balançou a cabeça.

— Não, ainda não contei pra ela. Na verdade, não contei pra ninguém. Só pra você.

Zoe sorriu.

— Uau. Então sei todos os seus segredos. Você vai ter que me subornar com chocolate.

— Não é um segredo importante. É só uma coisa que ainda não quero que as pessoas saibam. Vou conversar com a mamãe e contar pra ela. Não quero que você ache que precisa esconder coisas dela. Mas prefiro que você não conte pra mais ninguém, por enquanto. Eu e o Tanner estamos nos acostumando a ficar juntos de novo, e não estou preparada pra cidade toda meter o bedelho.

— Tipo quando aprendi a andar de bicicleta. Não queria que ninguém soubesse, caso eu não conseguisse. — Zoe pressionou os lábios. Ela guardou a fotografia antiga com cuidado na caixa e pegou outra. — Essa sou eu? — perguntou, apontando para uma foto de Van aos dezoito anos segurando um bebê.

— É. No dia que a mamãe trouxe você pra casa. — Van sorriu. — Você era tão miudinha, que eu tinha medo até de tocar em você. Ela acabou me convencendo a te segurar, e foi perfeito. Dá pra ver como estou feliz?

— Eu também pareço feliz.

— É porque você estava cheia de gases. Você arrotava muito.

— Ei! — Zoe fez um biquinho de brincadeira. — Não precisa falar assim.

— É verdade. — Van deu uma piscada. — Venha, vamos terminar de ver as fotos, depois eu vou te levar pra tomar um sorvete. O dia está lindo demais pra ficar muito tempo dentro de casa.

— Você pode me encontrar no drive-in em vinte minutos? — A voz de Tanner ecoou pelo telefone, como se ele estivesse no viva-voz.

Van levantou a cabeça do livro que estava lendo. Zoe estava num jogo no notebook da irmã, e a mãe estava encarando Alex Trebek na TV, com as mãos ao redor de uma caneca de café já frio. Ela tinha tomado banho naquele dia e lavado o cabelo. Estava sem maquiagem e só com uma blusa fofinha e calça jeans, ela parecia jovem e bonita. Isso apertava o coração de Van.

— Claro. Por quê? O que houve?

— Adiantaram a instalação dos equipamentos de audiovisual. Quero dar uma olhada.

Van encontrou o olhar de Zoe.

— Preciso ir até o drive-in — disse ela, cobrindo o bocal. — Vocês vão ficar bem se eu sair por umas horinhas?

Zoe segurou um sorriso e assentiu, sem tirar os olhos da tela do notebook. A mãe desviou o olhar do programa de perguntas e respostas *Jeopardy*.

— Por mim, tudo bem. — Ela levantou o controle remoto e aumentou o volume, encolhendo as pernas no sofá.

Dez minutos depois, Van parou o carro na entrada do drive-in, que ainda não estava pavimentada. Essa seria a última coisa a ficar pronta, quando os veículos pesados não precisassem mais acessar o terreno. A equipe de construção tinha começado a erguer um painel novo, que seria visto da estrada com facilidade. Ela e Tanner tinham pensado muito se iam mudar o nome ou não, mas a nostalgia acabou vencendo.

Cinema Drive-in Chaplin, o primeiro e melhor da Virgínia, estava decorado com lâmpadas no painel de madeira pintado de azul-claro. Depois que a parte elétrica estivesse pronta, elas iluminariam o letreiro do mesmo jeito de quando Savannah trabalhava ali, ainda muito jovem. Olhar para aquele painel fazia seu peito parecer apertado.

— Você vai ficar aí o dia todo?

Ela levantou o olhar e viu Tanner andando em sua direção, de calça jeans e camiseta Henley, o cabelo escuro escondido embaixo de um boné cinza do Boston Bobcats, sem dúvida dado por Cam.

— Eu só estava admirando nossa obra. — Ela sorriu para ele e saltou do carro. — Não acredito que a gente fez tanta coisa em tão pouco tempo.

Ele a puxou para um abraço, encostando os lábios na testa dela.

— Está tudo bem em casa?

Ela sabia o que ele queria dizer. *Sua mãe está sóbria?*

— Está, sim, está tudo bem. Minha mãe e a Zoe estão na sala vendo uma reprise de *Jeopardy*.

— Aqui vai sua pergunta valendo duzentos dólares: qual é o programa mais chato da TV?

— Para com isso. — Ela sorriu para ele. — Só porque você nunca acerta as respostas.

— Não são respostas, são perguntas. — Ele encostou os lábios nos dela, fazendo-a encolher os dedos dos pés de prazer. — E, só pra constar, eu sempre ganhei de você em jogos de perguntas e respostas.

— Porque eu deixava. — Ela retribuiu o beijo, já sem fôlego com o toque dele. — Senão você chorava que nem um bebê.

— Eu não choro.

— Você chorou quando perdeu aquele campeonato de xadrez.

Ele deslizou as mãos pela nuca dela, inclinando sua cabeça para trás. Tanner ergueu uma sobrancelha, a expressão divertida.

— Eu tinha sete anos, Van. E aquele garoto roubou.

— Está tudo bem — disse ela, traçando o lábio inferior dele com o dedo. — Você pode chorar. Só não por coisas tipo jogos de xadrez.

— Contei que estou jogando contra a Becca?

— E como está isso?

— Ela meio que me odeia e quer que eu saia de casa. E isso é bom, porque eu já paguei o depósito pela casa na Rua Oeste hoje. Mal posso esperar pra pegar as chaves e te levar lá.

Van adorava o jeito como Tanner estava olhando para ela. Havia admiração em seus olhos, como se ele mal acreditasse na sorte que tinha por ela estar ali em seus braços. Mas, naquele momento, Van se sentia sortuda. Como se tivesse passado os últimos dez anos em algum tipo de limbo enevoado, sem querer construir as pontes de volta para ele, mas parada do outro lado, encarando, nostálgica, a vida que tinha.

— Eu tenho que me beliscar toda vez que percebo que você é minha — disse ele. — Você era como um fio dançando ao vento. Passei a maior parte da minha vida tentando te capturar com as mãos.

Ela sentiu a boca seca. Toda vez que olhava para ele, a emoção inundava seu corpo. Não só por toda a história deles, mas porque Tanner era tudo que ela fingia não querer.

Um homem que olhava para dentro dela e via seu verdadeiro eu. Que sabia que às vezes ela iria sorrir mesmo que quisesse chorar. Ele tirava as máscaras que ela usava e ainda gostava do que via por baixo.

Tanner sempre tinha sido seu farol. Ela soubera disso no instante em que ele escreveu o nome dela na escola, traçando meticulosamente as três letras, pressionando a língua contra a bochecha para se concentrar. Eles eram crianças. E inocentes. O mundo parecia injusto, mas ainda havia uma lógica. Uma lógica que desaparecera no dia em que ela disse que nunca mais queria falar com ele.

E agora estava lá de volta. Seu sol se levantava e se punha nele. Tanner era o apoio da sua vida na gangorra. Sempre ali, sempre firme. Segurando-a sempre que ela oscilava.

Ele a estava mudando dia a dia. Fazendo-a desejar coisas que ela nunca tinha se permitido sequer considerar. Ela se sentia ousada e medrosa ao mesmo tempo.

— Quando você me olha desse jeito… — A voz de Tanner estava baixa, grave. — Eu sinto tanta esperança, Van.

— Esperança de quê? — sussurrou ela.

— De que você sinta por mim o mesmo que sinto por você.

Ela segurou a mão dele, colocando a palma quente no espaço entre seus seios.

— Você sente tanta dor aqui que se pergunta se seu coração pode estar com algum problema? — perguntou ela, deslizando os dedos entre os dele.

Ele assentiu, sem desgrudar o olhar do dela.

— E, quando me vê — continuou ela, deslizando a mão dele para baixo até sentir seu calor na barriga. — Sente no estômago como se tivesse acabado de sair de uma montanha-russa?

— O tempo todo.

Os lábios dela se curvaram para cima.

— E aqui? — perguntou ela, roçando os dedos dele em seu centro. — Você sente que está em chamas?

Ele segurou a mão dela e a puxou para si. Ela piscou ao perceber o quanto ele estava duro.

— O que você acha? — perguntou ele, com a voz gutural.

— Acho que você está muito apaixonado.

Ele riu.

— Estou, sim. Estou completamente apaixonado por Van Butler. Toda vez que eu te vejo parece que meu mundo vira do avesso. — Ele levantou a mão dela e beijou a ponta dos dedos, o pomo de adão se movendo enquanto ele engolia em seco. — Eu te amei desde o primeiro instante em que nos conhecemos. Talvez até antes. É como se sempre tivesse existido um buraco com formato de Van na minha vida. E ele aumentava a cada ano. Às vezes você o preenchia, mas às vezes você era grande demais para ele. — Tanner sorriu para ela, os olhos exibindo pequenas rugas. — Mas, nesse momento, você se encaixa perfeitamente. — Ele baixou a cabeça até a dela. — Você me faz mais feliz do que eu tenho direito de ser.

A garganta dela parecia arranhada, como se estivesse tentando engolir o choro. O ar entre eles ficou denso, cheio de significado. Ela inspirou uma lufada de ar, o olhar ainda grudado no dele.

— Você também me faz feliz.

Ele a amava, e isso era tudo. Era claro como o sol, eclipsando tudo que tentava competir com ele.

— Fico feliz de ouvir isso. Agora entre no meu carro que eu vou te fazer mais feliz ainda.

Ela riu da mudança brusca na conversa.

— Você está falando de sexo no carro?

— Não, de filmes. — Ele deslizou a mão ao redor da cintura dela, conduzindo-a para trás da bilheteria semiconstruída.

Ela piscou quando viu o que estava ali: um Camaro laranja velho com listras brancas pintadas no capô e ferrugem grudada na lataria como uma amante.

— Isso é o que acho que é? — perguntou Van, sem saber se devia rir. Era exatamente igual ao primeiro carro de Tanner. Ele tinha tanto orgulho daquele carro.

— Eu o vi três dias atrás no estacionamento do mercado. — Ele a levou até a porta do carona, abrindo-a. — Paguei ao garoto que era dono dele três vezes o que valia.

Ela riu, passando o dedo no estofamento de couro rasgado.

— Não acredito que ele ficou esse tempo todo em Hartson's Creek. Quantos garotos você acha que já o dirigiram?

— Desde que o vendi? — Ele deu de ombros. — Acho que pelo menos outros três. Posso verificar.

— Não, não. — Ela balançou a cabeça. — Eu meio que gosto do mistério.

Ele deu um tapinha no volante.

— Ele ainda funciona como um sonho.

— Um sonho ou um pesadelo? — provocou ela.

Ele sorriu e deu partida no motor, e os dois prenderam a respiração no longo segundo entre virar a chave e o motor pegar. Ele pressionou o acelerador e um rosnado alto saiu do capô.

Van se inclinou para a frente para ligar o rádio. Ele estalou e sibilou, mas nenhuma música saiu dali.

— O som ainda está com defeito. E ainda fede igual ao riacho. Mas, meu Deus, como é bom estar nesse carro de novo.

— Aperte o cinto — avisou ele quando o Camaro avançou para a frente, a completa falta de suspensão sacolejando Van enquanto Tanner manobrava pelo gramado recém-cortado em direção ao caminho de cascalho. — Hora do filme.

26

Tanner destrancou o porta-malas do Camaro, puxando a tampa enferrujada até ela finalmente ceder e abrir com um gemido. Ele pegou a caixa que tinha arrumado às pressas antes de sair de casa e a carregou até o banco do motorista, pousando-a no couro rasgado.

— Fique aqui — disse ele a Van, que o observava com um sorriso divertido. — Só preciso começar o filme.

— O que a gente vai ver?

— Espere e verá.

Ele deu uma piscadinha e fechou a porta. Tanner atravessou o estacionamento de cascalho em direção à sala de projeção. Seguindo as orientações que a equipe de audiovisual tinha dado, ligou a tela digital e carregou o filme. Enquanto voltava para o carro, com o boné puxado até as sobrancelhas e as mãos enfiadas nos bolsos da calça jeans, olhou para o Camaro, sentindo uma onda de calor quando viu o cabelo loiro de Van espalhado sobre o banco de couro rasgado.

Ele tinha falado sério em cada palavra que dissera a ela quando a abraçara. Estava apaixonado por ela. E se ela não tivesse correspondido? Bom, ele podia esperar. Afinal, já estava esperando havia dez anos.

Dez anos sem ela e Tanner mal se lembrava de como isso tinha dado certo. Como é que tinha acordado sem ela ser o primeiro pensamento que vinha a sua mente? Como é que tinha dormido sem ela aninhando o corpo quente no dele?

Os créditos de abertura tinham começado. Os logos das produtoras apareciam na tela, um atrás do outro. Tanner tinha estacionado o Camaro na primeira fila, a uns dez metros da tela. À direita ficava o playground que as crianças podiam usar sempre que ficassem entediadas com o que estivesse sendo exibido na noite. À esquerda ficava o quiosque, embora ainda não estivesse pronto. Mas ali estariam os equipamentos mais modernos para fazer pipoca, hambúrgueres, cachorros-quentes e batatas fritas.

Ele abriu a porta do carro, pegou a caixa e entrou.

— É o filme que estou pensando? — perguntou Van quando um grande globo apareceu na tela, com um pequeno satélite orbitando ao redor.

— Quase com certeza.

— *Jerry Maguire*? — Ela olhou para ele, sorrindo. — O que te fez escolher esse filme?

— Ele me lembra do Cam. — Tanner deu de ombros. — E nós vimos quando éramos mais novos, lembra?

— A série de verão do Tom Cruise. Nem te conto quantas pessoas reclamaram naquele ano. — Van suspirou. — Ele é daqueles atores que amam ou odeiam.

— Mas ele fez uns filmes bons.

— Fez, sim.

Ela se aproximou para tirar o boné dele, passando os dedos em seu cabelo. Então se recostou e pôs o boné na própria cabeça, com os cachos dourados escapando por baixo.

Ele olhou para ela e seu estômago deu um nó. Era idiota e infantil, mas ele adorava o fato de ela estar usando uma coisa que era dele. E, claro, a garota dele era incrível.

A garota dele. Era isso que ela era?

Ele encontrou o app do Cinema Drive-in Chaplin no celular, o abriu e o conectou ao alto-falante bluetooth que tinha guardado no porta-luvas. O som foi ligado em perfeita sincronia com a tela.

Tanner teve que pagar pelo desenvolvimento do app, graças ao contrato que tinha assinado quando vendeu a empresa. Ficou irritado por ter que pagar por uma coisa que podia ter feito em menos de um dia, mas tinha concordado com esses termos.

Às vezes era chato ser adulto.

— Ainda existem apenas seis bilhões de pessoas no planeta? — perguntou Van enquanto o monólogo de abertura de Tom soava pelos alto-falantes.

— Agora são mais ou menos sete bilhões e meio — respondeu Tanner. — Esse filme tem quase vinte e cinco anos.

— A gente só tinha três anos. — Ela sorriu. — Ainda não tínhamos nos conhecido.

— Provavelmente já tínhamos, sim, e não sabíamos. Hartson's Creek é tão pequena que a gente deve ter passado um pelo outro no carrinho de bebê.

— Eu saberia — comentou ela, com a voz firme.

Ele abriu uma lata de Coca-Cola e entregou a ela.

— Como?

— Porque, quando olho pra você, meu mundo vira de pernas pro ar. Sempre foi assim. Especialmente quando a gente se encontrou pela primeira vez.

— Quando eu te derrubei? — Ele sorriu.

— É. Daquela vez foi literal.

— Você acha que sempre houve alguma coisa entre a gente? — perguntou ele, inclinando a cabeça para o lado enquanto olhava atentamente para ela. Tom ainda estava falando, embora nenhum dos dois estivesse prestando atenção.

— Você quer dizer alguma coisa *alguma coisa*? — perguntou ela, com os olhos dançantes. — Porque não sei se eu estava pensando em *alguma coisa* quando tinha seis anos. Eu só sabia que minha vida não ia funcionar se você não estivesse nela.

— E os últimos dez anos? — perguntou ele, pensando se ela havia chegado à mesma conclusão que ele. — Funcionaram?

Ela mordeu o lábio inferior, desviando o olhar para a tela. Jerry estava entrando num bar, com o cabelo esticado para trás e um terno caro de corte perfeito.

— Não sei — admitiu ela. — Quer dizer, eu achava que sim. Achava que estava indo bem. Então voltei pra cá e te vi, aí percebi que tudo em que eu acreditava era uma mentira.

— E os homens? — perguntou ele baixinho. — Você deve ter tido alguns.

— Poucos.

O estômago dele se contraiu.

— Mas nada sério.

O aperto no estômago aliviou um pouco.

— Você chegou a morar com alguém? — Ele não sabia se queria ouvir a resposta.

— Não. E você?

Ele balançou a cabeça.

— Também não. Estava ocupado demais pra pensar em relacionamentos.

— Não acredito que você foi um monge durante dez anos.

— Não disse que fui. Eu tinha... necessidades. — Ele se encolheu. — Meu Deus, isso me faz parecer um velho tarado.

— Não tem nada de velho em você — disse ela, aproximando-se para tocar na bochecha dele. — Mas você é meio tarado.

Ele riu e tirou o boné da testa dela, puxando-a até os lábios dos dois se encontrarem. Beijá-la fazia seu coração bater forte. Meu Deus, como ela era perfeita.

— Ai! — Van se encolheu e massageou a lateral do corpo. — Droga de câmbio de marcha.

— Tudo bem?

— Aham, só lembrando por que namorar no carro é desconfortável.

Ele se esticou até o banco traseiro e pegou uma manta, e depois o alto-falante.

— Vamos nos sentar no gramado. Assim a gente vai ter mais espaço.

Ela se juntou a ele na frente do carro, observando enquanto Tanner estendia a manta e depois oferecia a mão a ela. Van ainda segurava a lata de Coca-Cola e tomou um gole, sorrindo para ele enquanto Tom Cruise ia ao hospital visitar o cliente que tinha sofrido uma concussão.

— Quantas concussões o Cam já teve? — perguntou ela a Tanner enquanto a câmera fazia uma panorâmica para mostrar um jogador de futebol americano usando um colar cervical.

— Muitas. Cinco, eu acho.

— Ai. Eu vi a que ele teve contra o Chicago. Pareceu horrível.

— É, na época eu peguei um avião para ir vê-lo. Ele ficou inconsciente por mais de vinte e quatro horas. — Tanner suspirou. — Espero que ele pense em se aposentar logo.

— Ele é novo demais pra isso, não?

— Acho que sim.

— Ele tem planos pra quando parar de jogar? — perguntou Van. — Talvez ele vire um agente, tipo o Jerry Maguire.

— Ha! Aí ele teria que falar com pessoas.

— É engraçado quantas vezes as pessoas o confundiam com o Logan na escola — refletiu Van, sorrindo para ele por sobre a borda da lata. — Na verdade, dava pra ver a diferença assim que eles abriam a boca. O Cam murmurava poucas palavras…

— E o Logan falava sem parar. — Tanner riu. — Acho que eles sempre foram assim. Parecidos com a gente.

— Você quer dizer que você é o falador e eu sou o tipo forte e silencioso? — perguntou Van, arqueando as sobrancelhas.

Uma onda de prazer disparou pelo corpo dele. Tanner a amava desse jeito, toda sarcástica e forte.

— Quero dizer que você nunca para de falar — brincou, sorridente.

— Você está pedindo pra apanhar, Hartson — murmurou ela, suprimindo uma risada com a própria brincadeira.

Ele fingiu se encolher.

— Talvez.

Ela deixou a lata de lado e se ajoelhou, depois se lançou em cima dele, forçando-o a se deitar na manta de lã. Ela montou em Tanner com as coxas uma de cada lado e as mãos segurando seus pulsos, colocando-os acima da cabeça dele.

Tanner ficou duro quase no mesmo instante. Ela se moveu para a frente, roçando nele enquanto ele soltava um suspiro. Então ela o beijou, as mãos ainda prendendo seus pulsos no chão e o corpo dela se retorcendo em cima do dele.

Ele poderia ter se soltado com facilidade. Poderia tê-la virado e roçado o corpo no dela até Van ofegar de prazer. Mas estava curioso para saber o que ela faria em seguida.

— Humm — sussurrou ela, roçando o nariz no dele. — Eu meio que gosto de estar no controle.

— No nosso caso, você está sempre no controle — afirmou Tanner, segurando um gemido enquanto ela se deitava sobre ele, esfregando a virilha contra ele.

— Se estou no controle, posso fazer isso, né? — Ela segurou a camiseta dele, puxando-a para cima até a pele estar exposta ao ar fresco do entardecer. Depois, ela se inclinou e pressionou os lábios na barriga de Tanner, a boca quente na pele dele.

Tanner estava tão duro que doía. Sentindo os lábios dela descendo pelo abdômen e chegando ao couro grosso do cinto. Os dedos dela soltaram suas mãos, depois abriram a calça jeans com habilidade, a mão dela deslizou por dentro da cueca até fechar os dedos ao redor dele.

Lentamente, ela deslizou a mão para cima, e a fricção era muito boa, mas nem perto de ser suficiente. Ele estendeu os quadris na direção dela, que olhou para ele com um sorriso.

— Já está bom de tortura? — perguntou ela.

— Ah, sim.

Sem dizer nenhuma outra palavra, ela deslizou as mãos de novo para dentro da cueca e buscou o que desejava, deslizando os lábios ao redor da cabeça macia. Ele fechou os olhos, Jerry Maguire e seu dinheiro havia muito esquecidos, enquanto se submetia ao prazer que só ela sabia provocar.

O filme estava acabando. Van estava deitada apoiando as costas no peito de Tanner, os braços dele ao seu redor enquanto ele se apoiava na grade do radiador do carro. Os dedos dele traçavam círculos na barriga dela, os lábios encostados no topo da cabeça enquanto os dois viam Jerry entrar na própria casa. Estava cheia de mulheres. Todas o encararam enquanto ele declarava o amor pela esposa.

A voz de Jerry falhou quando ele disse a Dorothy que a vida dele não era completa sem ela, e isso fez Van arquejar.

Tanner a ajeitou suavemente no colo, inclinando-se para a frente até o queixo estar encostado no ombro dela.

— Você está chorando?

— Ainda não. — Ela mordeu o lábio. — Espere só um minutinho. — Jerry disse à esposa que sentia saudade dela, e Van sentiu a garganta se apertar enquanto os olhos ficavam marejados.

— Não chora — pediu Tanner, beijando sua bochecha.

— Não consigo evitar. É tão lindo.

— Você acha que o Tom Cruise fica bonito chorando?

Ela balançou a cabeça.

— Acho que um homem que admite que está perdido sem a mulher é… — Van suspirou. — É tudo.

— Eu fiquei perdido sem você.

Ela fungou.

— Para com isso.

Ele beijou a orelha dela.

— É verdade. Senti uma saudade do caralho de você. Todo dia. Eu conhecia pessoas novas, amigos, e ficava pensando se eles iam preencher o espaço que você deixou. — Ele tirou o cabelo dela do ombro e beijou seu pescoço. — E eles não preenchiam. Nenhum deles.

Ele espalmou os dedos na barriga dela, puxando-a para si.

— Sempre vou te escolher, Van. *Sempre*. E estou muito feliz de você ter voltado pra casa.

Naquele momento, ela estava chorando. Lágrimas quentes escorriam pelas bochechas até o queixo e pingavam no peito dela. Tanner a virou até ela estar em cima dele e segurou o rosto dela.

— Não chora.

— Não consigo evitar. Você também é lindo.

Ele balançou a cabeça.

— Sou só um rascunho perto de uma obra de arte.

— Também senti saudade de você — sussurrou ela. — Muita.

E talvez ela não tivesse percebido quanta até aquele momento. Todas as vitórias que ela queria contar a alguém, mas ele nunca estava lá. Os filmes tristes e as festas felizes, as conquistas no trabalho e as noites em que ela não conseguia dormir. Ele era uma parte dela que se perdera, uma lembrança que nunca foi embora. E agora ele estava ali, num belo tecnicolor.

— Você é meu — sussurrou ela, tanto para si como para ele. Van ficou maravilhada enquanto o tocava, traçando a linha do nariz e o lábio inferior.

— Claro que sou. — Ele baixou o rosto até a curva do pescoço dela, beijando sua pele. — Agora você vai me deixar contar pra todo mundo?

— Eu já contei pra Zoe.

Ele deu uma risadinha no pescoço dela.

— É mesmo?

— É.

— Que bom, porque eu contei para o Logan — disse ele, tímido.

Ela sorriu para ele.

— Acho que a Maddie desconfia da gente. Nós somos péssimos mentirosos, né?

— Não. Algumas coisas são boas demais pra não compartilhar com ninguém. Então, quando é que você vai me deixar desfilar com você pela cidade?

Ela balançou a cabeça.

— Isso não vai acontecer, Hartson. Mas talvez a gente possa começar, sei lá, a ser vistos juntos? Depois da festa de inauguração, talvez. Vamos deixar esse dia passar.

— No dia seguinte à festa. — Ele assentiu com seriedade.

— Isso. A gente pode fazer tipo um brunch. Bem casual.

Ele deslizou as mãos por baixo dela, os dedos apalpando a bunda enquanto ele levava os lábios aos dela.

— Uma coisa que você precisa saber, baby, é que não existe nada casual entre a gente. — Ele a beijou com intensidade. — Estou falando muito sério. Pra não ficar nenhuma dúvida.

Ela se inclinou para a frente para beijá-lo de novo.

— Entendido e correspondido — sussurrou nos lábios macios dele.

Pela primeira vez desde uma eternidade, parecia que a vida estava se encaixando bem. Peça por peça, as coisas estavam melhorando. Zoe estava feliz, a mãe estava sóbria e ela estava apaixonada por Tanner Hartson, o primeiro menino que roubou seu coração.

Talvez fosse possível ter tudo.

27

— Zoe, suas amigas chegaram — chamou Tanner, abrindo a porta do escritório. Assim que ele a viu sentada com Van à mesa novinha que tinham entregado no dia anterior, ele sorriu. — E o quiosque está oficialmente aberto. O filme começa em vinte minutos.

Van estava mostrando o drive-in para Zoe enquanto esperavam as amigas da irmã chegarem para o teste final. E é claro que Zoe estava mais empolgada com o quiosque. A equipe de construção tinha terminado a instalação três dias antes, e aquela era a primeira vez que eles estavam testando tudo para valer.

— Elas chegaram? Ai, caramba.

O rosto de Zoe se iluminou quando ela olhou para Tanner. Van tinha quase certeza de que ele tinha uma fã para o resto da vida.

Ela ainda estava emocionada por Tanner ter sido atencioso de deixar as amigas de Zoe irem ao teste final. No fim de semana anterior, todas elas tinham ido ao show do Maroon 5 sem ela, e Tanner tinha levado Zoe e Van até o estúdio de Gray, onde ele tocou algumas músicas novas e postou uma foto dele e Zoe no Instagram. Na semana seguinte toda, Zoe tinha sido a estrela da escola, ainda mais agora que a turma toda tinha sido convidada para ver o filme *Troll* mais recente com lanches grátis.

— Alguns pais estão por aí — disse Tanner a Van enquanto Zoe saía correndo do escritório e descia a escada de metal. — Falei que ia fazer um passeio pelos bastidores com eles e pegar uns lanches. Achei que as crianças não iam querer que eles atrapalhassem o passeio delas.

Van sorriu para ele.

— Você é muito bom nisso, né?

— No quê?

Ela deslizou os braços ao redor de seu pescoço e pressionou os lábios contra os dele.

— Nessa coisa de quase tio. Você conquistou a Zoe.

Ele retribuiu o beijo, deslizando as mãos pelos quadris dela.

— É, vocês, garotas Butler, me pegaram de jeito. Vivo pra fazer vocês felizes. — Ele desceu os lábios pelo pescoço dela, afastando o cabelo. Ela ofegou um pouco quando a sensação a dominou.

— Van?

Tanner se afastou com uma expressão preocupada no rosto. Van se virou e viu Zoe parada na porta, a luz do sol a iluminando por trás.

Van engoliu em seco.

— Hum... Eu não sabia que você estava aí.

— Óbvio. — Zoe franziu o nariz. — Eu só queria saber se vocês vão ver o filme com a gente. Mas agora espero que não, porque, se vocês fizerem isso na frente dos meus amigos, vou morrer de vergonha.

Ela ouviu Tanner dar uma risadinha baixa atrás dela.

— Não era pra você ter visto isso. — Lançando um olhar de alerta para Tanner, ela ajeitou o cabelo de novo sobre os ombros.

— Não sou mais criança. Sei que vocês dois se beijam. — Ela franziu o nariz. — E fazem outras coisas.

Van ficou boquiaberta.

— Você ainda *é* uma criança — observou ela. — E o que você sabe sobre outras coisas?

— A mãe da Emily Mayburn tem um livro. Todas nós já vimos. — Zoe deu de ombros, como se não fosse nada de mais.

— Que tipo de livro? — perguntou Van, assustada.

— Espero que não seja o tipo de livro que você lia — murmurou Tanner. Van segurou uma risada.

— *O guia das garotas para a vida.* Fala de menstruação e tal. — Zoe olhou por sobre o ombro, como se estivesse com medo de que outras pessoas estivessem ouvindo. — E bebês.

Tanner soltou outra risada. Dessa vez, Van girou para encará-lo, furiosa.

— Ei — disse ele, levantando as mãos. — Foi uma risadinha envergonhada.

— Você não parece envergonhado — observou Van, com os olhos semicerrados. Na verdade, parecia que ele estava curtindo cada minuto.

— Hum, posso ir? — perguntou Zoe. — Quanto tempo falta para o filme começar?

Tanner olhou para o relógio de pulso.

— Quinze minutos.

— Tá bom, estou indo. — Zoe deu uma última olhada para eles. — Vocês podem parar com essa beijação? Pelo menos até os meus amigos irem embora?

Tanner deu um sorriso torto para Van.

— Vou tentar — prometeu ele, olhando de novo para Zoe. — Mas a sua irmã precisa beijar muito. Ela é esse tipo de garota.

Zoe revirou os olhos e correu escada abaixo de novo, e Van soltou um suspiro profundo.

— Por que ela tem que crescer? — perguntou, balançando a cabeça. — Daqui a pouco ela vai menstruar e começar a chorar por causa de garotos.

— Ela não vai chorar por causa de garotos — disse Tanner, aproximando-se e deslizando os braços pela cintura dela. — Dou uma surra neles antes que possam magoá-la.

Van levou as mãos ao peito e fingiu desmaiar.

— Meu herói.

Os lábios dele encontraram o pescoço dela.

— Gosto de pensar que sim. Agora vamos exibir um filme.

Eram quase dez horas quando tudo estava fechado e eles estavam prontos para ir embora. Zoe tinha ido dormir na casa de uma amiga. Van entrou no carro de Tanner e prendeu o cinto de segurança, observando enquanto ele atravessava o gramado depois de trancar o quiosque.

— Deu tudo certo. — Ele sorriu para ela. — Tirando a pipoca queimada.

— E o som desligando na metade. — Van balançou a cabeça.

— Ah, e não se esqueça daquela criança que vomitou depois de comer cachorros-quentes demais. — Tanner franziu o nariz. — Isso é um negócio que prefiro nunca mais ver.

Van sorriu para ele.

— Pelo menos agora a gente sabe o que tem dentro de um cachorro--quente.

— É. Foi o suficiente pra eu desejar nunca mais comer um. — Ele virou a chave na ignição e olhou para ela, com um sorriso tranquilo brincando nos lábios.

— O que foi? — perguntou Van, adorando o modo como ele estava olhando para ela.

— Quer ir pra minha casa? — perguntou ele, com os olhos cheios de mistério. Ela engoliu em seco, ainda adorando o modo como ele estava olhando para ela.

— Você pegou a chave? — perguntou ela, animada.

— Aham. — Ele assentiu. — Achei que você ia querer ser a primeira a passar pela soleira.

— Seria uma honra.

Cinco minutos depois, Tanner parou na entrada da garagem de uma enorme casa vitoriana. Caberiam três casas da mãe dela ali tranquilamente. Era uma casa de dois andares em estilo antigo, com um alpendre que dava a volta na casa toda e uma chaminé de tijolos que se destacava no telhado de ardósia. O tipo de casa com a qual ela sonhara quando era criança.

Porque aquele tipo de casa sempre tinha uma mãe que cuidava de você e um pai que voltava do trabalho toda noite e brincava com você até a hora de dormir. Ou, pelo menos, era isso que acontecia em sua imaginação infantil.

— O Fairfax acha que o dono talvez queira vender depois do fim do contrato de aluguel de seis meses. — Tanner inclinou a cabeça. — Pronta?

Ela já estava a meio caminho de sair do carro. Tanner riu do entusiasmo dela, trancando o carro e seguindo-a pelo caminho de tijolos.

Mesmo no escuro, era tudo lindo. Havia uma árvore no amplo jardim da frente com um velho balanço de corda amarrado nela. Se não estivesse totalmente escuro, Van teria ido se balançar.

— Mais tarde — disse Tanner, como se estivesse lendo sua mente. — Vamos entrar primeiro.

Tanner segurou a mão dela e a guiou para subir os degraus. Havia uma cadeira de balanço antiga num dos lados do alpendre e uma namoradeira de vime com uma mesa de centro no outro. O tipo de lugar para se sentar ao ar livre ao entardecer com um copo de chá gelado vendo o mundo passar.

Tanner destrancou a porta e a abriu, e o ar bolorento escapou pela abertura.

— Está vazia há algum tempo — disse ele. — O Fairfax nem me mostrou a casa logo de cara. Ele achou que não era moderna o suficiente.

Van o seguiu até o interior, seus passos ecoando no hall vazio. A casa se estendia por dois andares, com uma escadaria grandiosa seguindo a curva da parede à direita e espaço suficiente para um piano de cauda embaixo.

— Essa casa tem espaço demais só pra você — murmurou Van quando ele pressionou um interruptor. Um candelabro se acendeu, lançando padrões no piso de cerâmica.

— Espero não ficar sozinho aqui por muito tempo.

Ela sorriu para ele.

— Acho que a sua família vem te visitar.

— E você? — murmurou ele, traçando a clavícula dela com um dedo. — Você vai vir aqui?

— Só se você comprar uns móveis.

— Vou aceitar isso, por enquanto. — Ele deu um selinho nela, provocando um fluxo de eletricidade que percorreu seu corpo. — Vamos, deixe eu te mostrar o restante.

A casa era tudo que ela achou que seria. Cheia de personalidade, desde o piso de taco no andar de cima até o fogão a gás que dominava a cozinha. Mas foi a sala de estar que a deixou sem fôlego. Mesmo sem nenhum móvel, o cômodo era impressionante, com pé-direito alto, sancas lindamente esculpidas e enormes portas de madeira e vidro que davam no jardim dos fundos.

— São quatro hectares no total — disse Tanner. — E há um afluente lá atrás que deságua no riacho. Os vizinhos disseram que um bando de cervos às vezes passa correndo por lá.

— E é tudo seu.

— Por enquanto. — Ele estava olhando para ela com os olhos escuros. O sorriso tinha desaparecido dos lábios, substituído por uma expressão faminta que fez as pernas dela se fecharem. Ele estendeu a mão para traçar seu maxilar com os dedos, inclinando sua cabeça para poder encostar os lábios nos dela. — Espero que seja seu também, em algum momento — murmurou ele com a boca se movendo na dela. Em seguida, Tanner aprofundou o beijo, fazendo os dedos dos pés de Van se encolherem de prazer enquanto ele a puxava para si, os corpos arqueando juntos.

Ela deslizou as mãos pelo cabelo dele, pressionando os dedos pelo couro cabeludo, e ele gemeu baixinho.

Ela nunca ia se cansar de beijá-lo. Era como se ele tivesse ligado um interruptor e a trazido de volta à vida.

As mãos dele deslizaram pela parte de trás da calça jeans de Van, apalpando sua bunda enquanto explorava sua boca. Ela enfiou as mãos dentro da camisa dele, sentindo a pele quente nas palmas, seus dedos seguindo até as reentrâncias do abdômen e depois até o peito.

Ele gemeu de novo. Mais baixo e mais rouco. Isso excitou Van, e o prazer deu um nó em seu estômago enquanto ele movia as mãos até a barra da camisa dela, levantando o tecido.

Ele envolveu os seios dela nas mãos, roçando os polegares nos mamilos. Ela ofegou quando Tanner baixou o sutiã de renda.

Ele tirou a camisa dela, expondo a pele sensível ao ar frio da noite.

— Você é linda — disse Tanner, estendendo a mão para traçar o volume dos seios dela. Em seguida, ele baixou a cabeça, pegando um mamilo entre os lábios, e ela teve que se controlar para não gemer alto.

Van precisou de todo autocontrole que tinha para continuar de pé enquanto ele a beijava e acariciava, indo de um seio para o outro como se não conseguisse se saciar. Sua língua era lenta e sensual, seus lábios eram quentes, pedindo mais, e toda vez que ele sugava a pele dela, Van sentia as pernas enfraquecerem de desejo.

— Posso abrir a sua calça? — perguntou ele.

Ela assentiu. Era loucura ele perguntar. Ele devia saber o que estava fazendo com ela.

Ele abriu o botão de metal, depois, o zíper.

— Quando quiser que eu pare, é só avisar — disse ele com a voz rouca.

Ele ficou de joelhos, puxando a calça dela para baixo, passando pelas coxas e depois pelos joelhos até ela dar um passo para fora da calça jeans.

— Não quero parar. — Sua voz estava firme e segura.

Ele olhou para ela, os olhos brilhando ao se conectarem com os dela.

— Não somos mais crianças, Van — disse ele com a voz densa. — Quero transar com você.

— Eu também.

— Mas, antes disso, você precisa saber de uma coisa. Isso é tudo pra mim. *Você* é tudo pra mim. Não tem como fugir nem se esconder. Depois que você for minha, será sempre minha.

Ela assentiu, sem fôlego. Não só pela maneira como os dedos dele traçavam o cós da calcinha, mas como ele a encarava. Como se pudesse morrer se não a tivesse.

Isso provocou arrepios na coluna dela.

— Espere aqui — disse ele, levantando-se e indo em direção ao hall.

— Aonde você vai? — Ela se sentia vulnerável, quase nua em comparação ao estado totalmente vestido dele.

— Vou pegar a manta no carro. Você não vai se deitar nesse chão empoeirado.

— Você pode ir rápido? — pediu ela, com urgência. Van não queria que ele a deixasse nem por um instante.

Ele riu.

— Vou correr como nunca corri na vida.

Tanner voltou em um minuto, sacudindo a manta e ajudando-a a se deitar. Ele tirou a camiseta e ela o encarou, seus olhos observando o peito esculpido.

Não somos mais crianças. Isso era certo. Naquela época, eles brincavam de ser adultos. As poucas tentativas de sexo tinham sido furtivas e equivocadas, mas, mesmo assim, eram a coisa mais maravilhosa que ela já tinha feito. Só que ali as coisas seriam mais profundas que isso. E mais habilidosas também.

Tanner se inclinou sobre ela, beijando-a calorosamente, abrindo o sutiã e jogando-o para o lado. Os lábios dele desceram por seu pescoço, beijando a clavícula, depois a curva dos seios, os mamilos, a barriga, até que puxou sua calcinha. Ela se apoiou sobre os cotovelos, observando enquanto ele deslizava a calcinha pelas coxas trêmulas, depois, ele se ajoelhou entre elas, abrindo suas pernas para ter mais espaço.

Assim que ele encostou a boca quente e habilidosa ali, ela ofegou. Ele pôs uma das mãos na barriga dela para segurá-la enquanto a chupava e lambia várias vezes. Ela sentiu o prazer se enroscando dentro de si, saltando e fervendo enquanto ele roçava os dentes e deslizava dois dedos para dentro dela para aumentar o prazer.

— Tanner... — O nome saiu como uma arfada. Ela não sabia por quanto tempo conseguiria se segurar.

— Shh...

Ele baixou a cabeça de novo, a língua traçando uma linha lânguida até sua essência ansiosa. Depois ele a chupou, fazendo-a gemer alto e suas coxas ficarem tensas, o corpo todo arqueando quando o prazer explodiu dentro dela.

Seus dedos apertaram a pele macia das coxas de Van, sua boca ainda lambendo e chupando enquanto ela cavalgava na onda de desejo. Enquanto ela se acalmava, aos poucos, ele ia tirando a calça jeans e, depois, a cueca. A respiração ficou presa na garganta enquanto ela analisava as linhas fortes dos músculos nas coxas dele. Tanner tirou uma camisinha do bolso da calça e entregou o pacote prateado a ela.

— Quero que você coloque em mim — disse ele, olhando para a própria dureza grossa.

Ela assentiu, abrindo e jogando a embalagem para o lado. Ela o envolveu com os dedos, adorando a maneira como seu toque o fazia arfar. Movendo a mão para cima e para baixo, ela observou Tanner fechar os olhos e abrir a boca enquanto ofegava no mesmo ritmo do movimento dela.

— A camisinha — pediu ele, a voz soando rouca. — Agora.

Devagar, ela desenrolou a camisinha nele, protegendo-o antes de se deitar de novo na manta. Ele moveu o corpo poderoso sobre o dela, segurando seus ombros enquanto a dureza dele deslizava na sua parte mais desejosa.

— Você fica linda quando goza — disse ele. — Quero ver de novo. Comigo dentro de você. — Ele baixou a cabeça, beijando-a intensamente.

Suas palavras lançaram um novo fluxo de excitação no corpo dela. Van sentiu que ele ia começar a penetrá-la e fechou os olhos.

— Abra os olhos — ordenou ele. — Eu quero te ver.

Ele era irresistível, preenchendo sua alma e seu corpo. Van ofegou quando ele entrou lentamente nela, depois parou para dar tempo para que ela se acostumasse a ele. Tanner começou a se mover, murmurando sobre como aquilo era bom. Van deslizou a mão pelas costas dele até a bunda, os dedos apertando a carne dura para incentivá-lo. Ela já sentia o desejo começar a latejar de novo dentro dela, seu corpo se movendo contra o dele enquanto ele aumentava o ritmo.

— Van... — disse ele, a voz profunda, baixando a cabeça para sugar seu mamilo. — Você é tudo, sabia?

Ela assentiu, preenchida demais por ele para falar. Ele a sugou de novo, e a sensação fez suas coxas se apertarem ao redor dos quadris dele, enquanto o prazer começava a atingi-la mais uma vez.

— Você está perto? — perguntou ele com a voz grave.

— Muito.

— Porra, ainda bem.

Ela riu baixinho, depois ofegou quando notou que ia alcançar o clímax. Dessa vez foi mais lento, mais intenso, seu corpo estremecendo enquanto ele entrava e saía dela. Então ele também estava gozando, com os olhos grudados nos dela. Ela achou que tinha visto estrelas neles quando os dois ofegaram alto.

Tanner levou um minuto para recuperar a respiração o suficiente para sair de dentro dela, amarrando a camisinha e deixando-a de lado. Ele a puxou para seus braços, beijando sua testa enquanto ela se aninhava nele, o prazer ainda aquecendo o corpo enquanto os olhos começavam a se fechar.

— Eu te amo — murmurou ele.

Foi tão baixinho, que ela nem teve certeza se era para ter ouvido. Assim, ela fechou os olhos e deixou a respiração se acalmar, tentando não pensar muito naquelas palavras.

Ele a amava. E isso era lindo. Mas também assustador. Porque ele já tinha amado Van uma vez e olhe só o que tinha acontecido. O amor era um gato fofinho com garras; acariciava e cortava na mesma medida. Ela esperava que as garras ficassem escondidas desta vez, porque ela não tinha ideia do que fazer se elas aparecessem.

Não somos mais crianças. Caramba, Van tinha muita esperança de que isso fosse verdade. Porque ela havia amado Tanner Hartson a vida inteira.

28

— Gente, tenho que ir ao drive-in arrumar tudo pra hoje à noite — gritou Van, saindo do quarto para o corredor.

Quando chegou à cozinha, ela olhou pela janela, verificando pela vigésima vez naquela manhã se o sol ainda estava aparecendo. As nuvens tinham que ficar longe. De jeito nenhum ela queria que a grande festa de inauguração fosse um fracasso.

— Mãe? — chamou ela. — Você e a Zoe precisam chegar lá até as seis, certo? Eu reservei uma vaga pra vocês na frente. — Ela sorriu para Zoe, que estava sentada à mesa da cozinha, levando colheradas de cereal até a boca. — E você vai ter toda a pipoca que conseguir comer.

Zoe retribuiu o sorriso.

— Eu consigo comer muita.

— Eu sei. — Van deu uma piscada para ela. — Mãe? — chamou de novo. — Onde você está?

— No quarto. — respondeu Zoe, inclinando a cabeça na direção do corredor. — Ela saiu há uns dez minutos pra pegar a correspondência e depois desapareceu de novo.

Van voltou para o corredor e bateu à porta do quarto da mãe.

— Mãe, eu tenho que ir. Você ouviu o que eu disse?

Nenhuma resposta. Van suspirou. *Que ela não fique desse jeito. Não hoje, pelo menos.* Ela precisava que tudo fosse perfeito. Não era pedir muito, era?

— Mãe? — chamou ela de novo, tentando manter a impaciência longe da voz.

— Entre. — A voz da mãe estava grave. Rouca.

Van abriu a porta e tentou não se encolher ao ver todas as roupas espalhadas pelo chão.

— Eu só estava dizendo que preciso ir. — Ela olhou para a cama. A mãe estava encolhida, encarando a parede, com papéis nas mãos. — Você está bem? — perguntou Van baixinho.

A mãe rolou de lado. Os olhos estavam vermelhos, o cabelo, bagunçado. Ela mostrou os papéis para Van.

— Ele pediu o divórcio — sussurrou ela. — Acabei de receber isso.

Van pegou os papéis da mão estendida da mãe e passou os olhos neles.

— É uma carta do advogado dele. Ele quer discutir os termos da separação, não um divórcio — disse ela, erguendo o olhar. — Não é tão ruim.

Os lábios da mãe tremeram.

— É o primeiro passo. Um acordo de separação e o divórcio depois de um ano. Ele não vai voltar mesmo.

— Mas isso é bom, não é? — comentou Van, se obrigando a sorrir. — Diz aqui que ele vai te pagar o suficiente pra cobrir o aluguel. E ele não quer os móveis. — Ela virou a página. — Olha só! Ele quer ver a Zoe de quinze em quinze dias. Ela vai ficar feliz com isso.

— Não vou deixar a minha menina com ele e aquela cadela — sibilou Kim. — Eles não vão brincar de família com a minha filha. — Ela balançou a cabeça. — A Zoe nem é filha dele.

O celular de Van zumbiu no bolso. Ela o pegou e viu o nome de Tanner na tela.

— A gente pode conversar sobre isso mais tarde? — perguntou ela. — Depois da festa? Tenho mil coisas pra fazer no drive-in. E você não tem que fazer nada a respeito disso agora.

A mãe não disse nada, só pegou os papéis da mão de Van e se virou de novo para o outro lado.

— Você precisa chegar lá até as seis — disse Van. — Eu reservei uma vaga pra você. É só dar seu nome na cabine e eles vão te orientar. Os outros vão chegar às sete, então não se atrase.

— Tudo bem — sussurrou a mãe.

Van se inclinou para a frente para fazer um carinho nas costas da mãe.

— Vai ficar tudo bem. Nada mudou. Estamos todas bem, não é?

A mãe fungou.

O celular de Van tocou de novo. Dessa vez, ela atendeu.

— Estou a caminho — disse.

— Ótimo, porque já estou com saudade.

A voz de Tanner estava carinhosa. A tensão dela se aplacou imediatamente. Eles iriam passar por aquela noite e, no dia seguinte, tudo seria mais fácil. A mãe, o relacionamento, tudo isso dava para resolver.

Mas, naquele momento, Van tinha que se dedicar a uma festa para quinhentas pessoas. Todo o resto teria que esperar.

— Isso está bom? — perguntou Van, entrando no escritório mais tarde naquele dia.

Tinha passado a maior parte da manhã e da tarde correndo de um lado para o outro para deixar tudo pronto antes de ir ao salão para arrumar o cabelo e pegar o vestido.

Tanner se recostou na cadeira, observando o vestido vermelho sexy que realçava todas as curvas dela. O cabelo estava solto, penteado para fazê-la parecer uma atriz de cinema no estilo antigo, e os lábios carnudos brilhavam com um gloss escarlate. Tanner empurrou a cadeira para trás e foi até ela, a boca seca enquanto a olhava de cima a baixo.

— Você está linda — respondeu ele, estendendo a mão para tocar no rosto dela. — Por que não deixamos essa festa de lado e vamos direto pra minha casa? — Sua voz estava grave. Carente.

Ela sorriu.

— Pra começar, você ainda não tem móveis.

Ele se aproximou para beijar a bochecha dela.

— Eu vou resolver isso — murmurou ele. — Temos um compromisso na loja amanhã. Quero que você me ajude a escolher tudo.

Ele deslizou os lábios até a pele sensível abaixo da orelha dela, onde o maxilar encontra o pescoço. Ela suspirou quando ele a beijou.

— São só umas horinhas — disse ela, com o peito subindo quando ele a beijou de novo. — Não podemos perder a festa. Estou trabalhando nisso há semanas.

Apertando a mão na cintura dela, Tanner deu um sorrisinho torto.

— Acho que consigo esperar. Se você prometer que posso arrancar esse vestido mais tarde.

O olhar dela encontrou o dele.

— Combinado. E agora preciso verificar a banda e o quiosque. — Ela olhou para o relógio de ouro fino no pulso esquerdo dele. — Uma hora antes da hora marcada para os convidados chegarem.

— É melhor eu vestir o terno. — Tanner ergueu uma sobrancelha, esperançoso. — A menos que você tenha mudado de ideia e eu possa continuar de calça jeans.

— Nada feito. O *dress code* é glamour de Hollywood. — Ela olhou para a calça jeans rasgada e para a camisa xadrez dele. — Acho que isso não vai funcionar.

Tinha sido fascinante observá-la organizando o evento daquela noite. Ela havia cuidado de todos os detalhes, trabalhando sem parar com o pessoal do bufê, do entretenimento e os funcionários que eles tinham contratado. Era um lado dela que ele ainda não conhecia, mas gostou do que viu. Muito.

— Eu te amo — disse ele, descendo com beijos até o pescoço.

— Eu… — O celular dela vibrou. — Droga. Esse negócio nunca cala a boca. — Ela sorriu para ele, depois olhou para a tela. — É a minha mãe. Espera. — Com os olhos ainda grudados nos dele, ela atendeu o celular, levando o aparelho ao ouvido. — Oi, mãe, tudo bem? Vocês estão vindo?

Ele aproveitou a distração dela para beijá-la até o ombro, inspirando seu aroma floral. Ele nunca se cansaria dela. Nem se tivesse que beijá-la pelo resto da vida. Ele queria várias vidas. Séculos. Longos dias preenchidos apenas por ela e mais ninguém. Caramba, como ele queria que a festa já tivesse acabado.

— Zoe, se acalme. — Van franziu a testa e ele levantou a cabeça com um olhar questionador. — Que horas ela saiu?

Ele não ouvia as palavras de Zoe. Só um murmúrio baixo enquanto Van segurava o celular no ouvido. Ele se apoiou na mesa, observando-a inspirar fundo, o peito subindo e descendo no vestido magnífico.

— Tudo bem, fique aí. Um de nós vai te buscar. Você já está arrumada? Ótimo. Não se preocupe, ela vai ficar bem.

Ela cobriu o bocal e olhou para Tanner.

— Minha mãe saiu de casa na hora do almoço. E ainda não voltou. A Zoe está em pânico.

— Você acha que ela foi pra um bar? — perguntou Tanner. Van tinha contado a ele sobre os documentos da separação. Era típico de Kim afogar as mágoas quando deveria estar apoiando a filha.

— Provavelmente.

— Vou pedir pra Becca buscar a Zoe — disse Tanner. — E para o Logan ir até o Moonlight ver se ela está lá.

Van assentiu, com os lábios pressionados, depois tirou a mão do bocal do celular.

— Querida? A Becca vai aí te buscar. E a gente vai pedir pra alguém cuidar da mamãe. Tenta não se preocupar, tá? Ela vai ficar bem. — Os olhos de Van encontraram os de Tanner. Ela tentou sorrir para ele, mas parecia uma batalha perdida.

Ele suspirou e começou a ligar para a irmã. Se Kim estragasse a noite de Van, teria que enfrentá-lo.

Van respirou fundo e olhou para a multidão. Mulheres em vestidos elegantes riam com homens usando ternos escuros, movendo a cabeça de maneira desconfortável, pois não estavam acostumados a usar colarinhos engomados e gravatas-borboleta. Os garçons passavam por entre os carros carregando bandejas de champanhe e canapés. Mini cachorros-quentes e caixinhas de papelão com batatas fritas com azeite trufado representavam o tema de cinema e, na frente do palco, a orquestra que ela contratou tocava trilhas sonoras de filmes.

Becca tinha levado Zoe uma hora antes. Quando viu a irmã, Van sentiu a tensão se esvair dela como o ar de um balão. Logan ainda estava procurando a mãe delas — aparentemente, o Moonlight Bar estava vazio —, mas isso não importava. Talvez fosse melhor se ela não estivesse ali.

O burburinho da multidão aumentou, e Van inclinou a cabeça para o lado, observando Gray e Maddie chegar num Cadillac antigo e reluzente.

Gray saltou do carro como uma superestrela, o corpo forte e musculoso envolto num belo terno de lã. Ele abriu a porta do carona e estendeu a mão para Maddie, ajudando-a a se levantar nos saltos. Ela estava linda, com o cabelo escuro preso num coque lateral, a barriguinha de grávida visível sob o vestido de seda champanhe.

— É o Gray Hartson. — Van ouviu alguém dizer. — Você ouviu o último álbum dele? É maravilhoso.

— Eu conheço o Gray, estudei com a irmã dele. Você já viu os irmãos? São tão lindos quanto ele. Eles sabem fazer filhos bonitos naquela família.

— Oi. — Tanner estava sorrindo para ela. Van virou a cabeça para olhar para ele, se sentindo subitamente sem fôlego. — Você está bem?

— Agora estou. — Ela deu um passo à frente e pôs as mãos na lapela dele. — Você está incrível — sussurrou ela, ficando na ponta dos pés para beijá-lo. — Prometa que vai me deixar arrancar isso de você hoje à noite.

Ele riu.

— Prometo — respondeu de um jeito solene. — Acabei de ver a Zoe e as amigas. Elas começaram a gritar quando viram o Gray, aí não aguentei mais.

Van riu.

— São todas apaixonadas por ele.

— Foi a impressão que eu tive. — Ele revirou os olhos.

— Tanner Hartson! — rugiu uma voz profunda.

O estômago de Van deu um nó quando ela viu Johnny Fairfax indo na direção deles, usando um terno antiquado azul-ciano. Nora estava usando um vestido pêssego na altura dos joelhos, o cabelo penteado com perfeição. Van olhou para além deles em busca de Chrissie, soltando um suspiro de alívio quando não a viu.

Ela havia mandado os convites deles a contragosto. Parte dela queria ter enfiado tudo na trituradora, mas isso teria provocado mais fofocas. Ela conseguiria aturar os Fairfax por uma noite.

E talvez ela fosse curtir que eles vissem tudo que ela e Tanner tinham realizado.

— Boa noite, Johnny — disse Tanner, deslizando os braços ao redor dos ombros de Van, como se sentisse que ela estava desconfortável. Ela não se afastou. Não quis. Talvez ela não se importasse com o que os Fairfax pensavam dela.

— Ah, vocês dois estão juntos? — perguntou Nora, olhando de Tanner para Van e de novo para Tanner. — Não sabia, mas acho que faz sentido. — Seus lábios se curvaram para cima enquanto os olhos encontravam os de Van. — Eu estava mesmo pensando por que ele te contratou para administrar o cinema.

Van sentiu os pelos da nuca se arrepiarem.

— Eu contratei a Van porque ela é boa no que faz — retrucou Tanner de um jeito suave. — Como vocês podem ver — e ele apontou com a cabeça para a multidão que os cercava —, eu chamaria isso de sucesso.

O sorriso de Nora se abalou.

— Está tudo lindo — disse ela, franzindo o nariz como se doesse falar isso.

— Está mesmo. Parabéns. — Johnny se aproximou para apertar a mão de Tanner. — Claro que foi tudo ideia minha. — Ele sorriu quando viu as pessoas olhando para eles e tentando escutar. — Eu mostrei os detalhes ao Tanner, sugeri o investimento para ele. — Ele deu uma risadinha. — Talvez você devesse colocar meu nome no cinema. Drive-in Fairfax. Soa bem, não é? — Ele estufou o peito, como um galo arrogante.

— Vou pensar nisso — respondeu Tanner, e seu tom dizia que ele não faria aquilo.

— Van?

Ela se virou e viu Logan e Cam parados ali. Os irmãos de Tanner estavam mais parecidos do que nunca, ambos usando terno escuro sob medida e camisa muito branca, o cabelo penteado para trás para mostrar o belo rosto. Ela mal conseguia diferenciar os dois. Logan era o que usava terno e falava de comida. Cam quase sempre tinha hematomas e cortes, porque jogava futebol americano, e era muito mais casual que o irmão gêmeo.

— Podemos dar uma palavrinha com você? — perguntou Logan. — A sós?

Ela assentiu e os seguiu, lançando um olhar que pedia desculpas a Tanner por deixá-lo nas garras de Johnny Fairfax.

— Você encontrou a minha mãe? — perguntou ela assim que estavam longe do alcance dos ouvidos dos outros.

— Encontrei. Ela estava num bar em Shawsville — respondeu Logan, se referindo à cidade mais próxima. — Ela está bastante bêbada. Não sabia o que você queria que eu fizesse com ela. Ela está dormindo no carro.

— Ela está aqui? — Os olhos de Van se arregalaram.

— Aham. Quer que eu a leve pra casa?

Van suspirou, mordendo os lábios.

— Não, tudo bem. Se você puder ficar com ela até o filme começar, eu a levo pra casa depois.

— Tem certeza?

Ela assentiu.

— Tenho certeza, sim. — Ela estendeu o braço até o dele, apoiando as mãos no pulso. — E obrigada por ter ido procurá-la. Agradeço muito.

— Às ordens. Você é uma das nossas. — Ele abriu um sorriso suave para ela. — Família cuida da família.

Lágrimas surgiram de maneira inesperada nos olhos dela. Havia algo tão meigo nos Hartson. Todos eles enchiam seu coração.

— Obrigada — sussurrou ela, com a voz grave. — Agradeço muito mesmo.

Ela havia passado a vida inteira fingindo que família não importava. Mas agora parecia tudo. Tanner e Zoe, os irmãos e a irmã dele, tia Gina e até o pai de Tanner: eles eram tudo para ela. O relacionamento disfuncional com a mãe parecia mais suportável. Talvez as coisas estivessem melhorando, no fim das contas.

Ela plantou um sorriso nos lábios de novo e foi até onde Tanner ainda estava preso com Johnny e Nora.

— A Chrissie não pôde vir — disse Nora, toda cheia de sorrisos meigos para ele. — Mas talvez você possa mostrar o drive-in pra ela em algum momento. Ela amava esse lugar quando era mais nova. Disse que tem muitas lembranças felizes daqui.

Van estendeu a mão para o braço de Tanner, os dedos se fechando ao redor do bíceps coberto de lã.

— Sinto muito, mas vou ter que roubá-lo de vocês. Vamos começar os discursos e o filme em alguns minutos — disse ela, se obrigando a manter o sorriso nos lábios enquanto olhava para os Fairfax.

— Claro. Podemos conversar mais tarde, Tanner — disse Johnny, se aproximando. — Tenho umas oportunidades de negócio que gostaria de discutir com você.

— Vou estar ocupado demais hoje à noite — disse Tanner. — Mas talvez em outro momento.

Johnny ficou radiante.

— Te ligo semana que vem.

Van soltou uma lufada de ar, sentindo-se aliviada quando eles se viraram para ir embora. Mas então ouviu uma voz. E a reconheceu. E a voz disparou um arrepio pela coluna de Van.

— Querida! Me desculpa pelo atraso.

Ela se virou e viu a mãe indo em sua direção usando um top branco e calça jeans apertada. Os pés estavam descalços, a sola preta de terra ao se aproximar deles. Van engoliu em seco, lançando um olhar para Tanner, que a encarava com olhos arregalados.

— Mãe? Você devia ter esperado no carro. — Van estendeu a mão para ela, mas Kim conseguiu desviar.

— E perder a festa? Ah, não. — A voz de Kim estava arrastada. Ela olhou para Johnny e a esposa. — Nora, que adorável te ver. Você está linda, como sempre.

Nora não disse nada, encarando a mãe de Van com os lábios curvados de repulsa.

— Você não vai dizer que estou bonita, Nora?

— Vamos — disse Johnny, com a voz cheia de humor falso. — Estávamos indo pegar champanhe.

— Que ótimo — disse Kim. — Você se lembra de quando comprava champanhe pra mim? — perguntou ela, com os olhos turvos ao encará-lo. — Nós bebíamos pelados, lembra? Você derramava nos meus peitos e…

— Nós vamos embora — disse Johnny, pegando o braço de Nora. — Vamos.

— O que foi, Johnny? Está com vergonha de mim? — gritou Kim. — Não me lembro de você sentir vergonha quando estava na minha cama.

Van fechou bem os olhos. Por favor, cale a boca. Quando voltou a abri-los, Logan estava correndo na direção deles. Ou, pelo menos, achava que era Logan.

— Quando voltei para o carro, ela tinha sumido — explicou ele, sem fôlego. — Fui atrás dela em toda parte.

— Você ouviu isso? — perguntou a mãe de Van. — Os novinhos ainda estão atrás de mim. — Ela deu uma risadinha. — Eu ainda mando bem.

— Você nunca mandou bem — disse Nora, hostil. — Você é só uma vagabunda imunda.

Kim deu um passo à frente, seu sorriso se desmanchando quando ela se inclinou para o lado. No último instante, estendeu a mão e se apoiou no ombro de Nora.

— Era isso que o seu marido dizia — sussurrou ela. — Antes de me arrastar pra cama.

— Mãe! Você tem que ir embora. Agora!

Van estendeu a mão para ela. Kim virou a cabeça de repente, com a expressão cheia de raiva enquanto dava um tapa para afastar a mão da filha.

— O que foi? — perguntou ela. — Não quer que eu fale mal do seu papai?

Van congelou. Parecia que o mundo todo tinha congelado. As palavras da mãe gotejavam no ouvido dela letra por letra.

Seu papai.

Ela sentiu um aperto no peito enquanto olhava da mãe para Johnny e depois novamente para a mãe, esperando que eles começassem a rir.

Depois seu olhar encontrou o de Nora. Ela parecia tão chocada quanto Van. Ao lado, ela ouviu Tanner murmurar algo para Logan, mas o som do sangue correndo nos ouvidos era alto demais para ela entender.

— O quê? — perguntou Kim. — Por que está todo mundo me olhando?

— É melhor a gente ir embora — murmurou Johnny, pegando o braço de Nora. — Agora. — Ele lançou um olhar para Kim. — Algumas pessoas deviam aprender a beber.

Van engoliu em seco, a pele se aquecendo enquanto percebia que todos a encaravam. Tanner e Logan, Nora e Johnny. Pelo canto do olho, ela viu algumas das senhoras mais velhas do Evento das Cadeiras observando com atenção e sussurrando rapidamente umas com as outras.

Ela começou a tremer, as pernas parecendo fracas enquanto a vergonha a dominava. Johnny Fairfax era seu pai? Seu estômago revirou com o pensamento, empurrando para cima o champanhe que ela havia bebido mais cedo até ela sentir a acidez na garganta.

Ela era filha de Johnny Fairfax, e todo mundo sabia. Todo o seu trabalho árduo não significava nada. Ela ainda era a filha bastarda de Kim. A filha que todos menosprezavam. Sobre quem todos sussurravam quando passava pela rua.

Não importava que o vestido que ela estava usando custasse mais do que a maioria das pessoas gastava em roupas por ano. Não importava que ela havia organizado aquela festa toda. Porque eles nunca a veriam como algo além de lixo, assim como a mãe.

Então ela fez a única coisa que podia.

Saiu correndo.

29

Tanner estendeu a mão, mas por pouco não a alcançou quando Van passou correndo por ele. Ela nem olhou na direção dele. Ele sentiu a boca secar quando a viu chutar os sapatos para correr mais rápido, o cabelo esvoaçando no ar, como se ela fosse uma cinderela arrasada.

— Preciso ir atrás dela — afirmou, com o peito apertado.

— Você precisa começar o filme — retrucou Logan, com a voz baixa. — Há centenas de pessoas aqui, cara. E, se você não der alguma coisa pra elas fazerem, elas vão falar como loucas.

— Isso é culpa sua — sibilou Johnny, apontando para Kim. — Você e seu bocão idiota. Você vai ter que conversar com o meu advogado. Isso é difamação.

— Não é difamação se for verdade — disse Tanner, passando os dedos no cabelo. *Merda*. Ele não tinha ideia do que fazer. Van precisava dele, mas ele não podia ir. Não enquanto aquele show de horrores ainda estivesse acontecendo ao seu redor.

— Você pode levar a Kim de volta para o seu carro? — perguntou ele a Logan. — E, dessa vez, garantir que ela vá pra casa?

Logan assentiu, pressionando os lábios.

— E pode ligar pra Becca? Peça pra ela achar a Zoe pra mim. Não quero que ela ouça essa... porcaria... de outras pessoas. — Ele soltou uma lufada de ar. — Vou começar o filme e depois vou procurar a Van.

— Vou ligar para o Cam e o Gray também. Avisar o que está acontecendo, caso eles ainda não tenham ouvido — disse Logan. — Avise tudo pra gente. E o que a gente puder fazer. — Ele balançou a cabeça. — Sinto muito pela sua grande noite.

— Não dou a mínima pra essa noite. Só quero que a Van fique bem.

— Ela vai ficar — disse Kim, com a voz mais baixa agora. — A Van sempre fica bem.

— Não graças a você — sibilou uma voz.

Tanner olhou para a direita e viu Nora parada ali com os braços cruzados. Ela não estava olhando para Johnny. Ele tinha a sensação de que o homem ia passar por um inferno naquela noite. E ele merecia. Isso tudo era culpa dele.

Dele e de Kim.

— Vocês dois precisam ir embora — disse ele, olhando para Johnny e Nora. — Agora.

Eles ficaram boquiabertos, como se Tanner tivesse pedido para os dois tirarem a roupa e dançarem para a multidão.

— Vocês ouviram — disse Logan. — Vão embora. Ou faço vocês irem.

— Não acredito nisso — sibilou Nora para Johnny. — *Ela*, entre tantas pessoas. — O desprezo escorria das palavras. — Você sabia da Savannah?

— Não existe nenhuma prova de que ela é minha filha — gaguejou Johnny, olhando para Nora de soslaio. Ela lançou adagas para ele com os olhos. — A Kim dormiu com muitos caras. Todo mundo sabe disso.

O fogo estava crescendo dentro de Tanner. Ele estava de saco cheio de todos eles.

— Você não merece que ela seja sua filha — cuspiu ele para Johnny. — Nenhum de vocês sabe, mas ela vale dez de vocês. Estão vendo esse lugar? Ele não estaria aqui sem ela. Essa noite não teria acontecido se ela não estivesse no comando. Ela é incrível e nenhum de vocês percebe isso. — Ele balançou a cabeça. — E quem perde são vocês, não ela. Agora vão embora daqui e não voltem. Vocês dois.

Ele virou as costas para Johnny e Nora, andando a passos largos pelo gramado até o palco, onde a orquestra ainda estava tocando. O maestro levantou dois dedos.

Dois minutos até ele poder fazer o discurso e iniciar o filme. Dois minutos até ele poder sair para encontrar Van e verificar se ela estava bem.

Conforme a música chegava lentamente ao fim, ele não teve a menor dúvida de que aqueles tinham sido os dois minutos mais longos da sua vida.

Os créditos de abertura começaram a rolar. Tanner soltou uma grande lufada de ar. Okay, ninguém estava olhando para a tela, mas naquele momento ele aceitaria isso. E talvez aumentasse um pouco o volume para acabar com as fofocas. Pelo canto do olho, ele viu Nora e Johnny Fairfax andando a passos largos até o carro, Nora abrindo a porta com violência e com o rosto tempestuoso.

Ele não queria ser uma mosca na parede da casa deles nessa noite. Johnny teria sorte se saísse com as bolas intactas.

Com uma última olhada para os convidados que estavam tomando champanhe, totalmente alienados da verdade sobre Van apenas instantes atrás, ele saiu da sala do projetor e foi em direção ao quiosque e ao escritório que ficava em cima.

Quando subiu a escada externa e abriu a porta do escritório, viu que Van estava lá, arrumando os documentos que tinham sido espalhados na mesa.

— Oi. — Ele engoliu em seco. — Fiz os Fairfax irem embora. E o Logan está levando sua mãe pra casa. — Ele deu um meio-sorriso para ela. — E não que algum de nós esteja preocupado com isso, mas o filme está rodando, então pronto.

Ela levantou o olhar. Seus olhos estavam vermelhos. E não encontraram os dele. Era como se ela estivesse olhando através de Tanner.

Um arrepio subiu pelas costas dele.

Ele já tinha visto aquela expressão. Anos atrás. Ele congelou no mesmo lugar, como se uma mão invisível o estivesse impedindo de dar um passo à frente.

— Me desculpe — resmungou ela, se abraçando como se estivesse com frio. — Por estragar a inauguração.

— Nada disso é culpa sua. — Ele conseguiu dar um passo à frente, contornando a mesa, que parecia uma barreira entre os dois. Ele estendeu a mão para ela e Van se encolheu e se afastou, e ele sentiu como se tivesse levado um chute no peito. — Van?

— Claro que é culpa minha — sussurrou ela, um soluço interrompendo as palavras. — Tudo isso é culpa minha. Não sei por que achei que seria diferente. Por que *ela* seria diferente. Fui burra de pensar que dessa vez ia funcionar. Que os Butler não iam chegar e estragar tudo, como sempre.

— Honestamente, você podia culpar os Fairfax também — disse Tanner, mas a piada não teve graça. Van inspirou de maneira irregular e virou a cabeça para o lado, mas ainda sentia as lágrimas escorrendo pelo rosto.

— Não consigo acreditar. — Ela balançou a cabeça. — Johnny Fairfax? Por que ele, entre tantas pessoas...? — Ela fechou os olhos. — Mas terrivelmente faz sentido. — Ela olhou para Tanner. — Você acha que ele sempre soube?

— Ele estava tendo um caso com a sua mãe na época. Acho que pensou que havia uma boa chance de ser seu pai.

— E a Nora. Ela devia saber que *alguma coisa* estava errada. — A percepção tomou o rosto de Van. — É por isso que ela sempre nos odiou.

— Ou isso ou ela só é escrota mesmo.

Os olhos de Van se arregalaram.

— E a Chrissie? — Ela pôs a mão sobre a boca. — Ai, meu Deus, isso quer dizer que somos irmãs. Ou meias-irmãs. Ela sabia?

— Não faço a menor ideia.

Van balançou a cabeça.

— Ela não deve saber. Ela teria usado isso pra me magoar. Ela não teria escondido um segredo desses de mim. Pelo menos ela teria dado uma indireta. — Suas sobrancelhas se juntaram enquanto ela seguia a linha de raciocínio. — Acho que ela aprendeu a ser escrota com a mãe.

Os lábios de Tanner se retorceram.

— Quer que eu te leve pra casa?

Van balançou a cabeça.

— Não sei. Não faço ideia do que fazer agora. — Seus lábios tremeram. — O que você faz quando descobre que seu pai é o cara repugnante que você sempre evitou?

— Não sei.

Ele se aproximou de novo, envolvendo os braços ao redor dela. Mas Van ainda estava se abraçando, e seus cotovelos atingiram o peito dele quando Tanner tentou abraçá-la. Era como envolver uma pedra. Dura e inflexível. Ela não se derreteu nele, não soluçou em seu peito. Só ficou parada ali, rígida como um osso, como se estivesse aturando aquilo tudo por ele.

— Van…

Ela levantou a cabeça, e as bochechas reluziam com as lágrimas.

— Eu nunca devia ter voltado pra casa.

Suas palavras o cortaram como uma faca.

— Como assim?

— Eu estava bem em Richmond. Tinha construído uma vida. Tinha um bom emprego. Era respeitada. — Seu corpo todo tremia. — Mas aqui é como se eu fosse criança de novo e ninguém me permitisse crescer. Eu sempre vou pagar pelos pecados da minha mãe.

Tanner piscou, tentando encontrar as palavras certas. Mas ele também se sentia uma criança. Aquela que ela havia rejeitado. Aquela que fugiu quando a mãe tinha morrido. Como se sua pele estivesse sendo arrancada lentamente, deixando-o esfolado e vulnerável.

— Isso não é verdade — disse ele por fim. — Olhe só pra hoje à noite. Todas essas pessoas estão aqui por você.

— Elas estão aqui por você, não por mim. Seus amigos, sua família. Até as pessoas boas da cidade vieram porque os Hartson são alguém por aqui. E eles apoiam os seus. — Ela soltou uma risada, mas não havia nenhum humor nela. — Imagine a falação no Evento das Cadeiras na semana que vem. Eles sempre disseram que minha mãe era uma mulher da vida, e ela acabou de provar que estavam certos. Vão falar disso por meses. E de mim. — Outro soluço ficou preso em sua garganta. — E sobre a Zoe também.

— E quem se importa com isso? — perguntou ele. — Sério, é só ignorar. A opinião dessas pessoas não significa nada.

— É fácil falar quando você nunca foi julgado assim. — Sua voz estava suave, quase calma, em comparação a poucos minutos antes. — E fico feliz por você nunca ter passado por isso. Muito feliz. Porque você não merece. Nem eu nem minha mãe, nem tudo isso que a gente carrega.

Tanner engoliu em seco enquanto uma sensação estranha o tomava. Como um déjà-vu, só que não era naquela sala.

Tanner estava em outro lugar com Van e a ouviu dizer que não queria mais ficar com ele. Que ele tinha que ir para a Duke viver a vida sem ela. Que o que eles tinham não significava nada.

A lembrança fez a boca dele ficar seca.

Foi então que ele entendeu. Van não precisava abrir a boca para ele saber o que ela ia dizer. Ele conseguia ler cada palavra no seu lindo rosto. Era como assistir a um projétil indo em câmera lenta em direção ao alvo. Ele sabia que seria atingido, mas a espera era uma agonia.

— Não fale — pediu ele, com a voz rouca.

Os olhos dela encontraram os dele, e ele não viu nada ali. Só um vazio que fez o estômago dele revirar.

— Tanner, eu.... — Ela engoliu em seco. — Nós dois sabemos que isso foi um erro.

— Não foi. Não foi, Van. — Ele a abraçou com mais força. Ela parecia tão frágil, quase como se não estivesse ali.

— Eu não consigo fazer isso. Não com você. Todas essas pessoas te apoiam, elas apoiam o drive-in. Se você perder um único cliente por minha causa... eu não vou suportar.

— Olha pra mim — exigiu ele, inclinando o queixo dela para cima até os olhares se encontrarem. — Eu não dou a mínima pra isso aqui. Eu abri o drive-in pra *você*. Tudo é pra você, Van. Tudo isso. A porcaria da minha vida toda.

As lágrimas escorriam pelo rosto dela.

— Então me deixe ir embora. Eu não presto, Tanner. Está no meu sangue. Eu nunca vou conseguir andar pela rua sem as pessoas falarem de mim. Não vou conseguir ir ao Evento das Cadeiras sem ouvir sussurros pra onde eu me virar. E estou acostumada com isso. Eu quase espero que aconteça. Mas não quero isso pra você. Você merece muito mais.

— O que você está dizendo, então? — Ele sentiu o coração acelerar. — Que você está descartando nosso relacionamento para o meu bem? — Ele subiu a voz. — De novo?

— Você ouviu o que a Nora disse. Eu sou um lixo, igual a minha mãe.

Ele teve que se inclinar para a frente para ouvi-la, porque sua voz estava muito fraca. Ele morria só de ouvi-la falar daquele jeito. Mas havia algo mais acontecendo. Era como se a pele dele estivesse se fechando aos poucos, grossa como couro para protegê-lo dela.

Da dor absurda provocada por cada palavra que ela dizia.

Houve uma batida à porta. Os dois se viraram enquanto ela se abria devagar. Becca estava parada ali, se remexendo enquanto seu rosto ficava corado.

— Hum, a Zoe está perguntando pela mãe. O Logan levou a Kim pra casa, então pensei em levar a Zoe. Vou ficar com ela, claro, até você chegar.

— Não, eu vou com ela — disse Van com rigidez, fazendo um sinal com a cabeça para Becca. — Você pode falar pra ela que vou descer em um minutinho?

Becca alternou o olhar entre Van e Tanner.

— Claro. Está tudo bem?

— Tudo ótimo — mentiu Tanner. — Obrigado por cuidar da Zoe.

— Claro. — Ela deu um sorriso breve para os dois, depois fechou a porta e seus passos foram se afastando enquanto ela descia a escada.

— Preciso ir — disse Van, saindo dos braços de Tanner. Ela secou as lágrimas do rosto com o dorso da mão, deixando uma mancha de rímel na pele, depois pegou a bolsa.

— Eu posso ir com você.

— Não. — Ela balançou a cabeça. — Eu estava falando sério. Essa coisa de *nós* não é uma boa ideia.

— Então é isso? — Ele subiu a voz. — Acabou tudo num piscar de olhos.

Ela pressionou os lábios, olhando para o chão.

— É melhor assim. — Sua voz não continha nenhuma emoção.

Um fluxo quente e vermelho de fúria o tomou, revirando seu estômago e queimando seus músculos. Ela ia fazer isso. Estragar tudo de novo. Ele desviou o olhar, tentando engolir a raiva, mas ela subiu mesmo assim.

Van tentou passar por ele, mas Tanner se recusou a se mover, com os olhos semicerrados ao encará-la.

— Você vai embora dizendo que é para o meu bem? Isso é mentira. Não é sobre mim. É sobre *você*. Você tem medo de se destacar. Tem tanto medo do que as pessoas pensam que prefere perder as coisas boas da vida do que se permitir ser analisada. Então, se você quiser ir embora, vai. Mas, só pra você saber, eu nunca vou deixar de te amar. — E esse pensamento quase o destruiu. — Você pode ter medo — continuou ele, com a voz ainda mais alta. — Mas eu não tenho. E não tenho medo de dizer que você está partindo a droga do meu coração agora.

Os dedos dela envolveram a maçaneta, os olhos cheios de lágrimas ao olhar para ele.

— Desculpe. Eu nunca quis te magoar.

Então ela foi embora, e ele estava pronto para desmaiar. Tanner se segurou na mesa, porque teve medo de cair se não se apoiasse.

Ele a tinha perdido dez anos antes e nunca sentira tanta dor quanto aquela. Mas agora era pior, muito pior. Porque, dessa vez, ele não tinha a menor ideia de como eles iriam resolver aquilo.

30

— A mamãe está bem? — sussurrou Zoe.

Van a encontrou esperando com Becca na base da escada do escritório. Assim que a viu, Van a abraçou com força, as pernas ainda tremendo do confronto com Tanner.

— Ela vai ficar bem depois que dormir. Sempre fica.

Zoe olhou para ela preocupada.

— Você acha que tem alguma coisa de errado com ela?

Nada que um mês na reabilitação não resolva. Van suprimiu o pensamento, porque ela sabia que era cruel. Mesmo que tudo parecesse cruel naquele momento, de algum jeito ela precisava manter o controle, por Zoe.

— Ela teve um dia ruim. Com aquela carta que recebeu hoje de manhã e depois encontrou com aquele homem.

— O sr. Fairfax?

— É, ele mesmo. Acho que isso tudo a deixou abalada. Mas ela vai ficar bem, ela tem a gente.

— O sr. Fairfax é mesmo seu pai? — perguntou Zoe enquanto elas andavam até o carro de Becca.

Ela havia se oferecido para levá-las para casa, e Van tinha aceitado, agradecida. Pelo modo como suas mãos tremiam, não tinha certeza se conseguiria segurar o volante do próprio carro. Becca prometera que um deles levaria o carro até ela e jogaria as chaves pela porta de manhã.

Becca destrancou o carro e as deixou entrar. Parecia estranho ouvir quem era seu pai, porque nenhuma delas jamais soube. A ideia de que Johnny podia ser o dela fazia o estômago de Van se revirar.

— Não sei — respondeu Van. — Coloque o cinto.

— Já coloquei. — Zoe respirou fundo. — Ele também é meu pai?

— Não, meu docinho. — Van apertou a mão dela. — Não é, não.

O pai de Zoe era um dos poucos caras com quem a mãe estava saindo no verão em que Van tinha dezoito anos. Por sorte, nenhum deles era Johnny Fairfax. Assim como Van, Zoe simplesmente aceitava o fato de não ter um pai. Van esperava que isso não a abalasse muito.

Van ia se preocupar com isso mais tarde. Depois que descobrisse como arrumar essa bagunça.

Becca se virou para sorrir para as duas.

— Vocês vão chegar em casa rapidinho.

— Obrigada — disse Van sem emitir nenhum som. Ela precisava sair dali. Ir para longe dos julgamentos da multidão e da vibração alta da tela.

E de Tanner. *Ai, meu Deus, Tanner.*

Ela não podia pensar nele. Não se quisesse continuar sã. Ela precisava chegar em casa e ver se a mãe estava bem. Só então ela se permitiria afundar.

Na cama. Sozinha. Sem ele.

Onde ela merecia estar.

A estrada para Hartson's Creek estava vazia. Quase todos os moradores estavam no drive-in, sem dúvida, com apenas um olho na tela enquanto fofocavam sobre a revelação de Kim. Zoe pôs a mão sobre a de Van, apertando com força, e Van apertou em resposta.

Ela se obrigou a sorrir. Zoe não precisava saber de nada disso. Se havia uma coisa de que Van tinha certeza, era que a irmã precisava ser protegida como ela própria nunca fora. Mesmo que só conseguisse fazer isso e mais nada, tudo ficaria bem.

Não ótimo, mas bem. Ela aceitaria isso, por enquanto.

— Chegamos. — Becca estacionou atrás do carro alugado de Logan. — Lar doce lar.

Van olhou para a casa onde tinha crescido. Mas não era dela. Era de Tanner. Que confusão.

Zoe já estava abrindo a porta do lado dela, correndo em direção à entrada da frente. Van a seguiu rapidamente, enquanto Zoe abria a porta com violência e entrava correndo.

— Mãe? — gritou ela.

Van se apressou atrás da irmã, segurando o vestido vermelho nas mãos. A mãe e Logan estavam sentados à mesa da cozinha, Kim bebericando uma caneca fumegante de café enquanto o irmão de Tanner se mexia desconfortavelmente na cadeira. Assim que pôs os olhos em Van, Zoe e Becca, ele se levantou, parecendo um homem que tinha recebido uma folga daquilo tudo.

— Ah, Van — disse a mãe com a voz arrastada. — Desculpa. — Ela pôs a caneca na mesa, a mão tremendo o suficiente para derramar um pouco de líquido quente pela lateral. A cadeira dela raspou no piso de cerâmica quando ela tentou se levantar, cambaleando para a esquerda antes de ir até Van e abraçá-la, jogando quase todo seu peso nos ombros da filha.

Van ficou parada ali, o estômago revirando enquanto tentava decidir o que dizer para a mãe. Não estava tudo bem. Nada daquilo estava. Ela queria se encolher e fingir que nada daquilo tinha acontecido.

— É melhor você ir pra cama — recomendou Van, com a voz grave. — A gente conversa sobre isso de manhã.

— Você me odeia? — A respiração da mãe ficou presa num soluço. — Claro que você me odeia. Eu me odeio. Você nunca deveria saber.

Ela estava consciente da presença de Logan e Becca no cômodo. Eles eram gentis, mais que gentis. Ela sabia disso. Mas o fato de estarem ali era extremamente desconfortável. Mesmo que não a estivessem julgando, ela julgava a si mesma.

— Obrigada por tudo que vocês fizeram — disse ela para Logan antes de se virar para Becca. — Vocês podem ir. Eu assumo a partir daqui.

— Eu não me importo de ficar se você precisar de alguma ajuda — disse Becca, animada.

A bondade pura nos seus olhos fez Van querer chorar.

— Tudo bem — disse ela baixinho. — Vamos todas pra cama. E lidaremos com tudo isso de manhã.

Ela estava exausta demais para fazer qualquer outra coisa. O sono parecia uma fuga da terrível realidade da sua vida. Uma fuga da qual ela precisava desesperadamente.

Logan se levantou, massageando a nuca do mesmo jeito que Tanner sempre fazia, e o gesto simples fez o coração de Van doer.

— Avise a gente se precisar de alguma coisa — disse ele. — Ou posso ligar para o Tanner vir pra cá.

— Não — retrucou Van rapidamente. — Está tudo bem.

— Vocês são da família — disse Becca, dando um abraço em Zoe. — A gente cuida dos nossos. Estamos sempre por aqui se precisarem. — Ela beijou a testa de Zoe. — Fique forte, garota.

Zoe assentiu.

Então eles foram embora, fechando a porta ao sair. Van suspirou, mas isso não a relaxou de jeito nenhum.

— Vem — chamou ela, olhando para o rosto choroso da mãe. — Vamos pra cama. A gente conversa de manhã.

— Recebi instruções diretas do Logan pra te levar pra casa — disse Cam enquanto entrava no escritório do drive-in.

Tanner estava andando de um lado para o outro do cômodo desde que Van tinha saído. Ele nem sabia quanto tempo havia se passado desde que tinha ouvido os passos dela na escada. Dez minutos? Vinte? Tudo o que ele sabia era que todos os seus músculos doíam.

Van tinha ido embora. *De novo.* Meu Deus, como ele queria bater em alguma coisa. Ele tirou o cabelo do rosto e olhou para o irmão mais velho.

— Não posso ir. Só depois que todo mundo for embora. — O músculo do maxilar se contraiu. — É a minha festa, lembra?

— O Gray e a Maddie vão garantir que todos saiam no final. Você está estressado demais pra fazer alguma coisa aqui. Vamos.

Tanner foi até a janela no lado mais distante do escritório. Daquele ponto, ele não enxergava a tela, mas via as luzes piscantes do filme refletidas no vidro.

— Me leve pra minha casa — pediu Tanner, com a voz rouca. — Preciso ficar sozinho.

— Nada feito. Recebi instruções claras. Você é grande, mas eu sou maior. Acho que conseguiria te arrastar, se precisasse. — Cam deu de ombros. — Vamos pra casa, tá bom?

Cam ficou em silêncio enquanto os dois voltavam para a casa do pai. Ele se inclinou para a frente e ligou o aparelho de som do carro alugado, aumentando bem o volume para as batidas pesadas preencherem o espaço entre eles. Tanner apoiou a cabeça na janela, o maxilar ainda tenso enquanto iam em direção à saída, passavam pelos campos de milho e chegavam a Hartson's Creek.

Quando pararam na entrada da garagem da casa do pai, Tanner saltou e subiu os degraus, com Cam logo atrás enquanto Logan e Becca esperavam por eles no alpendre.

Cam deu um sorriso torto para ele.

— Desculpe, cara. Parece que você tem um comitê de boas-vindas.

— Vem — disse Logan, enquanto Tanner e Cam chegavam à porta. — Eu abri uma garrafa de uísque.

— Um dos seus? — perguntou Tanner a Becca.

— É, dos bons. Vale uns cem dólares.

Ele apontou para a cozinha.

— Nesse caso, pode servir.

Eles se sentaram à mesa da cozinha, e Logan serviu quatro copos de uísque e os entregou aos irmãos. Ele levantou o copo e o estendeu a Tanner.

— Parabéns pela noite de inauguração — disse ele, depois tomou um gole. Tanner também bebeu, deixando o líquido amargo cobrir a língua antes de queimar o fundo da garganta ao engolir.

— A Van estava bem? — perguntou Tanner quando recolocou o copo vazio sobre a mesa. — E a Zoe?

— A Zoe está bem — respondeu Becca. — E a mãe delas foi dormir pra esquecer. Agora, a Van… — Ela parou de falar e deu de ombros.

— Eu perguntei se ela queria que eu te pedisse pra ligar quando voltasse — disse Logan. — Mas ela falou sério que não. Pela cara dela, acho que aconteceu alguma coisa entre vocês dois.

Outra rejeição. Ele estava colecionando rejeições. Tanner estendeu o copo, e Logan ergueu uma sobrancelha.

— Mais um — disse Tanner. — Depois vou pra cama.

Depois de servido, ele tomou outra golada de uísque, mais rápido desta vez. Suspirando, olhou para os três, o peito contraído enquanto todos os encaravam.

— Acabou.

Cam franziu a testa.

— Acabou o quê?

— Você não ouviu nada hoje à noite? A Van e o Tanner estão num relacionamento. — Becca suspirou. — O que você estava fazendo? Se entupindo de hambúrguer?

— A temporada acabou. — Cam deu de ombros, depois levou o copo aos lábios.

— Quem terminou? — perguntou Logan.

Tanner captou o olhar dele.

— Ela. — Ele suspirou, lembrando as palavras hostis entre os dois.

— Ah, Tanner. — Becca pôs a mão sobre a dele. Ele a puxou delicadamente, fazendo-a piscar.

— Quer conversar sobre isso? — perguntou Logan.

Tanner balançou a cabeça.

— Não. — Ele tinha certeza disso. — Só quero ir pra cama e esquecer que isso tudo aconteceu.

— Você vai ter que falar em algum momento — afirmou o irmão. — Você sabe disso, né?

— Pode ser, mas hoje não. — O pensamento o fez querer urrar.

— Sua cama ainda está arrumada — disse Becca a Tanner. — Os hábitos da tia Gina demoram a sumir.

— Onde ela está?

— Com o Gray e a Maddie. O papai também. — Logan olhou para o relógio. — Eles devem chegar daqui a pouco. O Gray mandou mensagem pra dizer que estavam fechando tudo. Ele e a Maddie vão trazer os dois.

Tanner terminou o segundo uísque e afastou o copo.

— Acho que vou subir antes de eles chegarem.

Ele não ia conseguir encarar a obrigação de se explicar para os outros. Tia Gina ia lhe dar aquele olhar que lembrava a mãe dele. Suave, preocupado e que gerava culpa. E, quanto ao pai, ele nunca tinha uma palavra acolhedora.

Tanner precisava superar aquilo. Esquecer como ela o fazia se sentir. A sensação dela em seus braços. Esquecer que, durante algumas semanas, pareceu que uma luz tinha se acendido de novo dentro da sua alma.

— Boa noite — disse ele. — E obrigado.

Enquanto se dirigia para o corredor, ouviu os irmãos e a irmã conversando baixinho.

— Será que um de nós devia ir com ele? — perguntou Becca, parecendo preocupada. — Talvez ele precise falar.

— Não, deixem ele dormir. — Tanner tinha quase certeza de que era Logan, embora ele e Cam tivessem vozes quase idênticas. — Ele precisa conversar, mas não depois de dois copos de uísque e da noite que teve.

Aquilo era um pouco de compaixão, pelo menos. Enquanto Tanner subia a escada, sentiu uma onda de cansaço tomar seu corpo. Depois de lavar o rosto, escovar os dentes e vestir o short de dormir que tinha deixado numa das gavetas do armário, todos os seus músculos pareciam estar prestes a se romper.

Mas o sono não vinha. Não com facilidade. A cama parecia vazia demais sem ela ao seu lado.

31

— Trouxe café.

Tanner abriu os olhos e piscou. Logan estava parado ao pé da cama com dois copos térmicos nas mãos.

— Que horas são? — resmungou Tanner.

— Pouco depois das seis.

Deixando a cabeça cair no travesseiro, Tanner suspirou.

— Volta aqui quando tiver amanhecido de verdade.

— O sol já saiu e não há nenhuma nuvem no céu. O dia está lindo. — Logan puxou os lençóis, como fazia quando os dois eram crianças e era a vez dele de acordar os irmãos. — Anda logo, se vista. Temos que ir a uns lugares.

Resmungando, Tanner pegou a camiseta e a vestiu. Logan estava usando uma calça escura e uma camisa branca, com o cabelo molhado como se já tivesse tomado banho.

— Por que você está tão animado?

— Não estou animado, estou ocupado. Vou embora hoje à noite e, antes de ir, preciso ter certeza de que você está bem.

— Posso pelo menos escovar os dentes? — perguntou Tanner, embora, no fundo, estivesse comovido com a preocupação do irmão.

— Pode escovar. — Logan sorriu. — Mas vai estragar o sabor do café.

— Vou arriscar — disse Tanner, entrando no banheiro.

Ele fechou a porta e respirou fundo, esfregando os olhos antes de se olhar no espelho. Tinha sido uma noite longa e irrequieta. Toda vez que sentia que estava começando a cair no sono, despertava de repente, com a lembrança do rosto de Van coberto de lágrimas ocupando sua mente, e seu coração disparava como um cavalo puro-sangue até ele tentar voltar a dormir.

Ele precisou de muito autocontrole para não mandar uma mensagem. Ela havia deixado claro que não queria falar com ele, tanto no escritório como para Logan. Ele queria respeitar a vontade dela, apesar de todas as perguntas que disparavam em sua mente.

Por que ela foi embora?

Por que não estava disposta a lutar por ele?

Por que abriria mão de uma coisa tão incrível?

Mas ele sabia a resposta para todas elas. Estava ali o tempo todo.

Porque ele não era bom o suficiente. E isso dava um nó em seu estômago.

Dez minutos depois, Tanner estava sentado ao lado de Logan no carro que ele e Cam tinham alugado no aeroporto. O irmão não tinha mentido sobre o dia: estava lindo mesmo. O céu era de um azul-profundo, e o sol estava dourado como o cabelo de Van. Pelas janelas abertas do carro, ele ouvia os pássaros cantando enquanto Logan virava à esquerda na estrada principal e ia para o campo.

Tanner franziu a testa quando olhou para a frente.

— Por que a gente está vindo aqui?

— Porque eu quero conversar com você. — Logan parou o carro em frente ao portão. — E esse parece um lugar tão bom quanto qualquer outro. — Ele pegou a caneca térmica. Tanner fez o mesmo, e os dois saltaram do carro.

— Está trancado.

Tanner sentiu uma onda de alívio. O cemitério era o último lugar onde queria estar. Só trazia lembranças ruins para ele. De ser obrigado a usar um terno preto. De tia Gina tentando domar seu cabelo rebelde com gel e uma escova. De ver um caixão branco sendo baixado para a terra e se perguntar quem estava chorando alto antes de perceber que era ele mesmo.

— Vamos pular a grade.

Tanner olhou com atenção para o irmão.

— A gente tem quase trinta anos, cara. Meu tempo de pular grades já passou.

— Segura aqui. — Logan lhe entregou a caneca térmica que estava segurando, depois apoiou as mãos no topo da grade de ferro e deu um impulso para pular. Pelas aberturas da grade, Tanner entregou as canecas a ele. — Vamos, é a sua vez.

— Porra, você tá maluco.

— Não xinga no cemitério.

— Não estou no cemitério — observou Tanner. — Estou do lado de fora.

— Bom, eu estou do lado de dentro e ouvi. Então cuidado com o que você fala.

Pousando no lado de dentro com um baque, Tanner pegou seu café de volta e o levou aos lábios. Estava surpreendentemente bom. Não precisou perguntar ao irmão aonde ele queria ir, Tanner sabia muito bem onde ficava o túmulo da mãe. Embora ele quase não conseguisse visitá-lo.

Ele podia contar em uma das mãos a quantidade de vezes que tinha ido ali desde que fora para a faculdade.

— Você vai me dizer por que a gente está aqui? — perguntou ele depois que os dois já estavam há um minuto olhando para o túmulo.

Logan tomou um longo gole do café.

— Porque é aqui que está a carga pesada.

— Carga pesada?

— Onde todos os seus problemas começaram.

— Voltamos para o assunto da terapia? — Tanner suspirou.

Logan balançou a cabeça.

— Voltamos pra dois irmãos conversando sobre o pior momento da vida deles. — Ele inclinou a cabeça para o lado, pensando. — Talvez não o pior pra você, mas quase isso.

— Obrigado pelo lembrete.

— Você não precisa ser lembrado. Nenhum de nós precisa. As lembranças estão sempre lá.

— Verdade. — Tanner assentiu. — Mas tento não mexer nelas.

— E esse é o seu problema. Você reprime tudo e acha que está bem. E, às vezes, você está bem mesmo. Mas varrer todos os seus problemas pra debaixo do tapete é pedir pra dar tudo errado. Você pode passar por ele fingindo que não está vendo, mas o montinho de poeira ainda está lá.

Tanner inspirou fundo.

— Isso é passado.

— Um passado que está atrapalhando a sua vida.

— O que você quer que eu faça a respeito disso? — perguntou Tanner, com o rosto sério. — A mamãe está morta. Nada vai trazê-la de volta. Não importa se eu falar ou não sobre isso. É um fato da vida. Ela se foi.

— Talvez você possa se perdoar por não estar lá quando ela morreu — disse Logan baixinho. — Esse seria um ótimo começo.

O peito de Tanner ficou apertado.

— Eu fui um covarde do caral… caramba. Fugi porque estava com medo.

— Você fugiu porque tinha oito anos e não fazia a menor ideia de como lidar com a mamãe morrendo. Se ela estivesse aqui agora, acho que ela diria exatamente isso.

— Eu não me despedi. — Tanner pressionou os lábios.

— Eu sei, irmão. Mas ela era nossa mãe. Ela sabia que você a amava. Caramba, você foi a sombra dela durante a maior parte dos nossos primeiros cinco anos. Você era quem sempre a fazia rir. Ela sabia, irmão… ela simplesmente sabia.

Ele não ia chorar. Não fazia isso havia anos. Mas a garganta estava apertada de tanta emoção.

— Sinto saudade dela, sabe?

— É. — A voz de Logan era melancólica. — Eu sei. Todos nós tentamos lidar com a dor. Olha pra mim, eu nunca vou parar de trabalhar, porque, se parar, vou começar a pensar em tudo que perdi. E o Cam, por que você acha que ele quer vencer todos os jogos, mesmo indo parar no hospital? E tem o Gray. O modo como ele lidou com a dor foi enfrentando o papai toda vez que um dos dois abria a boca. Todos nós somos uma bagunça, Tanner. Mas o primeiro passo pra cura é admitir que a gente tem um problema. Você passou a vida inteira tentando salvar todo mundo porque não pôde salvar a mamãe.

Tanner piscou.

— Quem foi que tentei salvar?

— A Van. A Zoe. Aqueles caras que trabalhavam com você e estavam desesperados pra receber o dinheiro da venda da empresa. Não vamos nos esquecer de todas as vezes que você se jogou entre o papai e o Gray pra impedir que eles se batessem. Você aparece como um cavaleiro montado num cavalo branco porque é menos assustador do que tentar salvar a si mesmo.

— Você acha que eu tenho medo? — Seus pensamentos se voltaram para a noite anterior. Para Van o acusando de sentir medo. Claro que Logan estava errado. Tanner não tinha medo de nada.

— Sinceramente? — O olhar de Logan encontrou o dele. — Acho que você está apavorado. Com medo de perder a Van do mesmo jeito que perdeu a mamãe.

— Eu já perdi a Van — retrucou Tanner. — Ela foi embora.

Logan pressionou os lábios, e os olhos se enrugaram nos cantos. Seu celular vibrou. Ele o tirou do bolso e destravou a tela.

— É o Gray. Ele quer que a gente vá para um brunch com ele em algumas horas. — Logan olhou para o relógio. — Você está a fim?

— Estou.

Enquanto Logan digitava uma resposta, Tanner se virou para a lápide da mãe e leu a inscrição.

Grace Hartson. Esposa, mãe e irmã amada. Levada cedo demais.

Perdê-la aos oito anos tinha partido seu coração, mas não havia nada que ele pudesse ter feito em relação a isso. Perder Van? Parecia que sua alma tinha sido rasgada. Mas ela não estava morta. Ela nem tinha saído da cidade. Só estava a poucos quilômetros da estrada e, pela primeira vez, isso deu esperança a ele.

— Tchau, mãe — disse ele, as palavras salpicadas de sofrimento.

— Está pronto pra ir? — perguntou Logan.

— Estou pronto, sim.

Um sorriso passou pelos lábios do irmão.

— Isso é bom, porque acabei de ver o zelador chegando. Sugiro que a gente vá antes que ele perceba que invadimos o cemitério.

Tanner riu.

— Se ele nos pegar, vou jogar a culpa em você.

— Por que mudar um hábito de toda a vida? — Logan deu um tapa nas costas dele.

— Eu te amo, irmão. — Tanner retribuiu o tapa com um pouco mais de força.

Logan se encolheu.

— Eu também te amo. Mas, se você me bater assim de novo, vai morrer.

— A Becca vai chegar em vinte minutos — disse Van a Zoe quando a irmã entrou na cozinha onde ela estava sentada à mesa, encarando o jardim dos fundos. — Ela quer te levar pra tomar café da manhã.

Seu carro estava estacionado do lado de fora quando ela acordou naquela manhã, e as chaves estavam na caixa de correspondência, conforme o combinado.

Zoe olhou com cuidado para ela.

— Isso é um código pra dizer que você e a mamãe vão discutir e você não quer que eu esteja aqui quando isso acontecer?

— Mais ou menos — admitiu, balançando a cabeça por ver como a irmã era observadora. Quando Becca tinha mandado uma mensagem naquela manhã, ela havia aceitado a oferta na mesma hora, porque Zoe não precisava ouvir a conversa que Van e a mãe tinham que ter.

Ela queria protegê-la como ninguém a tinha protegido.

— Tá bom então. — Zoe assentiu com um sorriso. — Espero que a gente vá na lanchonete. Eu adoro as panquecas.

— Tenho quase certeza de que sim. É o lugar preferido da Becca.

Zoe mordeu o lábio inferior, depois olhou para Van.

— Você está bem? — perguntou ela.

A pergunta fez o coração de Van se apertar.

— Não sei — admitiu ela. — Mas vou ficar.

— Eu te ouvi chorando ontem à noite.

— É mesmo? Desculpe. Achei que eu não estava fazendo barulho. — Ela odiou que Zoe a tivesse escutado.

— Não precisa pedir desculpa por chorar. Foi por causa da mamãe e do sr. Fairfax? — Zoe deu um tapinha na mão dela. — Ele não é tão ruim assim. Talvez ele seja um bom pai.

— Acho que estou velha demais pra precisar de um pai. — Van deu um meio-sorriso. — E, na verdade, não é por causa dele. É mais pela vergonha disso tudo. Sinto muito por você ter ouvido essas coisas todas. Sinto muito por todo mundo ter ouvido. Você está preocupada de as pessoas falarem de você na escola?

Zoe piscou.

— Por que eu me preocuparia com isso?

Van levou a xícara de café pela metade até os lábios e tomou um gole.

— Porque as pessoas falam coisas horríveis. Quando eu estava na escola, odiava o jeito como todo mundo fofocava sobre a mamãe.

As sobrancelhas de Zoe se juntaram, como se ela estivesse pensando intensamente.

— Mas por que o que as pessoas dizem é importante? O que a mamãe faz não é culpa nossa. Não é culpa sua que o sr. Fairfax seja o seu pai. Então por que você está tão chateada com isso?

A pergunta fez Van parar de repente. Ela levantou a cabeça, pensando na pergunta da irmã. Por que ela estava tão chateada? Só porque as pessoas estavam falando? Em Hartson's Creek, as pessoas *sempre* falavam. Era praticamente o esporte da cidade.

Não era o falatório que a magoava, e sim o julgamento. Saber que as pessoas a menosprezavam por causa das escolhas da mãe. Pessoas como Nora Fairfax e Chrissie. Quando era mais nova, Savannah vestira esse julgamento como um manto pesado. Sim, ela havia tentado arrancar esse manto, ignorá-lo e tinha, até mesmo, brincado com ele nas travessuras que ela e Tanner faziam. Mas ele continuava ali, pesando, lembrando a ela de onde tinha vindo.

— Eu sinto que, se tivesse me esforçado mais, a mamãe não teria feito tantas escolhas ruins. — Seu coração parecia apertado só de falar isso.

As sobrancelhas de Zoe se ergueram.

— Parece que você é a mãe e ela é a filha.

A pureza da resposta das crianças... Van piscou, porque era exatamente isso que parecia. Era assim que o relacionamento das duas sempre foi. Desde que conseguia se lembrar, ela havia assumido a responsabilidade pelo comportamento da mãe. Ela se encolhia de vergonha, odiava o julgamento.

Mas não Zoe. A irmã nunca tinha feito isso.

Sim, ela ligou para Van quando Craig foi embora e a mãe saiu dos trilhos. Mas não porque ela se sentia responsável, e sim porque não sabia o que fazer.

Zoe tinha chorado quando as amigas foram ao show do Maroon 5, mas porque se sentira excluída, não porque achava que elas a estavam julgando.

Suas mãos tremeram quando ela pegou a xícara de café de novo. Tanner estava certo, na noite anterior, quando a acusara de sentir medo. De estar disposta a perder todas as coisas boas que aconteceram com ela, em vez de só deixar as pessoas falarem.

— Você está bem? — perguntou Zoe.

Van piscou, percebendo que não tinha dito nem uma palavra havia mais de um minuto.

Não, ela não estava. A vida toda ela se achou corajosa. Destemida. Nada a abalava. Mas o tremor em seu corpo estava descontrolado. O modo como ela tinha se comportado quando criança era uma máscara. Uma coisa que ela havia usado para esconder o medo e a dor. As mesmas emoções que estavam destruindo seu corpo naquele exato momento.

Van tinha medo. Muito medo de que, se fosse honesta, as pessoas não iam gostar dela. Era mais fácil fingir que não se importava.

— Van? — chamou Zoe.

Van olhou para Zoe com um sorriso tranquilizador no rosto.

— Só estou pensando no que você disse.

— Posso te perguntar uma coisa? — Zoe baixou a voz.

Van assentiu.

— Claro.

— Eu escutei você e o Tanner discutindo ontem à noite. Você está com raiva dele?

Os olhos de Van brilharam com as lágrimas.

— Não, não estou com raiva do Tanner.

Era verdade. Mas estava furiosa consigo mesma. Quando a mãe tinha feito aquele anúncio na noite anterior, ela se fechara, como sempre fazia. Tinha assumido o fardo das escolhas que duas pessoas fizeram antes de ela nascer.

— Que bom, porque eu gosto do Tanner de verdade. Ele é legal. Os irmãos dele também. — Zoe sorriu. — E a Becca. Eu amo a Becca.

— Tenho certeza de que eles adoram você também — murmurou Van, com os pensamentos ainda em Tanner.

Houve uma batida à porta, e Zoe saiu da cozinha em disparada, abrindo a porta da frente com tudo. Becca estava parada ali.

— Estou quase pronta — anunciou Zoe. — Só preciso escovar os dentes.

— Então vai lá. — Becca sorriu, olhando por sobre o ombro de Zoe e sorrindo para Van. — Vou esperar na cozinha. — Zoe correu para o banheiro enquanto Becca entrava na cozinha e sorria para Van. — Oi.

— Obrigada por trazer o carro hoje de manhã — disse Van, dando um abraço nela.

— Não foi nada. O Logan me levou até o drive-in quase de madrugada. Aquele cara precisa aprender a dormir. — Becca fez uma careta. — Mas foi bom caminhar de volta pra casa.

— Quer café? — perguntou Van, segurando um sorriso.

— Não, vou tomar na lanchonete. Como você está?

— Melhor. — Van assentiu. — Posso te perguntar como está o Tanner?

Becca se sentou na cadeira ao lado de Van.

— Não sei. Ele tinha saído quando voltei depois de devolver o seu carro. Mas ontem à noite ele estava péssimo. — Ela se remexeu na cadeira. — Não me sinto muito à vontade falando dele com você. Detesto estar no meio de vocês dois. — Ela suspirou. — Nós ainda somos amigas, né?

O peito de Van se apertou. Claro que não devia envolver Becca nisso. Era injusto com ela e com os dois.

— Claro que somos. E obrigada por ser tão carinhosa com a Zoe. Sei que ela gosta.

— Ela é uma boa menina. Gosto muito dela. — Becca sorriu. — Espero que você tenha um pouco de paz enquanto a gente estiver fora.

— Estou pronta — disse Zoe, entrando correndo na cozinha. — Até penteei o cabelo. Podemos ir?

— Claro. — Becca se levantou e abriu um sorriso para Van. — Te vemos mais tarde.

Van assentiu.

— Obrigada.

Ela levou as duas até a porta da frente, fechando-a com delicadeza, depois se virou para o corredor.

A mãe estava parada ali, totalmente vestida, com o cabelo solto na altura dos ombros enquanto a encarava.

Van voltou para a cozinha e serviu café para as duas.

Tudo indicava que era um dia para conversar.

32

O celular de Tanner apitou quando ele e Logan entraram pela porta da frente da casa de Gray. Ele o tirou no bolso enquanto seguiam o irmão mais velho até a cozinha ampla e moderna, onde as enormes portas de vidro estavam abertas, com o sol do fim da manhã entrando.

Ele olhou para a tela. Só um e-mail descartável. Tanner engoliu a decepção.

— Café? — perguntou Gray.

— Me dê um balde — respondeu Logan. — Esse cara me acordou de madrugada.

— Foi o contrário, idiota. — Tanner ergueu uma sobrancelha, com o olhar ainda grudado na tela do celular. Ficou olhando enquanto ela escurecia aos poucos.

— Dois cafés saindo. O Cam está no celular no jardim dos fundos — disse Gray, enfiando uma cápsula no recipiente da frente da cafeteira cara.

— Onde está a Maddie? — perguntou Tanner, olhando ao redor.

— Ela saiu. — O canto do lábio de Gray se contraiu. — Disse que isso era "assunto de irmãos" e que não queria se envolver. — Ele estendeu o café para Tanner.

— Já fiz o check-in dos nossos voos — disse Cam para Logan ao entrar na cozinha. — Um carro vai pegar a gente no destino. Temos que sair para o aeroporto até as duas da tarde.

— Obrigado, irmão. — Logan fez um sinal com a cabeça. — Te devo uma.

— O que é que a gente vai comer no brunch? — perguntou Cam enquanto puxava um dos bancos ao redor da mesa. — Estou morrendo de fome.

— O chilli está no forno — respondeu Gray, entregando um café para ele e Logan, depois servindo um para si mesmo. — Agora só precisamos tirar a cabeça do Tanner da bunda dele e podemos comer.

— Vocês são obcecados com a minha bunda — resmungou Tanner, balançando a cabeça.

— Sou obcecado em não te deixar cometer um erro gigantesco — disse Gray. — Então, pode ir abrindo o bico. O que está acontecendo com você e a Van Butler?

Tanner suspirou, apoiou os cotovelos na bancada e segurou a cabeça entre as mãos. O simples fato de ouvir o nome dela parecia uma facada no coração.

— Estou apaixonado por ela.

— E por que você está sentado aqui enquanto ela está do outro lado da cidade e nenhum dos dois está falando com o outro? — perguntou Gray, franzindo a sobrancelha.

— Foi uma decisão dela. — Tanner ergueu o olhar, captando o de Gray. — Por algum motivo idiota, ela acha que vou ficar melhor sem ela. Acha que as coisas que a mãe fez são um reflexo ruim dela. — Ele balançou a cabeça. — Não é a primeira vez que ela se afasta de mim falando que é para o meu próprio bem. — O maxilar de Tanner estava tenso. — Ela fez isso há dez anos, antes de eu ir para a Duke.

— Vocês estavam juntos dez anos atrás? — perguntou Cam. — Por que eu nunca soube disso? — Ele olhou para o irmão gêmeo. — Você sabia disso?

— Sabia. — Logan confirmou com a cabeça. — Eu sei de toda a história triste.

— Que história? — perguntou Gray. — Alguém pode me atualizar?

Tanner suspirou e tomou outro gole de café. Não ajudou nem um pouco a melhorar seu humor.

— Eu estava apaixonado por ela dez anos atrás. Nós meio que ficamos juntos no baile de formatura.

— Achava que você tinha ido para o baile com a Chrissie Fairfax — comentou Gray.

— Eu fui. Mas, se você lembrar, nós dividimos o carro com a Van e o acompanhante dela, que era meu amigo, o Brad. Mas ele era um babaca, ele e a Van discutiram e ele foi embora com o carro, então ela ficou sozinha. — Tanner suspirou. — Aí a Chrissie ficou puta comigo porque eu perguntei se a Van podia pegar uma carona pra casa com a gente e o pai dela. — Tanner balançou a cabeça. — E, no fim, a Van e eu ficamos sozinhos e… bom… o resto é história.

Gray riu.

— Ah, o drama do baile de formatura do ensino médio. E o que aconteceu depois?

Tanner soltou uma lufada de ar.

— O de sempre. Nós ficamos juntos. Nos beijamos. E nós dois fomos aceitos na Duke. A gente tinha um futuro diante de nós, e nós dois estávamos muito empolgados. Aí, no fim do verão, do nada, ela disse que queria terminar e que não ia mais para a Duke.

— Mas por que ela terminou com você? — perguntou Gray.

— Ela disse que tinha pensado no assunto e não queria começar a vida já num relacionamento. Não queria cometer os mesmos erros da mãe. Que ela ia ficar em Hartson's Creek e arrumar um emprego, pensar no que ia querer fazer depois.

— Que merda, isso deve ter sido um chute no saco. — Cam suspirou.

— Pode-se dizer que sim. — Tanner engoliu em seco, se lembrando do jeito como tinha implorado para Van mudar de ideia. Mas ela fora inflexível. Não queria falar com ele e se recusava a atender suas ligações. E, quando ele aparecera no drive-in, ela não estava por lá.

Fora como se o luto o tivesse dominado, fazendo seu corpo todo doer. Ele tinha perdido a garota que amava. Pior ainda, tinha perdido a melhor amiga e não tinha a menor ideia do motivo.

— O que aconteceu depois? — perguntou Gray. — Essa não pode ser a história toda. Não faz sentido.

— Porque era mentira. Tudo que ela falou para terminar comigo era mentira. Só descobri a verdade depois. A mãe dela estava grávida, e a Van deu todo o dinheiro que tinha economizado pra faculdade pra ajudar com o bebê, com a Zoe. E ela era orgulhosa demais pra me contar, porque achou que eu ia tentar ajudar ou ficar aqui com ela em vez de ir pra faculdade.

— Você teria feito isso? — perguntou Gray.

— Ah, sim. Claro que eu ia fazer alguma coisa. Eu ia pedir ajuda pra vocês ou ia falar com o papai ou com a tia Gina. Eu teria feito alguma coisa para melhorar a situação dela. Não era responsabilidade dela ficar com a mãe. A Van tinha dezoito anos e era inteligente pra caramba. Ela não precisava abrir mão da própria vida por causa dos erros da mãe.

Gray assentiu devagar.

— Eu teria ajudado.

— Eu sei, cara. Eu sei.

— Você precisa contar o resto pra eles — disse Logan.

— Tem mais? — perguntou Gray.

— Claro que tem mais. — Logan balançou a cabeça. — Por que você acha que os dois não se falaram durante dez anos?

O estômago de Tanner deu um nó.

— Bom, essa é a parte em que eu *realmente* fiz merda. E me arrependi todos os dias da minha vida. Como vocês sabem, eu fui pra Duke e tinha alguns amigos da escola lá comigo. Poucas semanas depois do início do semestre, algumas garotas foram visitar a gente. Eu mandei mensagem pra Van e implorei pra ela ir também. Até me ofereci pra vir até aqui de carro e dar uma carona pra ela. Achei que ela pudesse mudar de ideia. — Ele umedeceu os lábios secos. — Mas ela não respondeu. E, quando as garotas chegaram, percebi que as coisas entre mim e a Van tinham acabado de verdade. Que ela não se importava. Ela não ia, e eu tinha que começar a viver sem ela. E isso era uma merda. Eu amava a Van. Parecia que o meu coração estava sendo arrancado do corpo. Então, quando alguém abriu o primeiro barril de cerveja naquela tarde, eu comecei a beber e não parei mais. A sensação era boa. Como se eu fosse capaz de respirar pela primeira vez depois de semanas.

— Isso nunca é uma boa ideia. — Cam balançou a cabeça.

— É, mas naquele momento parecia. A coisa toda virou uma festa. Estávamos dançando, fazendo jogos com cerveja, nos divertindo. Aí uma garota... — Tanner começou a rir, embora não houvesse nenhum humor na risada. — Caramba, eu nem lembro o nome dela. Ela estava na minha turma de matemática, só me lembro disso. Enfim, ela começou a dançar comigo e aí estávamos nos beijando. — Tanner balançou a cabeça. — Tipo, beijando de verdade. Não lembro qual de nós sugeriu ir para o meu dormitório, mas as coisas ficaram meio quentes. — Ele ergueu uma sobrancelha. — Vocês podem adivinhar o resto.

— Você dormiu com ela? — perguntou Gray.

Tanner inspirou fundo.

— Ela passou a noite lá. Mas, na manhã seguinte, mais ou menos às sete horas, alguém estava esmurrando a porta. No início, achei que era uma das amigas dela pra ver como ela estava, então vesti o short e fui atender a porta. Mas não era uma amiga, era a Van.

— Puts, que merda — disse Cam baixinho.

— Abri um pouco a porta, e a Van começou a despejar as palavras, me dizendo que a mãe estava grávida e que ela tinha cometido um erro. Que ela me amava e sentia muito por ter me magoado e queria que a gente tentasse de novo. — Ele ergueu os olhos para os irmãos. Estavam todos inclinados para a frente, encarando sua boca, esperando as próximas palavras. — E aí a garota apareceu usando só a minha camiseta e ficou muito óbvio o que tinha acontecido.

— O que foi que a Van disse? — perguntou Gray.

— Nada. Ela não disse nada. — Tanner engoliu em seco. — Ela só ficou me olhando, como se estivesse esperando uma explicação. E eu devia ter falado alguma coisa. Qualquer coisa para melhorar a situação. Mas entrei em pânico. Então ela se virou e saiu correndo. — Ele fechou bem os olhos por um instante. — Quando ela correu, eu congelei. Não tentei explicar nem ir atrás dela, e me arrependi disso pelo resto da vida. — Ele nunca se esqueceria do rosto de Van olhando para ele. Nem da única lágrima que escorrera pelo rosto dela. E, embora ele tivesse tentado ligar para falar com ela, Van tinha se recusado a atender.

Há momentos que você lamenta para sempre. Que mudam a sua vida do jeito mais difícil. Aquele foi o momento dele.

E estava acontecendo de novo.

— Caramba, Tanner. — Gray suspirou.

— Eu sei. Eu sei, porra. — Ele apoiou a cabeça nas mãos. — Essa foi a última vez que a gente se falou até ela voltar. Eu a vi na cidade algumas vezes, quando estávamos visitando, mas a gente não se falava. Ela simplesmente continuava andando.

E isso machucava muito todas as vezes. Porque ele sabia o quanto tinha errado e não fazia a menor ideia de como corrigir a situação. Era muito mais fácil fingir que ela não existia.

— Quanto antes vocês começarem a conversar, melhor — murmurou Gray. — Se vocês tivessem feito isso na primeira vez, talvez você não estivesse aqui agora.

— Eles estariam casados e com filhos — comentou Logan. — Certeza.

Tanner balançou a cabeça.

— Vocês não estão ajudando.

— Você quer isso? — perguntou Gray. — Quer se comprometer com ela?

— Quero. — A resposta foi imediata. — Eu quero tanto a Van que chega a doer.

O timer do forno começou a apitar. Gray foi até lá, o desligou e abriu a porta do forno. O aroma profundo de chilli invadiu a cozinha.

— Parece que está pronto. — Ele puxou a panela com um pano e a colocou sobre a bancada. — Você tem que falar com ela — disse Gray, levantando a tampa. — Dizer como está se sentindo. É assustador pra caramba, mas qual é a outra opção? Vocês ficarem sem se falar por mais dez anos?

A ideia foi como um soco no estômago de Tanner. Ele não podia fazer isso. De novo, não.

— Isso não vai acontecer — disse ele, melancólico. — Não vou permitir. — Dessa vez, ele estava pronto para lutar.

— Que bom. — Gray levou umas tigelas para a mesa, depois o pão de alho, chilli e uma salada, pondo tudo no meio da mesa. — Podem se servir.

Gray estava certo em todos os sentidos. Logan também, na verdade. Ele precisava conversar, ficar vulnerável, lutar de verdade pela garota que iluminava seu mundo. Sua garota ensolarada com cabelo dourado. Por muito tempo, ele tinha deixado a lembrança da dor guiá-lo, mas isso tinha que acabar.

Ela era o que ele queria. Sempre tinha sido. Ele estava cansado de lutar contra os sentimentos pela única coisa perfeita da sua vida.

E se ela o rejeitasse? Ele ia continuar tentando até os dois estarem velhos e grisalhos, se fosse necessário.

33

— Sei que você me odeia.

Van olhou para a mãe do outro lado da mesa. Kim parecia menor do que nunca, com os ombros encolhidos e as mãos envolvendo a xícara de café que Van tinha servido para ela.

— Eu não te odeio. — Van suspirou. — Eu só odeio como você se comporta quando bebe. E o fato de você ter mentido pra mim durante anos sobre quem era o meu pai. — Ela baixou o olhar para as mãos. — Por que você não me contou?

— Eu prometi. — A mãe ainda encarava a caneca. — Foi o único jeito de ele não me denunciar.

— Denunciar pelo quê? — Van suspirou. — Você vai ter que começar do início.

— Tem certeza de que você quer saber?

Van assentiu. Não era uma questão de querer. Ela precisava. Era a vida dela. A verdade era importante.

— Tive um caso com o Johnny enquanto trabalhava pra ele. — Kim pressionou os lábios. — Acho que essa parte é óbvia. Não que eu achasse que era um caso. Ele me disse que ia se separar da Nora, que era só uma questão de tempo. Ele me prometeu que ia contar tudo pra ela. E eu tinha vinte anos. Ingênua, sozinha. Acreditei nele. Ele era mais velho, mais experiente e mais rico. — Ela deu uma risadinha. — Ele disse que me amava. Se você tivesse vivido num lar temporário, saberia o quanto eu precisava ouvir essas palavras. Ter alguém que sussurrasse isso pra mim e me abraçasse forte. Pela primeira vez em anos, eu me sentia segura. O suficiente pra contar a ele assim que percebi que estava grávida.

Sua mãe nunca tinha falado da própria infância. E a angústia no rosto dela parecia brutal. Atingiu Van com tudo.

Sua mãe estivera desesperada para ouvir aquelas três palavrinhas. *Eu te amo.* E Van as temia.

Ainda mais vindas do único homem por quem ela sentia tudo.

— O que foi que ele disse? — perguntou Van.

— Disse que eu precisava esperar mais um pouco. Muitas coisas estavam acontecendo. Uma grande negociação que Nora precisava aprovar, uma festa que eles iam dar para os pais dela... Toda vez que eu achava que tínhamos superado um obstáculo, aparecia outro. Levei meses até perceber que nunca haveria um bom momento.

Van não disse nada. Só encarou a mulher que a pariu vinte e oito anos antes.

— Um dia, na igreja, eu ouvi a Nora contar pra todo mundo que *ela* estava grávida. Que *eles* estavam grávidos. Naquele momento, eu soube que o Johnny nunca ia deixá-la. Que eu sempre ficaria esperando por ele. E eu fiquei com raiva, com muita raiva... — Ela pigarreou. — Eu terminei com ele.

— Mas continuou trabalhando pra ele?

— Aham. E ele espalhou uma história sobre um cara que sempre ia me visitar no escritório. Todo mundo supôs que eu tinha engravidado de alguém que não morava na cidade. — Ela pressionou os lábios e balançou a cabeça. — Mas não foi isso que me magoou. Foi ver todas as coisas lindas que a Nora estava comprando para o bebê. Ela me perguntava como eu estava planejando o quarto do bebê, que carrinho eu ia comprar, quem ia organizar meu chá de bebê. E eu senti muito ciúme. A Nora tinha tudo que eu sonhava. Um lar, uma família, um pai para a filha dela.

— E aí você roubou dinheiro do Johnny?

— Eu peguei o que era nosso. — A mãe levantou os olhos, que cintilavam. — Ele não me deu um centavo pra comprar as coisas que eu precisava pra você. Aí eu comecei a tirar dinheiro da conta da empresa pra poder comprar as coisas do seu quarto.

— Você roubou milhares de dólares, mãe. — Foi difícil não demonstrar a raiva na voz.

— Ele me devia. — Kim suspirou. — Eu sabia que nunca mais teria outra chance.

Van abriu a boca para argumentar, mas era inútil. Em vez disso, tomou um gole de café e olhou para a mulher à sua frente.

— O que aconteceu quando ele descobriu?

— Ele ficou com muita raiva. Ameaçou chamar a polícia, disse que eu ia pra prisão e você ia pra adoção. A menos que eu concordasse em sair do emprego e não contar nada sobre a gente.

— E você concordou?

Kim assentiu.

— Eu nunca ia contar mesmo. Não ia dar essa satisfação nem a Nora nem a ele.

— Você devia ter me contado isso anos atrás — disse Van, respirando para afastar a raiva que aumentava dentro dela. — Eu tinha o direito de saber.

— Que o seu pai não te queria? Quando seria um bom momento pra contar, Van? Quando você tinha seis anos e ia espalhar a história pra todo lado? Ou quando você era adolescente e estava tão desesperada pra ter uma família que praticamente adotou os Hartson? Quando é um bom momento pra contar a uma criança que o pai dela mora logo ali, mas não quer conhecê-la? Acredite se quiser, mas eu estava tentando te proteger.

— Você estava se protegendo.

— Era a mesma coisa.

— Não — disse Van, franzindo a testa. — Não era, não.

— Você acha que não sei como você se sente com as fofocas? Ah, querida, eu sei. Eu sempre soube. Já vi você se encolher quando alguém olhava na sua direção e dizia alguma coisa. Você finge que é forte, e talvez seja mesmo, mas, quando é magoada, isso acaba com você.

Van inspirou de um jeito irregular. As palavras da mãe eram perigosamente certeiras.

— Mesmo assim, eu merecia saber.

— Merecia, sim. — Kim cruzou os braços. — E agora você sabe.

— Preferia que você tivesse me contado em particular — afirmou Van de maneira incisiva. — E a Zoe? O pai dela é alguém que estava passando pela cidade, como você sempre disse? — Van precisava ter certeza. Ela não ia deixar Zoe passar por essa dor de jeito nenhum. Não se pudesse evitar.

Kim parecia envergonhada.

— É, o pai da Zoe não é ninguém da cidade. E eu sinto muito por ontem à noite. Eu devia ter contado pra você em particular. Vou parar de beber.

— Claro. — Van revirou os olhos.

— Tenho uma consulta marcada com o médico. Ele acha que pode me indicar para uma clínica de reabilitação em pouco tempo. Ele tem contatos numa instituição de caridade.

Van ergueu o olhar, surpresa.

— Quê?

Kim assentiu.

— Só por umas duas semanas. Mas é um começo, certo?

— Acho que sim. — Van suspirou. — Há outra coisa que você precisa saber.

— O quê? — As sobrancelhas de Kim se juntaram ao olhar para a filha.

— Quando você estava grávida da Zoe e eu te dei aquele dinheiro em vez de usá-lo pra ir pra faculdade, eu senti que estava morrendo. Abri mão de tudo por causa das *suas* decisões ruins.

Kim piscou, surpresa.

— Você me disse que queria que eu ficasse com o dinheiro. Foi isso que você disse.

— Eu menti. E te odiei por isso — sussurrou Van. — E me odiei por ser tão fraca e dar o que tinha economizado pra você. Isso estragou tudo.

— Não… — Kim balançou a cabeça e baixou as sobrancelhas. — Não diga isso.

Van sentiu os olhos arderem com as lágrimas.

— Era pra eu ter ido para a Duke com o Tanner, lembra? A gente começou a namorar. Eu estava apaixonada por ele. Estava tudo planejado. Três anos na faculdade, depois íamos pra Nova York e moraríamos lá por um tempo.

Ela pressionou os lábios, lembrando o dia em que a mãe tinha contado que estava grávida. E todos os sonhos de Van desapareceram como fumaça.

Ela não podia ir embora. Não quando a mãe não tinha emprego nem condições de cuidar de um bebê. Então Van dera a Kim o dinheiro que tinha economizado para a faculdade.

E ela tinha ficado por dois anos. Até Craig entrar em cena e acalmar a mãe, cuidando dela como Kim sempre tinha sonhado. Só então Van se sentiu capaz de ir embora.

— Foi por isso que você terminou com ele? — perguntou Kim.

Uma lágrima idiota escorreu pelo rosto de Van.

— Na primeira vez, foi. Eu terminei porque sabia que o Tanner não ia me deixar pra trás se eu falasse que você estava grávida. Ele também teria ficado, e eu não podia fazer isso com ele. Então eu disse que não o queria mais. Que ele devia ir para a Duke sem mim.

— Na primeira vez? — A mãe franziu a testa.

Van assentiu.

— Eu mudei de ideia. Umas duas semanas depois de ele ter ido embora. Eu estava enlouquecendo, sentia uma saudade dele como nunca tinha sentido de nada. E percebi que tinha cometido um erro absurdo. Então peguei o seu carro e dirigi até a Duke pra encontrar com ele. Pra dizer a verdade sobre por que eu não tinha ido.

— E por que vocês não voltaram?

— Porque encontrei ele com outra garota. — Ela umedeceu os lábios secos. — Tecnicamente, ele não fez nada de errado. Nós não estávamos num relacionamento. Mas doeu demais.

Kim ofegou.

— Ah, Van. Eu sinto muito.

— É, todos nós cometemos erros.

Van secou as lágrimas com o dorso da mão. Ela ainda se lembrava de como foi terrível ver a menina baixinha usando a camiseta de Tanner e nada mais. Ver Tanner boquiaberto enquanto tentava falar e nada saía.

E da dor absoluta de saber que ela havia perdido a única coisa boa da vida. E que tinha sido culpa dela por não contar a verdade a ele. Van havia virado de costas e corrido sem olhar para trás, e o orgulho a impedira de deixá-lo voltar a entrar em seu coração.

Até aquele ano.

— Mas você e o Tanner são amigos, agora, né? — perguntou Kim, parecendo esperançosa. — Vocês fizeram as pazes? Vocês estão trabalhando juntos.

Van nunca tinha falado sobre garotos com a mãe. Kim era a última pessoa a quem ela pediria um conselho. Mas a necessidade de falar superou isso.

— Nós éramos mais que amigos até ontem à noite. — Ela balançou a cabeça. — Mas terminei com ele.

— Por quê? — A voz de Kim saiu aguda.

Van pensou nas palavras de despedida de Tanner enquanto ela deixava o escritório do drive-in. Nas de Zoe quando elas tinham conversado de manhã, antes de ela sair com Becca.

— Porque estou com medo — sussurrou Van. — Tenho tanto medo de perder a pessoa mais importante da minha vida que a afastei antes que ela pudesse ir embora. — Ela soluçou. — Duas vezes.

Era como se uma barragem tivesse sido aberta. As lágrimas começaram a escorrer por seu rosto. O peito estava tão apertado, que era difícil respirar enquanto as lembranças da noite anterior e de dez anos antes a tomavam.

— Ah, meu docinho. — A cadeira da mãe arranhou o piso de cerâmica. Ela foi até onde Van estava soluçando na mesa, abraçou a filha e puxou o rosto dela para si, acariciando seu cabelo. — Não chore.

Isso só fez Van soluçar mais alto. Como é que ela podia ter feito isso de novo? Estragar a própria vida e a de Tanner. Seu corpo todo doía só de pensar.

— Olhe só pra nós duas — sussurrou a mãe. — Eu tão desesperada por amor que aceito qualquer coisa. E você tão assustada que o afasta na primeira oportunidade. Que confusão.

Doía porque era verdade. Cada palavra. Van estava com tanto medo de sofrer que tinha terminado primeiro. Em seguida, ela mentiu para si mesma dizendo que estava bem porque tinha escolhido a própria dor em vez de se permitir ser magoada.

Mas não importava. De qualquer maneira, doía muito.

E, para deixar as coisas ainda mais confusas, ali estava ela deixando a mãe consolá-la. A mesma mãe que tinha provocado tanto sofrimento nela. Isso tudo a deixou com dor de cabeça.

— Eu o perdi de novo — sussurrou Van. — E a culpa é minha.

— Você não sabe. Talvez vocês dois precisem se acalmar um pouco.

— Eu falei que era definitivo.

A mãe tirou o cabelo do rosto de Van.

— Você disse isso ontem à noite?

— Foi.

— E era sério?

— Não — respondeu Van baixinho. — Eu não queria dizer aquilo. Só estava tentando protegê-lo.

— O Tanner é um homem adulto, Van. Ele sabe se proteger. — A mãe suspirou. — Você não acabou de me falar que eu estava errada por mentir sobre o Johnny para proteger você?

— Foi.

— E eu estava mesmo — admitiu a mãe. — Foi errado mentir pra você. Eu devia ter contado a verdade.

Ela olhou para a mãe através dos olhos marejados. Era desconfortável ser acalmada por ela. Como se Kim estivesse exercendo um papel para o qual não estava preparada. Savannah Butler não deixava as pessoas cuidarem dela. Ela era a protetora. Era tudo que ela sabia fazer.

E isso tinha bagunçado sua vida.

Esse pensamento reverberou em sua mente como uma bola de pinball, fazendo-a estremecer. Durante dez anos, ela pagara o preço de mentir para Tanner. Uma mentira minúscula.

Que tinha afastado o mundo dos dois.

Como teria sido se ela tivesse contado a verdade? Se ela tivesse se permitido ser vulnerável. Se tivesse contado a ele que a mãe estava grávida, que estava com medo, mas que ainda queria que ele fosse para a Duke.

Se ela tivesse se permitido contar a verdade em vez de acreditar que estava protegendo todos à sua volta.

— Você está bem?

Van tinha quase esquecido que a mãe ainda estava ali.

— Estou bem, sim.

— Posso pedir um favor? — perguntou Kim.

Van piscou.

— Qual?

— Cuida da Zoe pra mim enquanto eu estiver na reabilitação?

— Claro.

— Obrigada. — Os lábios de Kim se curvaram num sorriso breve.

Era mais de meia-noite, de acordo com o relógio ao lado da sua cama. Depois que Becca levou Zoe para casa, dando um abraço forte em Van antes de ir embora, as três — Van, Zoe e a mãe — tinham passado a tarde conversando. Fazendo planos para a reabilitação de Kim, para o cuidado com Zoe e para os próximos passos de Van. Tinha sido desconfortável ser sincera com elas, demonstrar vulnerabilidade, mas também tinha sido catártico.

Pela primeira vez na vida, ela estava deixando a emoção transbordar. E não sabia se um dia ia se acostumar com isso.

Zoe tinha perguntado o que ela ia fazer em relação a Tanner.

— Conversar com ele — respondera Van, embora isso fizesse seu estômago revirar. Porque ele tinha todo o direito de dizer a ela que não queria ouvir. Que não ia se colocar à disposição dela de novo.

Ele poderia rejeitá-la, e ela sabia que isso ia doer demais. Mas não podia ser pior do que a dor que estava sentindo naquele momento. E, se acontecesse, ela lidaria com isso, porque saberia que tinha feito todo o possível.

Mas não era o tipo de conversa para se ter por telefone. No dia seguinte, ela iria à casa dele, bateria à porta e esperaria que ele abrisse. Naquela noite? Bom, ela provavelmente ia ficar se virando de um lado para o outro na cama, como na noite anterior. Ela já devia ter se acostumado com isso, àquela altura.

Van não registrou a batida de uma porta de carro logo de cara. Não até ouvir passos que pareciam vir da calçada em frente à casa. Provavelmente era o vizinho chegando do turno da noite.

Ela se virou de lado, encolhendo as pernas até o peito, e tentou não pensar em como a sua cama estava vazia sem Tanner.

Então ouviu cinco notas conhecidas atravessando o silêncio noturno. Uma batida de bateria veio em seguida, abafada e baixa. Será que o vizinho tinha deixado o aparelho de som do carro ligado?

Ela sabia a música de cor. "Take My Breath Away", da banda Berlin. A música que tocou na primeira vez em que ela e Tanner transaram, naquele verão longo e quente da retrospectiva de Tom Cruise no drive-in.

Ela amava aquele filme, por mais que isso fosse sentimental. Adorava Tom na jaqueta de aviador, o modo como ele encarava Kelly McGillis, como se ela fosse o mundo dele.

E aquela cena de sexo... tinha provocado coisas em seu corpo adolescente com as quais ela não sabia lidar. Tudo que Van sabia era que tinha tocado aquela música todos os dias naquele verão. Tanner reclamava disso o tempo todo.

Mas mesmo assim ele a baixou no iPod Touch e a tocou na noite em que eles deixaram as coisas irem longe demais. Embora tivesse sido desconfortável e estranho, e o chão tivesse deixado seu lindo vestido cor-de-rosa preto, aquela noite ainda era a lembrança mais preciosa que Van tinha.

Os beijos de Tanner, seu toque, o som de Berlin ecoando no iPod. O modo como o corpo dela ondulava sob o dele enquanto ele perguntava várias vezes se ela estava bem.

E ela *estava* bem. Mais que bem. Até Van descobrir a gravidez da mãe e tudo que ela havia planejado ir por água abaixo.

A música tinha ficado mais alta. Berlin estava chegando ao refrão. Ela se virou para o outro lado, esperando fecharem a porta do carro.

Mas não fecharam. Ela franziu a testa e saiu da cama, indo descalça até a janela e abrindo a cortina.

Em vez de um carro com a porta aberta, ela viu um homem parado no jardim, segurando uma grande caixa de som portátil acima da cabeça enquanto encarava a janela em que ela estava.

Tanner Hartson.

Os olhares se encontraram, e ela sentiu um frio na boca do estômago. Ela não conseguiria desviar o olhar, nem se quisesse. Ele estava parado, os bíceps contraídos por causa dos braços levantados e a música com que transaram pela primeira vez ecoando da caixa de som.

Ela foi abrir a janela, mas Tanner balançou a cabeça. Então ela tirou a mão e ficou olhando, ouvindo a música, com o olhar grudado no dele enquanto lembranças daquela noite a atingiam.

Ela sabia exatamente o que ele estava fazendo: canalizando seu Lloyd Dobler interior. Ela se lembrava de ter visto *Digam o que quiserem* com ele, os dois rindo de como a cena da caixa de som era constrangedora.

Tanner parecia quase tão constrangido quanto, embora estivesse conseguindo disfarçar bem. Mas como seria possível se sentir de qualquer outra maneira ao ficar parado no jardim de alguém no meio da noite tocando uma música da década de 1980?

Uma luz se acendeu na casa do outro lado da rua. Ela via cortinas sendo puxadas, janelas sendo abertas, cabeças olhando para fora. A vizinhança ia falar disso por uma semana.

O mais incrível era que ela não se importava. Ele estava ali, tocando a música deles, e mais nada importava. Durante quatro longos minutos, ela ficou parada na janela, o corpo ansiando por ele, o coração tão apertado, que ela não conseguiria falar, mesmo que ele a pudesse ouvir.

Então a música terminou. Ele baixou os braços e se virou, afastando-se da casa e de Van. No instante seguinte, ela ouviu a porta do carro bater e o motor ser ligado. Só quando viu o Camaro indo embora é que ela soltou a cortina e voltou para a cama, se sentando e puxando os joelhos até o peito.

Foi então que ela começou a rir. Não conseguiu evitar. Era muito estranho e, ao mesmo tempo, perfeito. Ele não tinha dito nem uma palavra, nem ela, mas pareceu uma conversa. Ou o início de uma.

Ela se jogou de costas no colchão, balançando nas molas, se perguntando o que estaria se passando pela mente de Tanner naquele momento.

Talvez ela perguntasse a ele no dia seguinte. Não, isso não, ela *definitivamente* perguntaria a ele no dia seguinte. Mas, por enquanto, ela ia tentar dormir e sonhar com Tanner Hartson e sua interpretação de Lloyd Dobler.

Na opinião dela, tinha sido incrível.

34

— Então agora eu sei que você é maluco — disse Becca, sorrindo de orelha a orelha, parada na porta de Tanner. — A cidade toda só fala de você parado no jardim das Butler tocando música da década de oitenta a uma da manhã. — Ela inclinou a cabeça para o lado, o sorriso ainda brincando nos lábios. — Você surtou de vez?

— Foi um gesto. — Tanner deu de ombros. — Era pra ela e mais ninguém.

— Mas o que isso significa? — perguntou Becca. — Pelo que ouvi, vocês dois nem se falaram. Você só ficou lá parado, tocou a música, entrou no carro e foi embora. — Ela balançou a cabeça. — Por que você não pediu pra ela conversar com você?

Tanner suspirou.

— Porque era uma da manhã. Eu só queria que ela soubesse que eu estava pensando nela.

Tanner não fazia outra coisa. Na noite anterior, ele tinha se virado de um lado para o outro na cama, desesperado para descobrir um jeito de melhorar aquela situação. Seus irmãos estavam certos. Ele precisava mudar alguma coisa. *Mudar ele mesmo.* Tanner tinha bagunçado tudo entre eles duas vezes por causa do seu maldito medo de rejeição. Ele não podia magoá-la uma terceira vez. Ele não ia se permitir fazer isso.

Van merecia ser cuidada. E ele queria ser o homem que ia fazer isso. Ele queria abraçá-la e afastar todas as pessoas que tentassem magoá-la: os Fairfax, a mãe dela... todos tinham usado e abusado da boa vontade dela.

Mas ele tinha sido o pior de todos. Porque ela tinha confiado nele quando os dois eram mais novos. Acreditara quando Tanner dizia que sempre estaria ao lado dela. Mas, quando ela o afastou, ele não tinha lutado por ela. Porque não conseguia arriscar ser magoado de novo.

Bom, dessa vez era diferente. Quando Tanner a viu na janela do quarto, olhando para ele, parecia que seu coração finalmente estava voltando à vida. Os olhos dela estavam arregalados, a expressão era suave e aqueles lábios, aqueles malditos lábios beijáveis, estavam cantando a música.

Quando o olhar dos dois tinha se encontrado e a eletricidade zumbido entre eles, ele se sentira preenchido por ela.

Tanner não tinha conseguido desviar o olhar. Não quisera. Tinha deixado a música falar por ele. Ela tirava o fôlego dele. Tirava tudo que ele tinha a dar. E ele queria dar tudo a ela de novo. *Para sempre.*

— Você vai lutar por ela, né? — perguntou Becca. — Porque acho que não vou aguentar se você desistir. Não dessa vez.

— É — respondeu ele baixinho —, vou lutar por ela.

Não com punhos nem armas, nem nada desse tipo. Seria uma luta silenciosa. Assim como o olhar de quatro minutos cheio de emoção da noite anterior, talvez nem envolvesse palavras. Mas seria uma luta do mesmo jeito.

Não estava lutando só por ela, mas por si mesmo. E *contra* si mesmo. Contra a criancinha dentro dele que tinha perdido a mãe e tinha medo de perder qualquer coisa na vida.

Aquela criança talvez fosse o oponente mais difícil que ele enfrentaria.

— Acho que é só isso. Malas prontas. — Kim fechou a mala pequena e puxou o zíper. — Não que eu precise de muita coisa. Só roupas confortáveis, itens de higiene pessoal e pijama, é o que eles dizem. Nada de maquiagem, comidas nem bebidas. — Ela deu um sorriso torto com a última palavra.

Zoe estava passando o dia na casa de amigas. Uma das mães tinha se oferecido para levar todas elas ao parque aquático. Van tinha aproveitado a oportunidade: muito melhor manter a irmã ocupada do que preocupada com a mãe.

— Que horas eles vêm te buscar? — perguntou Van.

Ela estava segurando a vontade de se oferecer para levar a mãe. Outra coisa com a qual ela precisava se acostumar. Esse problema não era *dela*. Mesmo que parecesse totalmente errado ficar parada ali vendo a vida acontecer ao seu redor.

— Daqui a uma hora. Deixei as instruções na geladeira, caso você e a Zoe queiram ir me ver no próximo fim de semana.

— A gente vai, sim. — Van assentiu. — A Zoe ia me matar se a gente não fosse. — Uma sessão com a família já estava planejada, incluindo uma conversa sobre os passos seguintes de Kim. — Me avise se precisar que eu leve alguma coisa.

— Pode deixar.

Uma hora depois, a casa estava vazia, exceto por Van e seus pensamentos. E é claro que eles estavam cheios de Tanner. Da maneira como ele a tinha encarado na noite anterior enquanto tocava a música deles na caixa de som. Era o primeiro momento de silêncio que ela teve para processar o que tinha acontecido. E Van precisava decidir como arrumaria a bagunça que tinha feito.

Houve uma batida à porta. Seu coração deu um salto imediatamente. Será que era ele? Ela balançou a cabeça com a empolgação idiota, foi até o hall e abriu a porta para o último homem que esperava ver parado ali.

— Johnny?

De jeito nenhum ela ia chamá-lo de pai. No mínimo porque parecia meio esquisito.

Ele mexeu os pés, olhando por sobre o ombro, como se estivesse preocupado de estar sendo observado.

— Posso entrar? — perguntou ele.

— Pra quê?

— Porque acho que precisamos conversar. E os vizinhos estão todos olhando pela janela.

Talvez o medo de fofoca fosse genético.

— Tudo bem. Entre. — Ela abriu mais a porta e ele entrou.

— A Kim está em casa?

— Não. Só eu.

Ele assentiu, entrelaçando os dedos.

— Que bom.

Ela o levou até a pequena sala de estar e apontou para a poltrona perto da janela.

— Sente-se. Quer beber alguma coisa? — Ela estava tentando ser civilizada, embora fosse difícil disfarçar a hostilidade que sentia por ele.

— Hum, não, obrigado. — Ele fez o que ela havia mandado, olhando de novo pela janela. — Não vou demorar.

Ela suprimiu a vontade de rir. Aquilo era muito absurdo e nada como pensou que seria. Não que ela tivesse passado muito tempo sonhando em conhecer o pai algum dia. Mas nos filmes sempre havia muito mais abraços e lágrimas.

Talvez ela devesse estar feliz por Johnny não ser um cara sentimental que gostava de abraços. Ela não queria abraçá-lo de jeito nenhum.

— Tudo bem. Pode falar. — Ela fez um sinal para ele com a cabeça.

Ele pigarreou.

— Hum... bom... depois de tudo que aconteceu no drive-in, eu queria saber se você está, hum, bem.

Ela engoliu em seco.

— Estou ótima.

— A Nora acha que a gente devia fazer um exame de DNA. Só pra ver se você é mesmo minha filha. — Ele levantou o olhar para ela, em expectativa. — Você estaria disposta a fazer isso?

Van olhou para ele por um instante. Para aquele homem importante da cidade que achava que era grande coisa. Ela o imaginou todos aqueles anos atrás, pensando que era o rei do castelo, dormindo com duas mulheres, engravidando as duas. E como agora parecia casto. Envergonhado. Sob o controle de uma mulher que tinha maltratado.

— Não — respondeu ela. — Eu não estaria.

— Posso perguntar por quê? — Ele levantou a cabeça, os olhos arregalados.

Ele podia perguntar, sim, mas isso não significava que ela devia uma resposta a ele. Van o encarou com os olhos cansados, se perguntando por que aquilo tudo parecia tão constrangedor.

— Porque não ia fazer nenhuma diferença. Você não foi meu pai quando precisei de um. E agora que sei disso, não importa. Você chegou tarde demais.

Ele piscou, baixando o olhar para as próprias pernas.

— Você está certa. Eu não estava lá.

Outra tossida. Ainda sem conseguir olhar para ela, ele pegou uma caneta no bolso do terno, depois um caderninho que parecia demais um talão de cheques.

Ele não ia tentar comprá-la, ia? Sua boca estava seca quando ele abriu a capa, depois girou a caneta de aparência cara até a ponta sair. Escreveu meticulosamente, depois destacou o cheque e o estendeu para ela.

— O que é isso? — Ela não se moveu para pegar.

— Dez mil dólares. Um valor aproximado de quanto devo de pensão alimentícia. — Ele empurrou o cheque na direção dela. — Pegue. É seu.

Ela encarou o papel. A caligrafia elegante. O nome dela escrito com curvas e voltas na linha superior. Dez mil dólares. Ela ficou enjoada só de olhar.

— Não quero seu dinheiro — disse ela, com a voz baixa. — Não quero nada de você.

— Mas a Nora está preocupada de você exigir herança depois que eu morrer. Quero acertar isso agora. Garantir que ela e a Chrissie vão ficar seguras. — O tom dele era desesperado.

O maxilar de Van ficou tenso.

— Você é uma peça, sabia? Por que eu iria atrás do seu dinheiro? Não quero nada com você. Com nenhum de vocês. Houve uma época em que você podia ter facilitado a minha vida. — Ela se levantou, incapaz de continuar civilizadamente sentada o ouvindo falar. — Sei que você me viu andando pela cidade quando devia estar sendo cuidada, em casa. E sei que você sabia que minha mãe estava deprimida ou bêbada, ou as duas coisas na maior parte do tempo. Eu precisava de você *naquela época*. — Van balançou a cabeça. — Eu precisava de alguém. E, mesmo que você me oferecesse um milhão de dólares, não poderia compensar isso.

Ele ficou boquiaberto.

— Um milhão…

Van balançou a cabeça.

— Não se preocupe. Não quero nem um centavo seu. Pode dizer a Nora e a Chrissie que o seu dinheiro está seguro. E, se quiser que eu assine alguma coisa declarando que não tenho nenhum direito, pode me mandar. Eu assino qualquer coisa pra tirar vocês todos da minha vida.

— Se você vai agir assim, é melhor eu ir embora. — Ele se levantou, guardando a caneta e o talão de cheques no bolso. — Você é uma ingrata, como a sua mãe. Eu dei a ela um emprego, uma casa e ela sempre queria mais. A Nora está certa, vocês duas são venenosas. — Ele estufou o peito, estreitando os olhos para ela.

— Essa deve ser a coisa mais legal que alguém já me disse. — Ela foi até a entrada da sala de estar e apontou para o hall. Ele passou por ela, com os ombros empertigados e a cabeça erguida. — Prefiro ser igual a minha mãe do que igual a você. Ou a qualquer pessoa da sua família.

Ele abriu a porta da frente, depois se virou para olhar para ela.

— É, bom, vou pedir para o meu advogado te mandar um contrato.

Com certeza ele faria isso. E o mais bizarro é que ela iria assinar. Porque seu orgulho valia muito mais que esse pai desnaturado que estava na sua frente.

Ele bufou e saiu. Foi então que Van percebeu uma pessoa sentada no banco do carona do carro dele, com um penteado perfeito. Ela empinou o nariz e olhou para Van na porta de entrada.

Uma onda de fúria a tomou. Van empurrou Johnny para passar e desceu os degraus quase correndo. Nora arregalou os olhos, assustada, enquanto Van estendia a mão para a porta do carona.

— O que você está fazendo? — perguntou ela, quando Van a abriu abruptamente.

— Quero falar com você.

Nora empinou um pouco mais o nariz.

— Não tenho nada para falar com você.

— Que bom. Talvez você escute o que tenho a dizer, então. — Ela sentiu a frieza da sombra de Johnny cair sobre ela quando ele se aproximou sem dizer nada. — Em primeiro lugar, pode enfiar o seu dinheiro onde quiser.

Não quero um centavo de você nem do seu marido aproveitador. Não quero *nenhuma* relação com vocês. — Ela balançou a cabeça.

Nora pressionou os lábios sem dizer nada.

— O mais importante é que há outra coisa que você precisa saber. — A voz de Van estava revoltada. Ríspida. — Você é o pior tipo de mulher. Daquelas que menosprezam os outros para se sentir melhor. Daquelas que punem uma garotinha com palavras agressivas e pensamentos ainda mais agressivos porque não pode punir o próprio marido por ser um babaca. — Van cruzou os braços. — Bom, isso acabou. *Acabou*. Se você disser mais uma palavra sobre mim ou sobre a minha família, eu vou gritar pra toda a cidade sobre você e o Johnny. Vou contar pra *todo mundo* que ele deixou a minha mãe sem nenhum centavo. Que ele teve quase trinta anos pra me reconhecer e nunca fez isso. E vou contar pra eles sobre você, *Nora*. Sobre a maneira como você se acha melhor do que eu porque tem dinheiro. — Van se inclinou para a frente até seu nariz estar a poucos centímetros do de Nora. — Fique longe da minha família, senão vou fazer você se arrepender.

Nora engoliu em seco, os olhos vidrados. Ela assentiu de um jeito quase imperceptível.

Van endireitou as costas e soltou uma lufada de ar, depois se virou e quase empurrou Johnny ao fazer isso. Ele deu um passo para trás rapidamente, como se estivesse com medo de ser derrubado.

Ótimo. Ela não o queria nem um pouco perto.

— Tchau, *pai* — disse ela, com a voz cheia de sarcasmo. — Espero que você tenha uma boa vida. Porque a minha é cem vezes melhor sem você.

Van bateu a porta com força depois de entrar e inspirou fundo. Ela tremia. O suficiente para se apoiar na madeira e deixar a cabeça parada ali por um instante. Ela não se arrependia. De nenhuma palavra. Nora e Johnny mereceram. Então por que seu corpo estava tremendo como uma gelatina?

Por causa dele. Naquele momento, ela devia estar ligando para ele, compartilhando seu triunfo sobre os Fairfax com ele. Mas, em vez disso, estava sozinha na casa da mãe, ansiando pela pessoa que ela sempre afastava. Não podia mais fazer isso.

Se tivesse conversado com ele em vez de decidir o que era melhor para os dois, não estaria ali sozinha naquele momento.

Van tinha duas opções. Continuar fazendo tudo como sempre fazia e sofrer por isso ou agir com coragem e admitir que estava com medo. Com tanto medo de perdê-lo que o afastara antes.

Na noite anterior, ele tinha feito um gesto carinhoso. Talvez ela devesse fazer o mesmo. Mas o que poderia ser? Ela franziu a testa, pensando em como Jerry Maguire entrou num salão cheio de mulheres e se declarou para Dorothy. Ou como Richard Gere subiu pela escada de incêndio, apesar do medo de altura, para encantar Julia Roberts em *Uma linda mulher*. Na verdade, ele era muito bom em gestos grandiosos em todos os seus filmes. Pense em como ele entrou na fábrica usando uniforme em *A força do destino* e pegou o amor da sua vida no colo.

Mas onde estavam os gestos grandiosos das mulheres? Elas faziam esse tipo de coisa? Van franziu a testa, vasculhando a memória em busca de uma cena, mas só conseguiu pensar em *Um lugar chamado Notting Hill*. Julia Roberts simplesmente abria a boca e falava.

Talvez ela precisasse fazer isso. Talvez seu gesto grandioso fosse se abrir, conversar, demonstrar sua vulnerabilidade. Isso parecia muito mais assustador do que qualquer coisa num filme.

Era sincero. Era real. E, mais importante, era o que ela precisava fazer.

Antes que se apavorasse e fugisse, pegou o celular e digitou uma mensagem, com as mãos ainda trêmulas.

VAN
Estou com saudade.

Ela soltou uma lufada de ar. Talvez subir uma escada de incêndio fosse uma ideia melhor. Mas então uma resposta piscou na tela, e o aperto no peito aliviou.

TANNER
Também estou com saudade de você.

Obrigada, Deus. Ela fechou os olhos com força por um instante, depois os abriu quando outra mensagem apareceu.

TANNER

Posso conversar com você? Conversar de verdade? Preciso te dizer tanta coisa.

VAN

Eu ia perguntar a mesma coisa.

TANNER

Quando?

VAN

Hoje à noite? Vou levar a Zoe pra jantar fora, mas estaremos de volta às oito. Pode ser?

TANNER

Pode ser, sim. Estarei aí às dez. Te vejo hoje à noite.

Bjss

Ela encarou os beijos por mais tempo do que era saudável, tentando entender o significado deles. Ela ia vê-lo à noite, e a expectativa já a estava matando.

Alguns hábitos são difíceis de abandonar. Tanner não conseguia bater à porta da frente da casa dela. Em vez disso, bateu à janela do quarto, o maxilar tenso, os olhos suaves e o corpo pronto para estar perto dela de novo. Os dias sem ela tinham parecido uma espécie de tortura. Mas tinham sido necessários. Logan estava certo em relação a isso.

Quando crianças, parecia que Van e Tanner às vezes compartilhavam o mesmo cérebro. Ele presumia que ela pensava igual a ele. Caramba, às vezes ele acreditava até que ela conseguia ler sua mente. E, quando ele se apaixonara por ela, aos dezoito anos, tinha achado que seria fácil. Eles não precisavam conversar, eles simplesmente *sabiam*.

Mas isso era besteira. Tinha sido naquela época e continuava sendo agora. Van tinha os próprios pensamentos, as próprias necessidades, os próprios sentimentos. E, por mais que ele quisesse saber, eles eram dela, e ela decidia se queria compartilhá-los ou não.

O rosto dela apareceu na janela, e a respiração dele ficou presa na garganta. Será que ele sempre teria esse tipo de reação quando a visse? Seus olhos foram atraídos para os lábios dela, macios e rosados. Meu Deus, ele desejava muito beijá-la.

Vocês precisam conversar. O pensamento parecia a voz de Logan. Aquilo o fez querer rir. Van abriu a janela, segurando a cortina enquanto ele entrava.

— Oi. — Ele olhou para Van. Ela devia ter tomado banho havia pouco tempo. O cabelo estava úmido, caindo em cachos sobre os ombros. A pele, reluzente, recém-lavada. Ela usava um short de moletom macio e uma camiseta, e, naquele momento, parecia ter dezoito anos, não vinte e oito. — Você está linda.

— Cala a boca. Estou horrível.

Ele sorriu, porque era bom demais ouvir a voz dela.

— Não pra mim. Quero tirar uma foto sua pra usar de papel de parede no celular.

— Se fizer isso, eu te castro. — Ela ergueu uma sobrancelha. — Brincadeira.

Meu Deus, como ele a amava. Tanner se inclinou para a frente, beijando a orelha dela.

— Desculpe, baby, mas sou meio parcial com as minhas bolas.

Os olhos dela ficaram pesados, e ela virou imperceptivelmente o rosto para o dele. Só mais um centímetro e os lábios se encontrariam. Ele sentia o sangue pulsando, quente e cheio de desejo.

Vocês precisam conversar.

Cale a boca, Logan! Ele balançou a cabeça para tirar a voz da mente. Mas ela estava certa. Muito certa, porra. Eles eram adultos, não crianças. Ele tinha controle sobre o próprio corpo, embora quisesse ceder.

— Como está a Zoe? — perguntou ele, numa tentativa de colocar as coisas nos trilhos.

— Está bem. Foi dormir cedo. Ela vai pra piscina com umas amigas amanhã.

Os lábios dela se curvaram ao pensar na irmã, e ele quis beijá-los de novo. Tanner fechou os punhos para se impedir.

— E a sua mãe? Teve alguma notícia dela?

— Você sabe que ela não está aqui?

Ele deu de ombros.

— A Becca me contou. Fiquei surpreso quando soube. Nunca pensei que ela iria para uma clínica de reabilitação.

— Nem eu. — Seus olhos encontraram os dele. — Mas ela está lá. — Ela deu de ombros. — Vamos visitá-la no próximo fim de semana.

— Que bom. — Ele olhou para a cama. Foi um erro. Porque todas as lembranças de ter tocado nela enquanto estavam na cama voltaram de repente. — A gente pode conversar na cozinha? — perguntou ele.

— Claro. — As sobrancelhas dela pesaram. — Por quê?

— Porque, se a gente ficar aqui, vou querer tocar em você.

— E se eu quiser ser tocada?

Suas palavras lançaram uma onda de desejo sobre ele que era quase impossível ignorar. Mas ele precisava ignorá-la. Os dois tinham que conversar. Ele engoliu em seco, tentando usar seu autocontrole.

— Você não está facilitando as coisas — afirmou ele. — Estou tentando ser forte.

— Senti saudade de você — disse ela baixinho. O modo como Van olhava para ele quase o matava. Havia uma necessidade nos olhos dela que refletia a dele.

— É. — A voz dele estava abafada. — Também senti saudade de você.

Ela estendeu a mão para o rosto dele, os dedos tocando a pele áspera da barba por fazer. Ela deu um passo à frente até seu corpo encostar no dele, e o desejo o tomou no mesmo instante.

Ele encostou a testa na dela, os cílios baixando enquanto ele a encarava.

— Van…

— Eu sei — sussurrou ela. — Mas me beije antes, por favor. Eu preciso te sentir. Depois a gente pode conversar.

O fio de controle que o estava segurando pareceu se romper quando ele a encarou, absorvendo seus olhos quentes, seus lábios macios, seu rosto rosado. Ela estava olhando para ele como se Tanner fosse o ar que ela respirava. Isso provocou um desejo nele.

Por ela.

— Droga — sussurrou ele, deslizando a palma pelo pescoço dela, emaranhando os dedos no cabelo até sua cabeça estar inclinada para ele.

Ela subjugava os sentidos dele. Tanner estava repleto dela. O aroma do shampoo de morango, a visão dos olhos dela encarando os dele. Ele também a ouvia. Suspiros suaves que o deixavam mais duro do que jamais tinha se sentido. Ele tentou se lembrar do motivo de estar ali, do que estava planejando fazer. Mas só conseguia pensar naqueles lábios sedutores.

Aos poucos, ele baixou a boca até a dela. Os lábios se tocaram quando ela expirou, o ar quente acariciando a pele dele. A língua de Tanner encostou na dela, e Van soltou um gemido baixo, jogando os braços ao redor do pescoço dele para se equilibrar.

Meu Deus, como ele precisava dela. Van arqueou as costas, beijando-o, quente de desejo, e Tanner a levantou até as pernas dela estarem ao redor de seus quadris. Carregando-a até a cama, ele a deitou no colchão, os olhos pesados de desejo enquanto ele se colocava sobre ela.

Vocês precisam conversar, seu idiota.

— Sai daqui, porra — murmurou ele, irritado.

— O quê? — Van franziu a testa.

Ele balançou a cabeça.

— Não é você. É o Logan. Ele está me deixando louco.

Ela se apoiou nos cotovelos, e ele tentou não encarar a maneira como a camiseta dela se ajustava aos seios.

— O Logan está aqui?

— Não, ele está em Boston. Mas ainda quero matá-lo. — Ele suspirou, massageando a nuca com a palma da mão direita. — Vem, vamos conversar.

— Agora? — Ela parecia decepcionada. Ele se sentia igual.

— É, agora.

Ela assentiu.

— Tudo bem. Quer que eu faça um café?

— Café seria ótimo. — Ele a seguiu para fora do quarto, com seu corpo protestando pela mudança súbita de ideia. — E, se não se importar, vou falar bem rápido.

Van se sentou no sofá, os joelhos contra o peito, os braços envolvendo as pernas, enquanto Tanner tomava um gole de café.

Ele tinha insistido em se sentar na poltrona reclinável do outro lado da sala. Ela sabia o motivo. Toda vez que estavam próximos, acabavam se tocando. Eles quase se despiram na cozinha enquanto ela colocava o pó de café no filtro.

Seu olhar encontrou o dele.

— Vamos conversar?

— Posso falar primeiro?

Van assentiu.

Ele pôs a xícara de café na mesa.

— Pra começar, quero pedir desculpas. Não só pela outra noite, embora tenha sido bem ruim. Mas por todas as vezes que me afastei de você. Aconteceu mais do que deveria. E posso prometer que, não importa o que aconteça entre nós, nunca mais vou me afastar. — Ele olhou para ela com uma expressão séria. — Eu te amo, Van Butler. E não quero te magoar nunca.

— Tudo bem — disse ela baixinho.

— E a gente precisa conversar sobre o que aconteceu entre nós quando você foi até a Duke. Devíamos ter conversado sobre isso semanas atrás.

— Eu não queria falar nisso. Doía demais — sussurrou ela.

— Eu sei. Também não queria. Mas talvez a gente tenha que conversar exatamente sobre essas coisas que machucam. As coisas que importam para a gente. E o que aconteceu importa, Van. Porque destruiu a nossa vida. Não precisava ser assim, mas nós permitimos. Porque nos recusamos a conversar sobre o assunto.

— Faz sentido.

— Faz, sim. — Ele assentiu. — E quero que você saiba que aquela garota não significava nada. Eu era muito novo, estava com raiva e precisava de alguém pra me abraçar. Assim que fiz isso, percebi que ela era o alguém errado.

— Nós não estávamos juntos naquele momento. Você não estava me traindo.

— Ah, sim, diga isso para o meu coração. Porque ele sempre foi seu. E nunca quero estar com ninguém além de você. Nunca deixei de lamentar aquela noite. Tudo nela. Aquilo nunca devia ter acontecido, e foi tudo culpa minha. Peço mil desculpas por ter te magoado. — Ele se encolheu com a lembrança. — Mas a coisa que mais odeio foi não ter reagido e deixado você ir embora. Nunca mais vou fazer isso.

— Foi minha culpa também — afirmou Van. — Fui eu que menti. Falei que não te queria mais. Acho que foi por isso que doeu tanto ver você com ela. Eu te afastei. E me odiei por isso, e a única pessoa em quem eu podia descontar era você.

— Eu não quero que você minta pra mim — disse ele. — A verdade, por mais que seja dolorosa, é muito melhor que a mentira. Mesmo as mentirinhas que você acha que me protegem.

Os olhos dela ficaram marejados.

— Me desculpe por ter te magoado. Dez anos atrás e agora.

Essas palavras fizeram o peito dele se apertar. Ele não tinha percebido o quanto também precisava ouvir isso.

— Tudo bem — disse ele. — Eu que peço desculpas. Só quero que me deixe cuidar de você. Não preciso de mais nada. Quero que me deixe atravessar suas barreiras. Que você seja mais sincera comigo do que jamais foi com alguém. Incluindo você mesma. — Ele olhou para as próprias mãos. — E, em troca, prometo que não vou me afastar. Nem quando você me empurrar com toda a força. Eu vou lutar por você, Van. O tempo todo. Porque vale a pena lutar por você. Mas tem que me deixar entrar. Não posso romper suas barreiras se você não me ajudar. E quero derrubar todas elas, uma por uma.

— Eu estava com medo — disse ela baixinho —, tanto medo de deixar você entrar e você não gostar do que ia ver.

O olhar dele encontrou o dela.

— Eu amo o que vejo. Eu te amo. Cada batida do meu coração pertence a você.

A respiração dela ficou presa na garganta, mas Van não desviou o olhar. Ela sentia a pulsação quente do sangue enquanto os dois se encaravam, o ar estalando com a eletricidade. Ela separou os lábios e um suspiro suave escapou deles antes de ela respirar fundo e devagar.

— Eu também te amo — sussurrou ela. — Muito.

Ela nunca tinha dito isso. Para ninguém. Durante muito tempo, o amor tinha significado fraqueza em seu mundo. Mas agora ela sabia que não.

O amor dava uma força que nenhum exército poderia romper. Era sólido. Era verdadeiro.

Era tudo.

Tanner inspirou fundo, os olhos brilhando.

— Fala de novo — pediu ele com a voz rouca.

— Eu te amo. — Dessa vez, a voz dela estava alta. Verdadeira. — Eu te amo desde a primeira vez que você me derrubou. E vou te amar até morrer. Até nós dois morrermos. E rezo muito pra que isso aconteça quando estivermos encolhidos juntos, bem enrugadinhos e com filhos mais velhos do que somos agora.

Ele fechou os olhos com força, depois os abriu de novo, com uma expressão enigmática e cheia de significado.

— Vem cá — chamou ele com a voz rouca. — Preciso de você pra caralho.

Ele não precisou pedir duas vezes. Outra pessoa teria contornado a mesa de centro e seguido o caminho livre até a cadeira. Mas não Van. Ela saltou para cima da mesa, pronta para atravessá-la, mas ele se levantou, arrancando-a da mesa e levantando-a até os lábios se encontrarem com força, e ela se enroscou nele com tudo.

— Chega de conversa — murmurou ele, carregando-a para fora da sala, seguindo até o corredor, abrindo a porta do quarto com um chute e entrando.

Quando ele chutou a porta para fechá-la, os beijos diminuíram. Estavam mais profundos e a respiração estava mais difícil enquanto ele a colocava na cama.

Dessa vez, eles não conversaram. Não precisava. Ele tinha dito tudo que ela precisava saber.

Ele a amava, ele a adorava. Ele queria cuidar dela.

E ela ia deixar, com cada toque dos seus lábios e cada roçar dos seus dedos, levando-a a um lugar em que palavras não eram mais necessárias.

Quando acabou, ela ficou deitada nos braços dele, num atordoamento pós-sexo, sorrindo para Tanner enquanto ele acariciava delicadamente o cabelo dela.

— Posso ficar? — perguntou ele.

— Pode. A noite toda. — Ela sorriu para ele. — Eu até preparo o seu café da manhã.

Ele ergueu uma sobrancelha.

— O que os vizinhos vão dizer?

Ela se inclinou para a frente para beijá-lo.

— Não dou a mínima.

Tanner sorriu, deslizando os braços ao redor da cintura de Van e puxando-a para si.

— Essa é a minha garota — murmurou ele nos lábios dela. — Agora vamos dar motivo pra eles falarem.

35

— Você está pronta pra isso? — perguntou Tanner, pegando a mão de Van enquanto eles caminhavam ao longo do riacho.

— Mais do que nunca. — Ela sorriu para Tanner, mas seu estômago ainda estava esquisito. Como se ela não tivesse comido por dias, quando, na verdade, havia repetido a torta de frango na lanchonete.

Tanner estava carregando as coisas deles: duas cadeiras dobráveis e um cooler com bebidas, parecendo totalmente à vontade. Ele deu um meio-sorriso para ela, enrugando o canto dos olhos, e ela sentiu o calor emanando dele.

O que era uma coisa boa, porque o verão estava quase acabando, e havia uma pitada de outono no ar enquanto caminhavam. O aroma de maçãs maduras pairava na brisa, e sobras de espigas de milho voavam dos campos, porque a colheita estava no auge. Na noite anterior, Zoe tinha começado a planejar a fantasia de Halloween, apesar de ela ter voltado às aulas havia pouco tempo.

Ou, pelo menos, era o que parecia.

As piscinas públicas estavam fechando, os pomares estavam abrindo para a colheita e a temporada agitada do verão no drive-in estava terminando.

Eles não iam fechar por completo. Van havia passado as últimas semanas planejando a programação de inverno, o que significaria abrir apenas nas noites de sexta e sábado. Filmes de terror em outubro, sucessos de bilheteria esperados havia muito tempo em novembro e a temporada de filmes de Natal. Ela sorriu só de pensar nisso.

— Você chegou! — disse Zoe, se aproximando correndo e dando um abraço em Van. Depois sorriu para Tanner, que deixou as cadeiras no chão e bagunçou o cabelo dela.

— E aí, garota? — Ele sorriu.

— Como foi a brincadeira com as suas amigas? — perguntou Van.

Outra mudança, como se a estação não tivesse tido mudanças suficientes. Zoe finalmente estava sendo convidada para ir à casa das amigas. Provavelmente porque elas adoravam ir ao drive-in sempre que Van as convidava.

— Brincar é coisa de bebês. — Zoe franziu a testa. — Fui jantar na casa de uma amiga.

Van segurou um sorriso. A irmã estava crescendo.

— Você se divertiu?

— Aham. A Milly tem um trepa-trepa incrível. É do tamanho de uma casa. A gente fez uma cabaninha em cima e fingiu que era uma casa na árvore.

— Viu? — Tanner deu uma piscadela para Van. — Ela não estava brincando mesmo.

Eles encontraram um lugar com as pessoas mais jovens, abriram as cadeiras e colocaram os lanches na mesa compartilhada no centro, antes de Tanner servir um copo de limonada para os dois.

Tinha sido ideia dele ir ali naquela noite. As pessoas não encaravam tanto quanto antes. As fofocas tinham se espalhado desde a noite no drive-in, em que a mãe dela contou a todo mundo que Johnny Fairfax era seu pai. Eles estavam ocupados demais falando do tamanho da barriga de grávida da Maddie — ela estava tão grande quanto Regan Laverty antes de dar à luz sua filhinha, que tinha bochechas redondinhas pelas quais Van já tinha se apaixonado.

— Ei! — Becca se levantou num pulo, correndo para dar um abraço em Van. — Que bom te ver. Parece uma eternidade.

— A gente se viu no domingo — disse Tanner de um jeito seco. — Foi o que, cinco dias atrás?

Becca franziu o nariz para ele.

— Como eu disse, uma eternidade. — Ela olhou ao redor. — Como está a sua mãe?

— Bem. — Van assentiu. — Ela tem uma entrevista de emprego na semana que vem.

Foram altos e baixos desde que ela tinha voltado para casa da reabilitação, mas ela estava muito melhor. Ainda havia dias em que ela nem conseguia sair da cama, mas mantivera a palavra e não tinha bebido nem mais uma gota de álcool para tentar abafar seu tormento. Ela até começou a frequentar o AA.

— Estou de dedos cruzados por el… — Becca parou no meio da palavra, fechando a boca rapidamente quando olhou por sobre o ombro de Van.

Van se virou para seguir seu olhar. Chrissie Fairfax estava parada perto da mesa, servindo dois copos de limonada. Nora estava ao lado dela, mas não havia nenhum sinal de Johnny. Quando a viram, as duas desviaram o olhar rapidamente.

Van endireitou os ombros e abriu um sorriso reconfortante para Becca. Elas não a incomodavam. Não mais. Era engraçado como elas nunca mais tinham dito nada desagradável para ela. As duas pareciam quase sentir medo de Van. Mais de uma vez, quando estava na praça da cidade, ela havia visto Nora se apressando em outra direção.

Van voltou a atenção de novo para Becca.

— A Maddie e o Gray vêm hoje à noite?

— Isso. — Becca franziu a testa, olhando para o relógio no pulso esguio. — Eles já deviam estar aqui.

— Eles estão chegando. — Tanner fez um sinal com a cabeça na outra direção.

Van avistou os dois, Gray mantinha o braço ao redor de Maddie, que estava andando devagar como uma preguiça. Mesmo assim, os dois estavam lindos. Gray, alto, forte e sexy, e Maddie usando um vestido floral amarelo e branco, com o cabelo escuro caindo nas costas enquanto eles alcançavam o grupo principal do Evento das Cadeiras.

— Perdi alguma coisa? — perguntou Gray, olhando para Tanner.

Ele balançou a cabeça.

— Nadinha.

— Ótimo. Era pra gente ter chegado há meia hora, mas achamos que a Maddie podia estar em trabalho de parto.

Maddie fez uma careta.

— Mas eram só gases. A cara de Gray foi hilária quando soltei um arroto enorme.

— Foi horrível. — Gray estava disfarçando um sorriso.

— Você está bem, agora? — perguntou Becca, parecendo preocupada.

— Estou ótima. Ainda faltam semanas. — Maddie passou a mão na barriga, com um sorriso nos lábios. — Mas vocês deviam ter visto o pânico do Gray. Parecia que era ele quem ia ter que fazer o parto.

— Não foi pânico. Eu gosto de estar preparado. — Gray inclinou a cabeça para o lado, olhando para ela com os olhos estreitados. Meu Deus, como ele era lindo. Ele, Tanner e todos os irmãos.

Os Irmãos Heartbreak. Van suprimiu um sorriso ao pensar na descrição.

— Enfim, chega de falar dos nossos problemas — disse Gray, voltando o olhar para Tanner. — Se ao menos alguém daqui tirasse os holofotes de cima de mim…

Becca abafou o riso. Van levou um instante para perceber que todos estavam encarando Tanner. Ela franziu a testa, tentando descobrir o que estava acontecendo.

— Sai do meu pé. — Tanner balançou a cabeça, e Gray deu uma risadinha.

— Já ouvi essa.

— Eu sempre soube que vocês, Hartson, eram malucos. — Van revirou os olhos. — Mas agora estão atingindo um novo patamar. Do que vocês estão falando, afinal?

— Não me inclua nos Hartson — pediu Maddie. — Eu ainda sou Clark.

— Você está carregando um bebê Hartson, baby — observou Gray, parecendo satisfeito ao acariciar a barriga de Maddie. — Isso faz com que seja uma de nós.

Tanner balançou a cabeça para todos eles, depois pegou a mão de Van.

— Vem comigo — murmurou ele.

— Com prazer. — Ela sorriu para a família dele. — Vocês são todos doidos.

— É por isso que você ama a gente — disse Becca, sorrindo.

Uma idiotice, mas era verdade. Desde que Van tinha ido morar com Tanner, uns meses antes — oficialmente, já que ela passava a maioria das noites com ele desde a reconciliação —, parecia que ela finalmente era parte de algo. Eles a amavam do mesmo jeito que ela os amava, e incluíam Zoe e até Kim na vida diária da família. Os jantares aos domingos depois da igreja, piqueniques na casa de Maddie e Gray pelo menos de quinze em quinze dias, e claro que todos iam ao drive-in sempre que começavam a exibir um filme novo.

Tanner a guiou até o centro do campo gramado e subiu numa cadeira vazia.

— Ei, pessoal! — gritou ele. O murmúrio baixo de conversa parou enquanto as cabeças se viravam para ele. Van olhou para ele com as sobrancelhas unidas.

O que ele estava fazendo?

Assim que conseguiu a atenção de todos, Tanner sorriu e tirou o fôlego dela. Van nunca ia se cansar dele. Daquele cabelo volumoso e despenteado, nem daqueles olhos que pareciam ver até a alma dela.

Nem dos lábios. Meu Deus, aqueles lábios. Ela engoliu em seco, se lembrando exatamente do que tinham feito na noite anterior.

O olhar dele encontrou o dela.

— Quero contar uma história pra vocês — anunciou ele, e sua voz se projetava pelo campo. — Sobre uma garotinha que tinha cheiro de morango e parecia o sol. E sobre um garotinho que esbarrou nela e quase a jogou no chão. — Ele deu uma piscadinha para Van. — Sem saber que, na verdade, ele é quem tinha sido derrubado.

Ela balançou a cabeça. Isso era muito a cara de Tanner. A multidão se reuniu ao redor deles, inclinada para a frente para escutar.

— E, quando aquele garotinho olhou para o anjo que quase tinha derrubado, soube que a vida dele nunca mais seria a mesma. Seria melhor. Sempre. Porque ela estaria lá.

— Ahhhh — sussurrou alguém. — Ele é um doce, né?

— Aquele menino e aquela menina cresceram — continuou ele. — E cometeram uns erros bobos. — Ele ergueu uma sobrancelha para Van. — Especialmente o menino, que se tornou um idiota. Porque, em vez de pôr um anel no dedo da garota e agradecer a Deus por cada dia que ela passava com ele, ele decidiu ir para Nova York e brincar com computadores por dez anos.

— Um verdadeiro idiota — gritou Gray.

Tanner revirou os olhos para o irmão.

— Mas então eles se reencontraram. E o garoto percebeu que tinha cometido um erro gigantesco. Porque essa garota era tudo que ele queria. Ela era linda, inteligente, engraçada e, por algum motivo maluco, ela decidiu dar uma segunda chance a ele. — Ele sorriu para Van, e ela soprou um beijo de volta. — Só que dessa vez, esse garoto, *eu*, não vai estragar tudo. Ele vai implorar para ela ser dele para sempre, porque ele sabe como é sortudo por tê-la.

— Por que você não diz essas coisas sobre mim? — sussurrou uma mulher mais velha para o marido.

— Porque não dou uma sorte há anos — murmurou ele.

Van mordeu o lábio para se impedir de rir. Ou talvez de chorar. Seu corpo todo formigava. Ela não sabia o que fazer com as mãos, então de vez em quando as entrelaçava, olhando para Tanner com olhos brilhantes.

— Savannah Butler. Uma mulher linda e inteligente. O amor da minha vida. — Tanner saltou da cadeira, ainda sorrindo, depois se ajoelhou na frente dela, tirou uma caixinha do bolso e a abriu. — Tenho uma coisa pra te perguntar.

O coração de Van acelerou.

— Você me dá a honra de ser minha esposa? — perguntou Tanner baixinho, olhando para ela através dos cílios grossos. — Prometo sempre cuidar de você. Te beijar com a frequência que merece ser beijada. — Ele desviou o olhar para onde Gray e Maddie estavam. — E, se eu te engravidar, prometo não reclamar dos seus gases.

— Está vendo? — Maddie deu uma cotovelada em Gray. — Isso é amor de verdade.

— Eu sei, baby. — Gray beijou a cabeça dela.

— Diz que sim! — gritou Becca. — Anda logo!

Todo mundo ficou calado. Todos os olhares estavam sobre Van. A antiga Van teria entrado em pânico, preocupada com o que as pessoas estavam pensando. Se a estariam julgando.

Mas a nova Van não se importava. Nem um pouco.

Em vez disso, ela sorriu e olhou ao redor, observando os rostos acolhedores de todos que estavam olhando.

— Ele está mentindo — disse ela para todo mundo. — Eu é que sou a sortuda.

— Pelo amor de Deus — disse Tanner, com o lábio tremendo. — Eu meio que estou esperando uma resposta.

Van riu, pondo as mãos sobre a boca.

— Ai, meu Deus. Sim! A resposta é sim.

Tanner também começou a rir. Pegando o anel de dentro da caixa que estava segurando, ele o deslizou no dedo esticado dela. Em seguida, se levantou e a puxou para si, tirando o cabelo do rosto dela antes de beijá-la de um jeito quente e profundo.

— Isso aí, Tanner! — gritou alguém, seguido de um monte de gritos e assovios. Os mais velhos começaram a bater palmas, e os lábios de Van se curvaram nos dele antes de os dois finalmente se separarem.

— O noivado vai ser curto — murmurou Tanner para ela. — Tipo muito, muito curto.

Ela sorriu para ele, e a felicidade reluzia nela. Ela nunca se cansaria dele. Do seu sorriso, da maneira como ele a provocava, nem do jeito bem-humorado com que ele aceitava as provocações dos irmãos.

Eles iam passar o resto da vida juntos, e ela mal podia esperar para isso começar.

— Aham — concordou ela, envolvendo o rosto dele com as mãos e ficando na ponta dos pés para dar um selinho nele. — Um noivado curto parece bom.

Epílogo

Havia coisas com que todos em Hartson's Creek concordavam. Mal chovia em novembro, um casamento jamais devia ser realizado depois da última colheita de milho e Savannah Butler e Tanner Hartson eram dois jovens malucos que nunca ouviam conselhos.

E, mesmo assim, Tanner estava de pé na frente do altar da Primeira Igreja Batista, com o cabelo ensopado pelo aguaceiro que os pegara na entrada, grudando seu cabelo no rosto.

Não que ele se importasse. Porque em alguns minutos *ela* estaria ali. A mulher que levava a luz do sol para sua vida nos dias mais sombrios. Ela seria sua esposa, e ele estava contando os segundos.

— Pare de olhar pra porta — murmurou Logan. — Ela vai chegar quando estiver pronta. — Ele estava parado ao lado de Tanner, e Cam e Gray estavam do outro lado. Tanner não conseguiu decidir qual dos irmãos seria seu padrinho, então convidou todos.

Um choro alto ecoou, e Tanner olhou por sobre o ombro para Maddie, que ninava o filho bebê. Bom, um deles. Tanner tinha quase certeza de que aquele era Marley. E Presley, o gêmeo mais novo, estava no colo de tia Gina, que sorria feliz para ele. Até o pai de Tanner parecia feliz quando Presley gorgolejava para ele e tia Gina.

Aparentemente, ainda era comum ter gêmeos de surpresa. Tanner suprimiu um sorriso quando se lembrou de Gray contando a primeira coisa que Maddie falou quando recuperou o fôlego depois de dar à luz.

— *Eu falei que eu estava grande.*

Esse era o eufemismo do ano. De acordo com o médico, gêmeos escondidos eram raros, mas ainda aconteciam. Marley, o bebê maior, vinha escondendo o irmão gêmeo nos ultrassons, e os batimentos cardíacos dos dois eram sincronizados, confundindo até o obstetra.

Tanner olhou de novo para a porta da igreja, depois para o reverendo Maitland, que sorria pacientemente para todos. Pelo canto do olho, viu Gray se abaixar para pegar Marley, aninhando-o no terno de lã e beijando a cabeça coberta de penugem. Alguém no fundo da igreja suspirou, fazendo Logan dar uma risadinha baixa.

— Bebês e homens — murmurou ele. — Fazem ovários explodirem.

— Como é que você sabe? — sussurrou Cameron para o irmão gêmeo. — Você não explode o ovário de ninguém há anos. Quando foi a última vez que transou?

— Na última vez que você ganhou um jogo. — Logan ergueu uma sobrancelha para o irmão.

O reverendo Maitland pigarreou, fazendo Tanner segurar um sorriso. Era tão bom ter os irmãos ali com ele. Era parecido com voltar para casa, só que já estava em casa. Todas as peças do quebra-cabeça estavam se encaixando.

As portas finalmente se abriram, e Zoe entrou, usando um vestido verde-claro que cobria seu pescoço e caía em dobras delicadas até o chão. Ela sorriu para Tanner, que retribuiu o sorriso, observando-a andar pelo corredor espalhando pétalas cor-de-rosa pálidas pelo chão.

Em seguida, veio Becca, usando a mesma cor, mas com um vestido justo e sofisticado. Porém Tanner não estava olhando para a irmã. Porque atrás dela estava a única pessoa para quem ele queria olhar na vida.

E, caramba, como ela estava linda.

O cabelo de Van estava preso num coque baixo pouco acima da nuca. Cachos dourados escapavam de seu penteado, emoldurando o rosto e capturando a luz do sol de outono. O olhar dos dois se encontrou, e ele sentiu o peito apertar. Era isso. O momento em que ela seria dele.

A música começou, com o órgão reverberando pela igreja enquanto Van e a mãe andavam devagar pelo corredor. A cada passo dela, o sorriso dele aumentava, sabendo que dali a poucos instantes poderia tocá-la, ouvi-la, beijá-la.

Isso o preenchia de um jeito que nada mais poderia.

Então ela estava ali, com a cabeça levantada, olhando para ele com um sorriso nos lábios. Ele engoliu em seco, com as emoções se derramando enquanto o reverendo Maitland falava, dando boas-vindas a todos.

Ela era linda. Ela era tudo. Ela era dele.

Tanner respirou fundo e pôs a mão sobre a dela.

— Pronta? — murmurou ele.

— Sim. — Ela assentiu com o rosto radiante. — Estou pronta.

A festa estava acabando. A música estava num ritmo mais calmo e mais baixa enquanto poucos casais se balançavam, bêbados, na pista de dança no centro da enorme tenda que Gray tinha erguido atrás de sua casa. Tanner estava apoiado no bar, com Logan e Cam ao lado. Gray tinha desaparecido, sem dúvida para ajudar Maddie com os bebês. E Van estava sentada num canto com Becca, a mãe e Zoe, além de algumas amigas, rindo enquanto conversavam.

— No fim das contas, o Fairfax não veio — comentou Logan, pedindo um uísque para os três.

— Não. E a gente não convidou. Nem a família dele. — Tanner deu de ombros. — A Van não queria que eles viessem.

— Ela não quer ter contato com ele? — perguntou Logan.

— Parece que não. — Tanner tomou um gole de uísque. — Ela diz que a única família de que ela precisa sou eu.

— Caramba, essa garota precisa de uma lobotomia — disse Cam, dando uma piscadela para ele.

— Mas que babaca, fingindo que não era pai dela durante tanto tempo. — Logan balançou a cabeça. — Que tipo de homem faz uma coisa dessas? Nega a própria filha? Não é de surpreender que ela não queira vê-lo.

— O que você faria se descobrisse que tem um filho? — perguntou Tanner.

Logan deu um sorriso astuto.

— Processaria os fabricantes de camisinha.

Tanner riu.

— O Logan não teria um filho surpresa. Ele não transa. É ocupado demais pra isso.

Logan revirou os olhos.

— Ah, tá. Vai acreditando nisso.

— Quem é que não transa? — perguntou Gray, se aproximando. — Além de mim, claro. A Maddie falou que nós nunca mais vamos transar. Ela está com medo de virem trigêmeos na próxima vez. Falei pra ela que não funciona assim.

— O Logan — disse Cam bem alto. — É ele quem precisa transar.

— A propósito, obrigado por dizer isso na frente do reverendo Maitland. — Logan balançou a cabeça para o irmão gêmeo. — E, pra sua informação, eu transo, sim. Só não saio por aí espalhando, que nem você. — Ele sorriu.

Cam deu de ombros.

— Não consigo evitar. As garotas se jogam em cima de mim.

— Você poderia desviar delas. Está sendo muito bom em desviar da bola nessa temporada — provocou Tanner. — É só canalizar essa habilidade.

Gray começou a conversar com Cam sobre o jogo da semana seguinte, deixando Logan e Tanner apoiados no bar.

— Você acha que um dia vai sossegar? — perguntou Tanner ao irmão mais velho.

— Provavelmente, não. — Logan deu de ombros. — Poucas mulheres gostam de quem trabalha em restaurante. Eu trabalho à noite, nos fins de semana e nos feriados. Elas ficam irritadas quando não estou por perto. É mais fácil quando é casual. Sem expectativas, sabe?

— O que você vai fazer quando decidir ter uma família? — Tanner inclinou a cabeça para o lado.

— Sei lá. Só sei que crianças e restaurantes não combinam. Acho que vou ter que repensar minha escolha de carreira. — Ele bebeu todo o uísque. — Mas tenho muito tempo pra tudo isso. Nem todos nós precisamos sossegar antes dos trinta. Talvez eu ganhe meus milhões e tenha uma família quando tiver uns cinquenta anos. — Ele sorriu. — Posso ser um pai que fica em casa.

Tanner riu da imagem de um Logan mais velho cercado de crianças gritando. Ele não via como isso podia funcionar.

— Claro. Vai pensando assim — disse ele, levantando o copo para o do irmão e batendo no dele num brinde. — Enquanto isso, vou beijar minha noiva muito real e arrastá-la para a pista de dança.

— Você está caidinho — disse Logan. A voz dele revelando uma pitada de inveja?

— Aham. E estou amando.

Antes mesmo de alcançá-la, Tanner sentiu a atração por Van. Como se ela fosse o sol e ele a orbitasse, sempre tentando chegar perto.

— Oi — sussurrou ele, beijando seu ombro nu. — Posso te convencer a uma última dança?

Ela olhou para ele com os olhos cheios de amor.

— Com certeza. — Ela deu uma piscadinha para Zoe, depois se levantou, deixando Tanner conduzi-la até a pista de dança. Ele deslizou o braço pela cintura dela, puxando-a para si, sorrindo no cabelo dela enquanto seu corpo se encaixava no dele.

Então os dois estavam dançando. Ele e sua esposa perfeita. Eles se balançaram delicadamente no ritmo da música, os braços dela ao redor do pescoço dele, a mão dele guiando-a enquanto os dois se moviam pela pista de dança.

Era isso. O início. Eles tinham o resto da vida pela frente. Ele baixou a cabeça, encostando os lábios nos dela, os dois sorrindo enquanto se beijavam.

— Eu te amo, sra. Hartson — sussurrou ele, adorando o som do nome dela na língua.

— Eu também te amo — disse ela com um sorriso largo. — Agora, pare de falar e dance.

Impresso no Brasil pelo Sistema Cameron da Divisão Gráfica da
DISTRIBUIDORA RECORD DE SERVIÇOS DE IMPRENSA S.A.